dtv

Osman unter Mordverdacht: Was für manch anderen den beruflichen Ruin bedeuten würde, scheint unserem Vorzeigetürken seinen Job in Halle 4 zu retten. Als ihm gerade seine »Abschiedsurkunde« überreicht werden soll, verplappert er sich und plaudert polizeiliche Ermittlungsergebnisse aus. Meister Viehtreiber kann es daraufhin kaum erwarten, die Lösung der Mordstory zu erfahren. Osman wittert seine Chance, der anstehenden Entlassungswelle zu entgehen: Wie Scheherazade aus Tausendundeiner Nacht verstrickt er seinen Vorgesetzten jeden Tag aufs Neue in eine spannende Geschichte – ohne ihm jedoch den Schluss zu verraten.
Kann Osman seinen Job behalten und sich vom Mordverdacht freisprechen oder vielleicht selbst den Mörder zur Strecke bringen?

Osman Engin, 1960 in der Türkei geboren, lebt seit 1973 in Deutschland. Er schreibt Satiren für Presse und Hörfunk. Für seine Rundfunkbeiträge wurde er mit dem ARD-Medienpreis ausgezeichnet. Bei dtv sind sieben weitere Titel des Autors lieferbar.
Informationen auch unter: www.osmanengin.de und www.osman-engin.de

Osman Engin

1001 Nachtschichten

Mordstorys am Fließband

Deutscher Taschenbuch Verlag

Von Osman Engin
sind im Deutschen Taschenbuch Verlag erschienen:
Kanaken-Gandhi (20476)
GötterRatte (20708)
Don Osman (20799)
West-östliches Sofa (20908)
Getürkte Weihnacht (20931)
Tote essen keinen Döner (21054)
Lieber Onkel Ömer (21097)

Die Idee zu diesem Roman entstand im Rahmen der Arbeiten für die Geschichte »Schwerter zu Pflugscharen«, die im Band ›Mords.Metropole. Ruhr – Mord am Hellweg V‹ (Grafit Verlag 2010) veröffentlicht wurde und in Teilen in dieses Buch eingegangen ist.

Ausführliche Informationen über
unsere Autoren und Bücher
finden Sie auf unserer Website
www.dtv.de

Originalausgabe 2010
Deutscher Taschenbuch Verlag GmbH & Co. KG,
München

Umschlagkonzept: Balk & Brumshagen
Umschlagbild: Til Mette
Gesetzt aus der Perpetua 11,75/13,5'
Satz: Greiner & Reichel, Köln
Druck und Bindung: Druckerei C. H. Beck, Nördlingen
Gedruckt auf säurefreiem, chlorfrei gebleichtem Papier
Printed in Germany · ISBN 978-3-423-21251-9

Donnerstag, 10. Juni

Tolles Leben habe ich: gestern Knast – morgen Hartz IV!
Vor fünf Tagen wurde ich von der Polizei festgenommen, saß sogar wegen dringenden Mordverdachts im Gefängnis, durfte erst gestern wieder nach Hause, und heute erfahre ich, dass mir mein Meister in Halle 4 fristlos kündigen will.

Für Abenteurer und Bandschiispringer ohne Seil mag das vielleicht eine richtig tolle Super-Gaudi sein, aber für mich ist das der absolute Super-GAU! Denn das ist leider weder ein Märchen noch ein Film.

Selbst für einen Roman wäre so ein blöder Anfang glatter Selbstmord! Welcher vernünftige Mensch würde denn in der heutigen Zeit ein Buch kaufen, dessen Titelheld gleich auf der ersten Seite arbeitslos wird und bald für Jahre hinter Gitter muss? Wer identifiziert sich schon gerne mit einem schlecht gelaunten, dicken, alten, ausländischen Hartz-IV-Knastbruder? Besonders, wo sich doch auf den aktuellen Bestsellerlisten nur Titel tummeln wie:

›Wer arm ist, ist selbst schuld! Fünf Tipps zur ersten Million!‹

›Dicke sind hässlich – schlank in zwei Tagen!‹

›Alt ist aut – in zehn Minuten zehn Jahre jünger!‹

›Glück ist machbar – werde Fernsehstar!‹

›Im Schlaf dünn und reich!‹

Und dazu jede Menge kitschige Lav-Storys, die teils in romantischen, teils in sehr feuchten Gebieten vor lauter Häppy Ends nur so triefen.

Diese Kündigungen finden bei uns in Halle 4 regelmäßig im Juni statt und heißen offiziell »Frühjahrsputz«. In diesem Jahr kann man sie auch problemlos »ethnische Säuberung« nennen, denn alle dreizehn Kollegen, die vor die Tür gesetzt werden, sind Ausländer. Alles Leute, die jahrelang mit mir zusammen in Halle 4 geschuftet haben.

Mein Meister Viehtreiber ist erneut für diesen alljährlichen Zyklus zum Moderator auserkoren worden. Obwohl er heute die Mittagsschicht hat, ist er extra eine Stunde früher gekommen, um der Mannschaft von der Frühschicht die tollen »Abschiedsurkunden« persönlich zu übergeben.

Die Kollegen verlassen einer nach dem anderen mit langen Gesichtern sein Büro. Viele der Kumpels müssen sich anschließend im Klo übergeben, nachdem der Meister ihnen die »Urkunden« übergeben hat. Ich bin der Letzte, ich bin als Dreizehnter dran. Letzte Nacht war auch noch Vollmond, und ich habe mich morgens beim Rasieren geschnitten, weil mich eine schwarze Katze brutal von hinten erschreckt hat, die sich dann später in meine kleine Tochter Hatice verwandelte. Es war also von vornherein klar, dass der heutige Tag nicht so toll verlaufen würde.

Mein Meister Viehtreiber ist nicht einfach nur ein gewöhnlicher Industriemeister, nein, er hat gleich mehrere Qualifikationen. Hauptsächlich wird er aber dafür bezahlt – wenn er nicht gerade Leute vor die Tür setzt –, dass er in unserem Pausenraum ununterbrochen frauen-, schwulen-, tier- und ausländerfeindliche Witze erzählt.

Unsere Belegschaft ist tarifvertraglich dazu verpflichtet, auf der Stelle laut zu lachen, wenn der Meister glaubt, einen Witz gemacht zu haben. Es ist sehr selten, dass ihm ein Witz mal gelingt. Ich persönlich habe es noch nie erleben dürfen. Trotzdem lache ich natürlich immer am lautesten. Es ist nun mal so, dass die Ausländer auf allen Gebieten des täglichen Lebens sehr viel mehr leisten müssen als die Eingeborenen, um akzeptiert zu werden.

Ich gebe mal ein Beispiel seines grandiosen Humors: Eine Blondine, ein Schwuler, ein Türke und eine Oma mit Langhaardackel treffen sich …

Aber wenn ich es mir so recht überlege, darf ich doch gar keine Witze über Frauen, Schwule, Senioren und Dackel erzählen – das ist politisch nicht korrekt! Als Türke habe ich nur die Lizenz, mich über Ausländer lustig zu machen. Besser gesagt, über Türken! Eigentlich sogar nur über Osmans! Über Osmans, die im Karnickelweg 7b wohnen, in Halle 4 arbeiten und mit Mädchennamen Engin heißen.

Aber jetzt kann ich nicht mal mehr das. Heute ist mir nicht nach Witzemachen zumute.

Vor Angst schlotternd und mit zittrigen Knien betrete ich das Büro von Herrn Viehtreiber. Der darf natürlich über alle Minderheiten herziehen und diese dann hinterher auch noch einfach feuern, wenn ihm danach ist. Der Mann hat's wirklich gut!

»Osman, mein Lieber, im Namen der Geschäftsleitung von Halle 4 bedanke ich mich recht herzlich für deine langjährige hervorragende Arbeit in unserem Betrieb«, ruft er mit aufgesetzt trauriger Miene. Wobei ihm sowohl der Text als auch die Betroffenheitsmiene wirklich super gelingen. Na ja, jahrelange Übung auf diesem Fachgebiet zahlt sich eben aus.

»Chef, meinen Sie wirklich, dass ein Tritt in den Hintern bei den Kollegen als aufrichtiger Dank wahrgenommen wird?«, stelle ich ihn vor eine Gewissensfrage.

»Öhm ... ööőh ... na jaaa ...«, stammelt er plötzlich.

Seine reibungslose Kündigungsmaschinerie ist ins Stocken geraten! Ich glaube, ich hätte ihn doch nicht unterbrechen sollen. Jetzt wird er mir wohl erst recht kündigen!

Das ist eine brillante Eigenschaft von mir: im falschen Moment am falschen Ort garantiert immer das vollkommen Falsche zu sagen!

»Osman, was soll ich denn machen? Das Wohl der Firma lässt uns keine andere Möglichkeit. Die Globalisierung trifft uns alle hart! Wegen der Chinesen muss ich die Türken rausschmeißen. Ich persönlich werde dich jedenfalls sehr vermissen. Hier sind deine Papiere – und tschüss!«, findet er seine Sprache und seine Rolle wieder.

»Wegen der Chinesen?«, frage ich irritiert. »Welcher chinesische Kollege hat mich denn verpetzt?«

»Wir haben doch keinen Chinesen bei uns in Halle 4«, sagt er. »Ich meine doch wegen der Chinesen in China!

Weil sie alles so supergünstig bauen, will niemand auf der Welt mehr die Sachen kaufen, die Osman baut.«

»War ja klar, dass ein Mord nicht unbedingt Glück bringt«, murmle ich leise.

»Mord? Was für'n Mord? Willst du mich etwa umbringen? Junge, das ist doch keine Lösung!« Er wird blass.

»Die Bullen haben mich doch tagelang wegen Mordverdacht eingelocht! Deshalb habe ich Sie doch Montag aus Schwerte angerufen, dass ich nicht zur Arbeit kommen kann. Gestern haben die uns erst laufen lassen.«

»Ich fass es nicht! Eingelocht wegen Mordverdacht? Was hast du denn ausgefressen?«

In dem Moment fällt mir siedend heiß ein, dass mein Meister verrückt nach Geschichten ist! Nach allen Arten von Geschichten! Am meisten nach solchen mit Mord und Totschlag. Er ist dann wie hypnotisiert und vergisst alles, was um ihn herum geschieht. Wir haben schon des Öfteren die Pausen in Halle 4 um eine halbe Stunde, ja manchmal sogar um eine ganze Stunde überzogen, weil wir dabei einfach die Zeit vergessen haben – besser gesagt: er. Die Kumpels erzählen ja diese bescheuerten Mord-und-Totschlag-Geschichten genau aus dem Grund!

»Los, Osman, nun erzähl schon, wer wurde denn gekillt? Du bist doch kein Mörder, oder?«

Seine Stimme zittert, seine Augen flackern, er hofft auf die große Sensation, einem wahrhaftigen Mörder gegenüberzusitzen.

»Ich werde verdächtigt, ein Mörder zu sein«, nuschle ich.

»Was? Als was wirst du verdächtigt?« Er runzelt die

Stirn, spitzt die Ohren und legt mein Kündigungsschreiben geistesabwesend vor sich hin auf den großen Schreibtisch – hält es aber immer noch krampfhaft mit seinen Wurstfingern fest!

Das ist meine Chance!

»Möö…«, nuschele ich wieder ganz schön undeutlich.

»Ich hab's wieder nicht verstanden, als was?«, zappelt er bereits wie ein begriffsstutziger Fisch an meiner Angel.

»Möööö…«

»Waaas?«

»Möööör…«

»Mörder?«

»Ja, Mörder!«

»Ich fass es nicht! Das ist ein Ding!«

»Ich meine, vielleicht werde ich als Mörder verdächtigt, vielleicht auch nicht. Jedenfalls konnte ich den Kommissar Lück nicht restlos von meiner Unschuld überzeugen. Es wird weiterhin gegen mich ermittelt.«

»Mein Gott, nun erzähl doch endlich!«, brüllt er völlig ungeduldig.

»Das tut mir leid, Herr Viehtreiber, aber in diesem Fall wird weiterhin von der Mordkommission ermittelt. Ich darf in der Öffentlichkeit nicht darüber reden.«

»Mit mir musst du sogar darüber reden, ich bin dein Vorgesetzter! Es gibt eine unmittelbare Mitteilungspflicht, so steht das im Tarifvertrag, hier, schau, Seite 11, Paragraf 7c.«

»Aber Sie haben mir doch gekündigt!«

»Noch nicht«, ruft er und wedelt mit dem Kündigungsschreiben.

»Aber in einen Mordfall verwickelt zu sein, ist kein Pappenstiel.«

»Das will ich auch meinen. Los, spann mich nicht weiter auf die Folter – erzähl schon!«

Wie ein Ertrinkender, der sich sogar an einer Giftschlange festklammern würde, klammere ich mich an das letzte Fünkchen Hoffnung, doch nicht gekündigt zu werden, und plappere drauflos:

»Also, Herr Viehtreiber, in diesen unglaublichen Schlamassel hat mich meine Frau Eminanim letzten Freitag reingeritten! Sie wollte unbedingt übers Wochenende ihre Cousine in Frankfurt besuchen. Deshalb sind wir am Freitag direkt nach der Arbeit losgefahren, damit wir zum Abendessen dort sind. Unser Ford-Transit war aber anderer Meinung. Nach drei Stunden hatte er keine Lust mehr. Er gab ein paar komische Geräusche von sich, ruckelte, zuckelte und blieb auf der Standspur stehen.

Ich rate Ihnen: Bleiben Sie bloß nicht an einem Freitag auf der Autobahn liegen. Es dauerte Stunden, bis endlich der ADAC kam. Und es vergingen erneut mehrere Stunden, bis dieser Kfz-Mechaniker unseren Transit davon überzeugt hatte, endlich weiterzufahren. Aber meine Leiden hörten damit noch nicht auf. Es war schon fast Mitternacht, da fing meine Frau an, komische Geräusche von sich zu geben und zu jammern:

›Osman, ich bin tot!‹, stöhnte sie, während ich einen klapprigen ukrainischen Lkw überholte, der damit beschäftigt war, eine lange, dunkle Qualmspur in die Nacht zu blasen.

›Eminanim, die Fenster sind doch zu, so schnell vergiftet man sich nicht‹, beruhigte ich sie.

›Aaaaah, ich bin tot!‹, jammerte sie weiter wie ein kleines Kind.

›Stell dich doch nicht so an! So leicht stirbt man nicht. Außerdem bin ich derjenige, der eigentlich tot sein müsste. Ich hab mich doch die ganze Zeit abgerackert, während du auf dem Beifahrersitz geschnarcht hast! Noch etwas Geduld, mein Schatz, in wenigen Stunden sind wir in Frankfurt.‹

›Ich habe meiner Cousine schon eine SMS geschickt, dass wir es heute nicht mehr schaffen. Die Leute schlafen bestimmt längst, und ich kann auch nicht mehr! Ich will unbedingt in ein Hotel! Ich muss sofort schlafen!‹, schluchzte sie.

›Eminanim, hast du eine Ahnung, was so ein Hotel an der Autobahn kostet? Aber ich habe eine ganz tolle Idee! Lass uns doch meinem Kumpel Klaus einen Überraschungsbesuch abstatten. Ich glaube, der wohnt hier in der Nähe‹, schlug ich vor.

›Bist du noch ganz dicht? Ich besuche niemanden mitten in der Nacht. Schon gar nicht einen Deutschen, bei denen muss man sich zwei Monate vorher anmelden! Ich will jetzt sofort ein Bett haben!‹

Herr Viehtreiber, den Klaus kennen Sie doch auch. Er hat letztes Jahr sechs Wochen lang hier bei uns in Halle 4 auf Montage gearbeitet. Sie wissen sicher noch, der hat oben unter dem Dach die dicken Lüftungsschächte neu isoliert, und der wollte unbedingt, dass ich ihn mal im Ruhrgebiet besuche. Das ist *die* Gelegenheit, Hotelkosten zu sparen und meinen Kumpel wiederzusehen, dachte ich mir.

›Eminanim, der Klaus wohnt gleich hier vorne in Schwerte. Wir fahren zu ihm, da kannst du in einem weichen Bett schlafen. Versprochen ist versprochen!‹, rief ich begeistert.

›Doch nicht nachts um zwei! Lass uns lieber in ein Hotel gehen‹, schnarchte Eminanim mehr als sie sprach.

›Wir sind doch schon am Westhofener Kreuz, gleich kommt die Abfahrt nach Schwerte. Wir können heute bei ihm umsonst übernachten, und morgen fahren wir dann nach einem schönen Gratis-Frühstück quicklebendig zu deiner Cousine nach Frankfurt.‹

Dank unseres tollen Navis befanden wir uns fünfzehn Minuten später in der Hagener Straße und bogen von dort in die Ruhrstraße ein.

›Eminanim, schau doch, die Haustür steht sperrangelweit offen. Also wenn das keine Einladung ist. Klaus wohnt, soviel ich weiß, in der ersten Etage, du kannst schon langsam raufgehen und klingeln, ich komme mit den Koffern nach. Ich kann das Zeug unmöglich nachts im Wagen lassen, wir sind doch im Ruhrgebiet‹, rief ich und schubste sie aus dem Wagen.

Meine Frau konnte zwar kaum noch stehen, aber sie krabbelte tapfer die Treppen nach oben.

Die Nachbarn dachten bestimmt, wir kämen vom Komasaufen und ich hätte 5,3 Promille im Blut. Und Eminanim hätte demnach gar kein Blut mehr in ihren Adern, sondern puren Alkohol.

Ich merkte, dass ich nie und nimmer alle Koffer nach

oben schleppen konnte! Wieso meine Frau für zwei Tage drei Koffer braucht, ist mir heute noch schleierhaft. Sollen sie uns den Kram doch klauen, dachte ich, schnappte mir das Glas für meine dritten Zähne und stapfte die Treppen hoch.

Vor der weit aufgerissenen Wohnungstür meines Kumpels hörte ich, ich meine, sah ich Eminanim mit noch weiter aufgerissenen Augen und offenem Mund herzzerreißend schreien – und zwar völlig tonlos!

›Eminanim, warum schreist du denn so fürchterlich …? Ich meine, warum hättest du denn so fürchterlich geschrien, wenn du noch deine Stimme gehabt hättest?‹, fragte ich sie zutiefst erschüttert.

›Tot, tot, tot!!!‹, stammelte sie krampfhaft.

›Ich weiß, ich weiß, du bist todmüde. Jetzt lass mich rein.‹

›Ich nicht, die … die ist tot!‹

›Wer ist tot? Die Klaus?‹

›Nein, die Inge!‹

›Eminanim, du träumst ja im Stehen, leg dich sofort hin.‹

›Sieh doch, da liegt sie, die Inge!‹

›Bei Allah, da liegt ja wirklich eine Frau auf dem Boden!‹, schrie zur Abwechslung ich.

›Sag ich doch, die Inge ist tot!‹

›Eminanim, woher weißt du, dass diese tote Frau nicht Klaus … öhm … ich meine, woher weißt du, dass diese tote Frau tot ist … äh, woher weißt du, dass diese tote Frau eine Inge ist?!‹, stotterte ich völlig schockiert und dem Durchdrehen gefährlich nahe.

›Doch, doch! Die tote Frau hier ist die Inge!‹

›Ich glaube, ich träume, ich leg mich besser sofort hin.‹

›Osman, bist du bescheuert? Du kannst dich doch nicht einfach zu einer toten Frau hinlegen, verdammt!‹

›Bei Allah, wenn das kein Albtraum ist, dann weiß ich auch nicht, was es ist‹, murmelte ich entsetzt.

›Wir müssen sofort die Polizei anrufen. Dein Kumpel Klaus hat mit Sicherheit die arme Inge mit dieser schweren Metallvase erschlagen!‹

›Wieso das denn? Vielleicht hat sie ja Selbstmord begangen.‹

›Du Spinner! Wie viele Leute kennst du, die sich mit einer Metallvase umgebracht haben?‹

›Eminanim, woher kennst du eigentlich diese tote Inge aus Schwerte?‹

›Als ich die Inge kannte, lebte sie noch!‹

›Ich fass es nicht! Wir sind zum ersten Mal in dieser Stadt, wir besuchen zum ersten Mal meinen Kumpel Klaus, wir finden zum ersten Mal eine tote Frau auf dem Boden, und du sagst, dass du sie kennst. Findest du das nicht selbst etwas eigenartig? Oder ist diese Inge womöglich eine berühmte Persönlichkeit, die man kennen sollte? Ist das etwa die Inge Meysel? Bei Allah, mein Kumpel Klaus hat Inge Meysel umgebracht!‹«

»Was? Die Inge Meysel wurde umgebracht?«, unterbricht mich der Meister mit großen Augen.

Ich schaue höchst theatralisch völlig besorgt auf die Uhr und rufe total erschrocken:

»Herr Viehtreiber, mein Bus, ich verpasse meinen Bus!«

»Warte mal, wie ist die Geschichte denn ausgegangen?

Weshalb warst du im Knast?«, brüllt er und springt mit meiner Kündigung in der Hand auf.

»Dafür habe ich jetzt überhaupt keine Zeit«, rufe ich und stelle ihn, mich und mein Schicksal auf eine harte Probe. »Ich muss leider sofort weg! Wie die Geschichte weitergeht, erzähle ich Ihnen morgen, versprochen ist versprochen«, schlage ich ihm schlitzohrig einen Diil vor.

Pointe gegen Kündigung! In Sekundenschnelle sende ich ein Stoßgebet gen Himmel, dass Herrn Viehtreibers Neugier auf das Ende dieser Mordgeschichte in ungeahnte Höhen steigen möge.

»Also gut, komm morgen wieder, einen Tag darfst du noch in Halle 4 arbeiten«, ruft er mir hinterher.

Toll! Es hat geklappt! Ich laufe direkt zu meinem Wagen. Ich habe den Viehtreiber nicht angelogen, mein Ford-Transit ist ja im Grunde auch so was wie ein Bus. Aber der wäre ohne mich wohl kaum weggefahren.

Während der Fahrt nach Hause überlege ich mir, wie ich diese schreckliche Wahrheit meiner Frau einigermaßen schonend beibringen kann, damit sie mich nicht auch noch rauswirft. Von wo auch immer: aus der Küche, aus dem Schlafzimmer, aus dem Bett! Sie hatte mir außerdem verboten, die Mordgeschichte in der Fabrik auszuplaudern.

»Eminanim, stell dir vor, bei uns in Halle 4 wurden heute auf einen Schlag ein Dutzend Leute gekündigt«, werde ich ihr sagen.

»Und was ist mit dir?«, wird sie sicherlich voller böser Vorahnungen fragen.

»Ich darf noch einen Tag arbeiten!«

Ich glaube, so richtig schonend ist das nicht. Eminanims Gesichtsausdruck vor meinem geistigen Auge lässt dieses Gefühl jedenfalls nicht aufkommen.

»Mein Gott, du wirst gekündigt?«, stammelt sie mit völlig versteinertem Gesicht. Diesmal nicht vor meinem geistigen, sondern vor meinen verblüfften richtigen Augen, und fällt fast in Ohnmacht.

»Das ist nicht gesagt«, halte ich dagegen und sie fest im Arm. »Eigentlich sollte ich ja mit allen anderen zusammen heute gekündigt werden. Daraufhin habe ich angefangen dem Meister eine Geschichte zu erzählen. Deshalb darf ich morgen wieder kommen, um den Rest der Geschichte zu erzählen.«

»Toll! Mit anderen Worten, du wirst morgen rausgeschmissen!«

»Aber wenn ich ihm morgen nach der Schicht noch eine andere Geschichte erzähle, kriege ich vielleicht noch einen weiteren Tag Aufschub.«

»1001 Nacht in Deutschland also?«

»Nein, 1001 Nächte muss ich ihn nicht hinhalten. Wenn ich diesen Juni überstehe, sind wir gerettet, dann kann er mich nicht mehr rausschmeißen. Im Juli gibt es vier Wochen Betriebsferien, und dann ist das Sommerloch vorbei.«

»Aber heute ist doch erst der 10. Juni.«

»Ja, noch genau zwanzig Foltertage!«

So makaber es auch klingen mag, die zwölf Kollegen, die heute vor die Tür gesetzt wurden, haben mich vor Eminanims Zorn gerettet! Wenn ich der einzige Kandidat wäre, der in Zukunft vierundzwanzig Stunden lang Däumchen drehen darf, dann hätte meine Frau mich kopfüber in den Fleischwolf gesteckt. Das ist vermutlich der tiefere Sinn von Massenentlassungen.

»Was hast du ihm denn erzählt?«, fragt Eminanim neugierig.

»Öhhmm ...«, murmle ich.

»Doch nicht etwa ...?«

»Was sollte ich denn machen? Er hat mich gezwungen. Ich hatte keine andere Wahl.«

»Aber der Kommissar Lück hat doch ausdrücklich gesagt ...«

»Wenn ich meinen Job verliere, wird die Inge ja auch nicht wieder lebendig!«

Die Deutschen haben ja das Vorurteil, nur weil ich ein türkischer Gastarbeiter mit Migrationshintergrund bin, dass ich auch automatisch der Boss der Familie bin. Der Ernährer! Der Führer! Der Mann im Haus! Das Familienoberhaupt!

Stimmt aber alles nicht! Bei uns ticken die Uhren anders. Denn weder Patriarchat noch diese Gleichberechtigung von Mann und Frau haben bei uns zu Hause je stattgefunden. Wenn meine seligen Vorfahren mich so gesehen hätten, dann hätten sie ihr Osmanisches Reich niemals nach mir benannt, sondern nach meiner Frau – weil sich im Karnickelweg 7b alles um meine Frau Eminanim dreht!

Die ganze Post, alle Briefe, alle Rechnungen und alle Mahnungen kommen ausschließlich auf den Namen meiner Frau an. Adressiert an »Frau Eminanim Engin, Karnickelweg 7b«. Selbst meine kleine Tochter Hatice spricht mich manchmal mit »Mama Osman« an. Und auch ihre Lehrerin, Frau Ingeborg Lehrknecht-Ziegenbart, korrespondiert nur mit meiner Frau.

Wenn unser Telefon klingelt, heißt es nur: »Ist Frau Engin da?«

Ein türkisches Sprichwort sagt: Wenn man einem Menschen 100 Mal sagt, dass er ein Esel ist, sattelt er sich beim 101. Mal selbst. Beim 101. Brief, adressiert an meine Frau, war ich vor ein paar Jahren auch so weit. Ich habe zwar nicht »iah, iah« gebrüllt, aber ich habe mich selbst dabei ertappt, wie ich verzweifelt darüber nachgedacht habe, was denn mein Mädchenname vor der Hochzeit gewesen ist? Verglichen mit meinem Elend kann ich doch über die Menschen nur lachen, die das Ozonloch, Arbeitslosigkeit oder Übergewicht als lebensbedrohliche Probleme ansehen.

Ich werde nie vergessen, wie ich an einem regnerischen, dunklen, hässlichen Montagmorgen nach unten zum Briefkasten ging, um die Post zu holen. Wegen des schlechten Wetters hatte ich bereits so miese Laune, dass ich dachte, da könnten die an meine Frau adressierten Briefe auch nicht mehr viel anrichten.

In dem Moment hörte ich, wie die Mülltonnen geleert wurden. Der Müllmann kippte gerade unsere Tonne in den Wagen und reichte sie mir anschließend herüber:

»Bitteschön, *Herr* Engin«, sagte er plötzlich.

Ich traute meinen Ohren nicht!

»Wie bitte, was haben Sie gesagt?«, stotterte ich schockiert.

»Hier, nehmen Sie Ihre Mülltonne, *Herr* Engin«, wiederholte der gute Mann erneut.

Meine liebe Frau Eminanim, die beste Ehefrau aller Zeiten, hatte auf unsere Mülltonne den Namen ihres Mannes geschrieben! Unsere Mülltonne trug *meinen* Namen!

Für mich war dieser Tag der schönste meines Lebens!

Die Sonne schien, die Vögel zwitscherten, die Mülleimer klapperten, und ich fiel dem verschwitzten Müllmann um den Hals und überschüttete ihn mit zahlreichen Küssen.

Deshalb versuche ich, wann immer sich eine Gelegenheit bietet, sehr dezent anzudeuten, dass es mich extrem stört, dass meine Frau zu Hause die Hosen anhat. Daraufhin antwortet Eminanim, ohne sich beim Zucchinibraten stören zu lassen:

»Also wirklich, Osman, du bist echt pervers! Soll ich etwa zu Hause vor den Kindern ohne Höschen herumlaufen?«

Meine Frau behauptet sogar, ich sei selber schuld daran, dass kein Hahn nach mir kräht! Sie sagt: »Besonders beliebt warst du doch noch nie! Aber dass nicht mal deine sogenannten besten Freunde dir zum Geburtstag oder zum neuen Jahr gratulieren, liegt nur daran, dass du für die Leute schon längst gestorben bist. Bei mir ist das anders, ich bin immer noch beliebt wie die Lottofee«, strahlt sie gut gelaunt bis über beide Ohren.

»Eminanim, lüg dir doch nicht in die Tasche! Seit Jahren kriegen wir beide weder zum neuen Jahr noch zum Zucker- oder Opferfest, geschweige denn zum Geburtstag einen Brief – nicht mal eine billige Karte! Kein Mensch will von uns was wissen!«

»Armer Ossi, aber wie gesagt, Tote kriegen selten Post. Ich bekomme nicht nur zum Geburtstag und zu Neujahr, sondern sogar zu Ostern, zu Pfingsten, zu Karneval und zum Tag der Deutschen Einheit die nettesten Glückwünsche von mindestens hundert Bekannten von uns. Dazu noch tausend Grüße von Unbekannten!«

»Wirklich? Warum schickt mir denn niemand eine Karte?«, werde ich plötzlich neidisch.

»Mein Gott, wie oft soll ich es dir denn noch sagen, du existierst nicht für diese Menschen. Für den Rest der Menschheit auch nicht. Du hast den Zug verpasst. Du hast nicht mal eine Adresse, wie sollen die Leute dich denn erreichen?«

»Bei Allah, ich krieg gleich die Krise! Jeder weiß doch, dass ich seit dreißig Jahren im Karnickelweg 7b wohne. Hast du dir etwa neuerdings ein Postfach in der Schweiz zugelegt?«

»Ossi, du Ewiggestriger, ohne ein Dutzend Internetadressen und eine schicke Hompäidsch mit Fläschanimation bist du heutzutage ein Nichts. Du hast dich nie für meine tolle DSL-Fläträit in meinem Küchen-PC interessiert! Du denkst ja immer noch, ein Brauser ist ein Kerl, der zu viel duscht. Kein Wunder, dass du keine Nachrichten bekommst. Von so einem Luser will kein Juser was wissen. Für die Netbevölkerung bist du ein hoffnungsloser Vagabund, ein erbärmlicher Obdachloser, ein Geist, ein Zombie!«

Noch am gleichen Tag habe ich mir natürlich drei I-Mäil-Adressen, zwei Hompäidschis und eine Fäysbukseite angeschafft.

Nach Jahren der völligen Funkstille herrscht in dieser Nacht in unserem Schlafzimmer richtiger Hochbetrieb, obwohl sich, wie gesagt, meine Frau weigert, ohne Höschen herumzulaufen, und ich ein Zombie bin.

Aber nun müssen Eminanim und ich schnell überlegen, wie weit ich die Mordgeschichte morgen meinem Meister erzähle, um ihn erneut auf die Folter zu spannen. Morgen ist Freitag, der 11. Juni. Wenn ich es schaffen sollte, einen weiteren Tag Gnadenfrist zu erreichen, wäre das ganze Wochenende in trockenen Tüchern. Am Samstag und Sonntag hätten wir dann genügend Zeit, um eine raffinierte Strategie für die dritte Juniwoche festzulegen.

Ohne eine Sekunde geschlafen zu haben, stehe ich um 5 Uhr auf und gehe unter die Dusche. Schlafen kann ich ja auch am Wochenende. Vorausgesetzt, mir gelingt es, mit diesem Trick den Meister noch mal einzulullen. Sonst kann ich den Rest meines Lebens nur noch schlafen!

Freitag, 11. Juni

Die Kollegen von der Frühschicht sind ziemlich überrascht, als sie mich in Unterhosen im Umkleideraum sehen.

»Das geht leider vielen so«, sagt der Kollege Detlef. »Ich kenne einen Polizisten, der ist, nachdem er gekündigt wurde, noch drei Jahre auf Streife gegangen und hat dabei dreiundzwanzig Diebe festgenommen.«

Mein lieber Kumpel Hans, der Staplerfahrer, sagt:

»Ich vermute mal, dass sich Osman aus Angst vor Repressalien noch nicht getraut hat, seiner Frau die bittere Wahrheit zu erzählen.«

»Leute, mir ist noch nicht gekündigt worden«, setze ich den ausufernden, wilden Spekulationen im stinkenden Umkleideraum ein Ende.

»Du bist nicht gekündigt worden?«, fragt Hans erstaunt und mit einem fröhlichen Lächeln im Gesicht.

»Nein, meine Kündigung hat sich der Meister als Höhepunkt der diesjährigen Rauswurf-Zeremonie für heute Mittag aufgehoben!«

Eine Stunde vor Feierabend »bittet« mich Herr Viehtreiber mittels Lautsprecher in sein Büro. Früher hat er mich immer »gerufen« – manchmal sogar »befohlen«!

Je schlechter die Nachricht, umso feiner der Ausdruck dafür.

Der Meister sitzt wieder hinter seinem überdimensionalen Schreibtisch, auf dem eine aufgeschlagene Akte, die Baupläne für die Hallenerweiterung und zwei noch ungeöffnete Briefe liegen. Und ganz oben, sozusagen direkt unter seiner Nase, thront meine Kündigung! Als ich sie sehe, schlägt mein Herz wie ein Presslufthammer!

Apropos Pressluft:

»Chef, das berühmte arbeitsscheue Z-4-Gewinde an unserem Pressluftschrauber hat heute wieder drei Mal die Arbeit aufgekündigt. Wegen dem faulen Ding mussten wir dreißig Minuten Zwangspause einlegen. Die alten Akkuschrauber waren hundert Mal besser als dieser blöde, billige Pressluftkram.«

»Mist, dieses verfluchte Gewinde hat wieder die Arbeit aufgekündigt, sagst du?«, runzelt er die Stirn, fängt sich sofort wieder und versucht zu witzeln: »Na ja, dieser Pressluftschrauber hat wohl die Absicht, mit dir zusammen rauszufliegen!«

Verdammt! Es war taktisch überhaupt nicht klug, in meiner Situation das Wort »kündigen« in den Mund zu nehmen! Ich bettle ja regelrecht darum, vor die Tür gesetzt zu werden! So viel Dummheit müsste eigentlich wehtun! Wahrscheinlich kommen meine Rückenschmerzen daher. Ich wollte souverän punkten, wurde aber brutal ausgezählt!

Ich werde beim Meister nie wieder ein Wort über unsere Arbeit in Halle 4 verlieren! Ist mir doch egal, ob wir nur noch Schrott produzieren – nach mir die Sintflut!

»Osman, was ist danach passiert?«, fragt er ohne Umschweife, um keine Zeit zu verlieren.

»Was ist wonach passiert?«, tue ich ahnungslos, um Zeit zu gewinnen. »Meinen Sie heute nach unserer Zwangspause, als das Ding wieder funktionierte?«

»Mensch, Osman, ich meine: Hat dein Kumpel die Inge Meysel jetzt kaltgemacht oder nicht?«

»Ach soooo, das meinen Sie! Ich war selbstverständlich völlig geschockt, wie Sie sich denken können:

›Eminanim, das kann doch nicht wahr sein, hat mein Kumpel Klaus etwa Inge Meysel umgebracht?‹, brüllte ich verzweifelt.

›Quatsch!‹, sagte sie. ›Die Inge Meysel ist doch schon längst tot. Das ist die Inge aus der Neustadt in Bremen. Die war bei uns im Yoga-Kurs. Sie hatte ein schreckliches Stolker-Problem. Von diesen Verfolgungen habe ich dir doch schon mal erzählt.‹

›Du meinst, sie hat den Klaus bis hierher verfolgt, oder was?‹

›Nein, umgekehrt natürlich, die Inge wurde ständig verfolgt und bedroht!‹

›Von Klaus?‹

›Keine Ahnung, von irgendeinem Idioten! Sie hat den Stolker nicht bei der Polizei angezeigt, weil sie auch seine arme Frau kannte und deren Ehe nicht gefährden wollte.‹

›Warum liegt sie dann hier in Schwerte?‹

›Woher soll ich das wissen!‹

›Also zählen wir die Fakten, die wir haben, zusammen. a) Wir haben eine tote Inge! b) Aber sie ist nicht Inge Meysel! c) Diese Inge hat in Bremen einen persönlichen

Verfolger. d) Zum Ausgleich verfolgt sie meinen Kumpel Klaus bis nach Schwerte. e) ...‹

›Osman, hör auf, das ganze Alphabet runterzuleiern. Ich rufe jetzt die Polizei.‹

›Warte! Bevor du meinen Kumpel verpfeifst, will ich ihn warnen. Er braucht ein paar Stunden Vorsprung.‹

Ich wählte umgehend Klaus' Händynummer, was ich eigentlich schon früher hätte tun müssen.

›Du, Eminanim, Klaus spricht gerade, es ist besetzt!‹

›Verdammt, bei der Polizei ist auch besetzt!‹

›Ich denke, die reden gerade miteinander.‹

›Ja, hallo, ist dort die Polizei? Wir haben hier in der Ruhrstraße 123d einen Toten! Bitte kommen Sie schnell! Was, das wissen Sie schon längst?‹, rief meine Frau dann völlig überrascht. ›Ich kenne die Tote, sie heißt Inge. Nein, nicht Inge Meysel‹, und dann flüsterte sie mir zu: ›Osman, die Polizei in Schwerte ist genauso witzig wie du!‹

›Ich hab's dir doch gleich gesagt, die haben gerade mit Klaus gesprochen. Deshalb wissen sie schon alles.‹

›Okäy, wir warten‹, sagte meine Frau und legte auf.

Nach dreißig Minuten sagte sie wieder ›okäy, wir warten‹ und legte auf.

Nach sechzig Minuten sagte sie wieder ›okäy, wir warten‹ und legte auf.

Herr Viehtreiber, ich weiß nicht, wie lange Eminanim und die Polizei dieses muntere Spielchen miteinander getrieben haben, ich selbst bin jedenfalls kurz nach 5 Uhr wie ein Toter neben der Toten eingeschlafen.

Wenn es eine nach oben offene Totenskala gäbe, hätte ich diese Inge problemlos um Längen geschlagen.

Vier Stunden später wachte ich von einem Höllenlärm, der selbst Tote aufgeweckt hätte, mit einem Brummschädel auf. Na ja, so schlimm war der Lärm anscheinend doch nicht, die Inge war nämlich immer noch mausetot.

Ich habe sofort das Fenster aufgerissen und sah, dass einige Bauarbeiter nebenan irgendwelche Metallteile auf die Ladefläche ihres Lkws warfen.

Zum Ausgleich für den schrecklichen Lärm wurde ich mit einem faszinierenden und gleichzeitig sehr lustigen Anblick belohnt: Auf der anderen Straßenseite war ein großer Baum, unter diesem Baum befand sich ein Spielplatz, auf dem mehrere Kinder spielten, und auf dem Baum thronte ein alter Kirchturm, der fast so schief war wie der Turm von Pisa. Aus dieser Perspektive sah es so aus, als könnte dieser auf dem Baum rumhockende Kirchturm, der aber in Wirklichkeit mindestens hundert Meter Luftlinie weit weg war, jederzeit vom Baum runter auf die Köpfe der Kinder stürzen.

Dieses lustige Bild konnte man mit Sicherheit nur von diesem Fenster aus bewundern, deshalb habe ich es sofort fotografiert und weckte danach meine Frau, die auf dem Sofa eingeschlafen war.

›Eminanim, war die Polizei heute Nacht noch hier?‹, fragte ich neugierig.

›Nein, ich glaube, für die Schwerter Polizei ist ein einfacher Mord noch kein triftiger Grund, nachts auszurücken‹, zischte sie total sauer.

›Und wie kommt dann die Vase wieder auf den Tisch?‹, fragte ich verwundert.

›Nachdem ich heute Nacht drei Mal darüber gestolpert bin, hab ich sie weggestellt‹, meinte sie trocken.

›Bist du verrückt? Du darfst doch nicht am Tatort rumfummeln!‹, schrie ich verzweifelt.

›Mecker nicht rum! Du hast sogar an der Toten rumgefummelt!‹, konterte sie unverschämt.

›Was soll das denn heißen? Ich bin doch kein Leichenschänder!‹

›Ich hab's gesehen, wie ihr eng umschlungen geschlafen habt‹, rief sie angewidert.«

»Waaas? Du hast mit der toten Frau gepennt?«, ruft auch Herr Viehtreiber. Nur nicht so angewidert wie Eminanim, sondern eher neugierig und ein bisschen neidisch.

»Ich glaube, ich habe eher meinen Bus verpennt! Herr Viehtreiber, ich erzähle Ihnen die Geschichte am Montag weiter«, tue ich besorgt und schnappe meine Tasche.

»Du perverses Schwein, hast du nun mit der Leiche gepennt oder nicht?«, brüllt er hinter mir her und amüsiert sich köstlich.

»Montag, Meister, Montag! Montag erzähle ich den Rest!«

»Also gut, du Gängster, du darfst noch einen Tag kommen!«

Bingo!!

Sein Lachen verfolgt mich bis zum Parkplatz!

Wie sagt man so schön: Wer zu früh lacht – hat's nicht kapiert!

Ich bin froh, der drohenden Katastrophe erst mal für zwei Tage ein Schnippchen geschlagen zu haben. Nun haben meine Frau und ich ein ganzes Wochenende lang Zeit, einen raffinierten Plan auszutüfteln. Zugegeben, mein Meister Viehtreiber ist nicht der König Schahriyar von Persien und ich bin nicht Scheherazade. Und er wird mich auch nicht gleich hinrichten lassen, sondern mir nur kündigen. Zudem wird diese ganze Folter garantiert nicht 1001 Nächte dauern, sondern höchstens einen Monat. Aber sonst ist der Unterschied zwischen heute und vor tausend Jahren nicht so gravierend.

Arbeitslos zu sein ist heutzutage genauso eine Katastrophe wie damals den Kopf abgehackt zu bekommen.

Man wird als Versager abgestempelt …

als Schmarotzer …

als Drückeberger …

als Nichts …

als Eunuch …

als Hartz-IV-Empfänger …

Dementsprechend komme ich mit völlig gemischten Gefühlen zu Hause an.

Meine Frau Eminanim empfängt mich wie einen echten Helden! Wie den kleinen süßen David, der den großen bösen Goliath zumindest für zwei Tage in die Flucht geschlagen hat.

»Eminanim, jetzt hör endlich auf, an deinen Fingernägeln zu kauen, lass uns lieber Köfte essen gehen, schmeckt bestimmt besser. Ich lade dich in ein tolles Restaurant ein, um unsere erfolgreiche Strategie gegen die Arbeitslosigkeit zu feiern!«

»Ossi, deine Arbeit steht auf der Kippe, du landest womöglich bald auf der Straße und willst trotzdem groß essen gehen«, knabbert sie weiter.

Seit einiger Zeit nennt mich meine Frau Ossi – aber nur wenn sie gute Laune hat. Das heißt sehr, sehr selten.

»Papa, Papa, du darfst auf keinen Fall arbeitslos werden«, kommt auch meine kleine Tochter Hatice angelaufen. »Du hast mir doch versprochen, dass du mir Geigenunterricht, Basketballstunden und Englischnachhilfe bezahlen wirst! Und eine Katze wolltest du mir auch kaufen«, ruft sie mit sorgenvoller Stimme.

»Wann habe ich denn das alles versprochen?«, frage ich verwirrt.

»Doch, Ossi, du hast Hatice das alles versprochen«, steht meine Frau natürlich sofort ihrer Tochter bei. »Nicht alles auf einmal, aber eins nach dem anderen!«

»Geige und Basketball verstehe ich ja irgendwie. Wenn sie mal ein Spiel vergeigt, kann sie ihre Wut an ihrem Instrument auslassen. Aber was hat Englisch damit zu tun? Hofft sie etwa sofort in die amerikanische Basketballliga transferiert zu werden? Letzten Monat wollte sie außerdem noch Gitarre lernen, Ballett tanzen, Ken heiraten und mit ihm zusammen in das eigene Barbiehaus umziehen!«

»Ken will ich nicht mehr, der ist doof«, meldet sich meine Tochter wieder. »Ich will lieber Bill Kaulitz von Tokio Hotel!«

»Ich höre wohl nicht richtig! Du willst lieber mit einem Jungen in ein Hotel?«, tue ich leicht verärgert.

»Papa, du hast echt von nichts 'ne Ahnung!«, lacht sie.

»Von Köfte schon. Lasst uns endlich gehen«, sage ich.

Wir sind gerade im Treppenhaus, als uns ein herzzerreißender Schrei im Duett mit einem nasezerreißenden Gestank erreicht.

»Frau Engin, Herr Engin, haaalt, bitte bleiben Sie doch stehen«, kreischt jemand von oben.

»Was zum Kuckuck ist denn das?«, frage ich überrascht.

»Du hast es erraten, es ist Frau Kuckuck«, lacht Eminanim.

Kurz darauf poltert Frau Anabella Kuckuck mit rosa Hausschuhen an den Füßen, einer großen Pfanne in der Hand und reichlich Lockenwicklern in den Haaren die Treppen herunter.

»Frau Kuckuck, Sie haben uns aber erschreckt, was ist denn los? Ist in Ihrer Wohnung etwa Feuer ausgebrochen? Soll ich die Feuerwehr rufen?«, frage ich ängstlich.

»Feuer würde ich nicht sagen, aber wegen dem vielen Knoblauch sind sie schon ein bisschen arg scharf geworden. Schauen Sie, ich habe heute echte türkische Frikadellen für Sie gebraten«, sagt unsere Nachbarin mit stolzgeschwellter Brust. »Die kleinen Hackfleischbällchen schmecken richtig gut!«

»Frau Kuckuck, das glaube ich Ihnen gerne. Die riechen ja auch herrlich«, versuche ich zu lächeln, was mir bei dem eigenartigen Gestank aber sehr schwer fällt. Wie man sieht, beherrsche ich die Kunst des Schleimens unter schwierigsten Bedingungen in allen Situationen perfekt!

Mit einer Zange greift Frau Kuckuck eine dieser verkohlten Stinkbomben und hält sie mir unter die Nase:

»Greifen Sie ruhig zu, Herr Engin, lassen Sie es sich schmecken.«

Mir graust ...

»Siehst du, Ossi, unsere Nachbarn lesen dir jeden Wunsch von den Augen ab. Wir haben aber tolle Nachbarn«, lacht meine Frau und ruft: »Frau Kuckuck, wie haben Sie denn erraten, dass mein Mann heute so gern Köfte essen wollte?« Eminanim kommt aus dem Lachen gar nicht mehr heraus.

»Vielen Dank, Frau Kuckuck, zu gütig von Ihnen. Aber ich habe gerade erst was gegessen!«, lüge ich.

Mein Onkel Ömer meint, wenn es niemandem schadet, darf man ab und zu ruhig ein bisschen lügen.

»Aber Herr Engin, wie können Sie denn mein türkisches Essen zurückweisen? Millionen von Ausländern sterben vor Hunger in Afrika, und Sie wollen nichts essen«, argumentiert unsere fleißige, aber untalentierte Köchin.

Zugegeben, ihr Argument ist gar nicht mal so schlecht, aber ihr Benehmen dafür umso schlimmer. Sie hält mir nämlich diesen verkohlten Fleischkloß mit der Zange immer noch unter die Nase, um bei einer Unachtsamkeit meinerseits diese Stinkbombe in meinen Mund zu befördern. Ich muss sie unbedingt davon abbringen, um nicht wie die besagten Afrikaner vorzeitig jämmerlich zu krepieren; zwar nicht an Unterernährung, aber vielleicht an Lebensmittelvergiftung oder vor Ekel!

»Frau Kuckuck, ich lebe doch in Deutschland und nicht in Afrika! Und die meisten Afrikaner in Afrika sind dort keine Ausländer. Abgesehen davon habe ich wirklich keinen Hunger!«, versuche ich zu argumentieren.

»Herr Engin, bitte essen Sie! Tun Sie mir doch den

Gefallen. Ich kenne sonst keine Ausländer!«, lässt sie nicht locker.

»Vielen Dank, Frau Kuckuck, ein anderes Mal gerne. Aber heute geht es beim besten Willen nicht.«

»Aber Ihr armes Kind will bestimmt was essen. Es ist doch so abgemagert«, sagt sie und zeigt auf Hatice.

»Das ist eine gute Idee«, pflichte ich ihr sofort bei.

Und bevor Hatice sich in Sicherheit bringen kann, stopft Frau Kuckuck meiner Tochter die selbst gemachten Frikadellen in den Mund.

»Ögh ... Papi, Papi, hilf mir, ich kriege diese ekelhaften Dinger nicht runter«, jammert Hatice auf Türkisch.

Meine kleine Tochter mochte noch nie Frikadellen. Nicht mal die genießbaren, die ihre Mutter immer macht. Ihre Grundnahrungsmittel sind Pommes mit Ketschap, Tschips und Schokolade.

»Hatice, mein Kind, sei tapfer! Zeig der Frau, dass du sie lieb hast. Wo soll sie sich denn sonst Ausländer zum Füttern herholen«, flehe ich meine Tochter auf Türkisch an.

»Bääh, iss du doch selber. Du wolltest doch die ganze Zeit teure Köfte essen gehen, obwohl man dich bei der Arbeit rausschmeißt«, kontert sie piepsig.

»Hatice, tu so, als wenn du kaust. Gleich vor der Tür kannst du ja alles ausspucken«, lautet der mütterliche Rat meiner Frau.

»Hatice, meine geliebte Tochter, die Situation ist von nationaler Bedeutung. Du darfst das Mitleid der Deutschen nicht enttäuschen. Iss es, um Himmels willen, iss es! Du bist doch das einzige Ausländerkind, das sie kennt. Außerdem werde ich alle Kurse bezahlen, die du haben willst, und du kriegst zudem gleich 5 Euro bar auf die Hand«, appelliere ich an ihr Gewissen und an ihre Geldgier.

Hatice macht große Augen und würgt mit viel Mühe zwei Frikadellen runter.

»Frau Kuckuck, wir danken Ihnen von ganzem Herzen für diese leckeren Frikadellen«, sage ich höflich anstelle meiner kleinen Tochter. Die bringt nichts mehr heraus. Und ich bin sehr froh darüber, dass sie nichts herausbringt – insbesondere nicht die Fleischklöße!

»Nichts zu danken, Herr Engin, von nun an wird Ihre Tochter jeden Tag etwas von mir zu essen bekommen, damit sie was auf die Rippen kriegt«, sagt sie gönnerhaft.

»Papi, Papi, lass uns hier sofort ausziehen! Ich werde auch immer artig sein«, wimmert Hatice mit grünem Gesicht.

»Herr Engin, Herr Engin, gut, dass ich Sie noch erwische«, ruft Opa Prizibilsky vom Erdgeschoss. »Herr Engin, sagen Sie mal, passen die Kleider, die ich für Ihre Kleine mitgebracht habe?«

»Keine Ahnung, was für Kleider denn, Herr Prizibilsky?«, frage ich überrascht.

»Papi, er meint den Müll, den er letzte Woche bei uns vor der Tür abgeladen hat«, klärt mich meine Tochter wieder auf Türkisch auf.

»Hatice, davon weiß ich ja überhaupt nichts. Was hast du damit gemacht?«, frage ich ziemlich verwirrt.

»Ich hab versucht, sie auf dem Flohmarkt zu verkaufen«, flüstert sie.

»Was denn, du hast Geschenke von Nachbarn verkauft, oder was?«, frage ich empört.

»Nein, nicht mal dort bin ich den Kram losgeworden. Deshalb hab ich den ganzen Müll in die Altkleider-Tonne geschmissen«, sagt sie enttäuscht.

»Herr Engin, meinem Enkel passen die Sachen nicht mehr«, klärt Opa Prizibilsky uns auf. »Und da Sie ja hier im Haus wohnen, da dachte ich mir, warum soll ich die Sachen für teures Geld nach Afrika schicken?«

»Danke, Herr Prizibilsky, Sie sind aber auch wirklich zu gut zu uns«, sage ich und schimpfe mit meiner Tochter:

»Hatice, wenn du jetzt eins von seinen Kleidungsstücken angehabt hättest, hätte das so einen guten Eindruck bei unseren deutschen Nachbarn gemacht!«

»Papi, warum muss eigentlich immer ich unter diesem Schwachsinn leiden? Zieh du doch selber seine alten Klamotten an«, zischt sie.

Herr Prizibilsky fragt neugierig:

»Was meint Ihre liebe Tochter, Herr Engin?«

»Meine Tochter sagt, sie hat diese schönen Kleider extra für ihren Geburtstag aufgehoben, und sie fragt, ob sie ihrem Onkel Prizibilsky zum Dank die Hände küssen darf.«

In dem Moment zischt meine Frau mir ins Ohr:

»Osman, Hatice fragt, ob sie dich nachher umbringen darf?«

Im Gegensatz zu meiner Familie sind unsere Nachbarn bester Laune.

Montag, 14. Juni

Am Montag erwähne ich meinem Meister gegenüber mit keinem Wort die Geschichte mit Frau Kuckuck. »Was soll ich denn damit, zum Kuckuck?«, hätte er sofort gebrüllt. »Ich will die Mordgeschichte hören! Hast du nun an der toten Frau rumgefummelt oder nicht?«

Und wie ich vermutet habe, so kommt es auch.

»Mein lieber Meister, ich war richtig erbost, dass meine Frau am Tatort rumgefummelt hatte. Dementsprechend rief ich ganz schön böse:

›Eminanim, ich meine das ernst, du wirst jetzt verdächtigt, weil deine Fingerabdrücke auf der Vase drauf sind.‹

›Und deine Fingerabdrücke sind auf dem Po der toten Inge, du Ferkel! Aber mach dir keine Sorgen, der hiesigen Polizei ist ein Mord so was von egal!‹, rief sie sehr sarkastisch.

›Wie kommst du denn da drauf?‹, fragte ich erleichtert, da mir offensichtlich keine Strafen drohten, obwohl ich mit einer ihrer Freundinnen gepennt hatte. Dass sie bereits tot war, wirkte sich wohl etwas strafmildernd aus.

›Vermutlich ist die Schwerter Polizei völlig abgestumpft, was Morde betrifft, weil hier seit Jahren jeden Tag mehrere Dutzend Menschen mit einem Schwert abgeschlachtet werden. Womöglich auch daher der Name:

Schwerte! Schlachte wäre allerdings noch passender gewesen! Wie sagt unser kommunistischer Sohn Mehmet immer so schön: Schwerter zu Pflugscharen!‹

›Na gut, wenn die Polizei nicht zur Leiche kommt, dann muss eben die Leiche zur Polizei‹, fasste ich die Lage blitzschnell zusammen.

›Willst du die arme tote Inge etwa so zur Polizei schleppen?‹, fragte meine Frau überrascht.

›Nicht direkt natürlich. Ich werde sie mit meiner tollen Digitalkamera fotografieren und damit zu diesen Ignoranten fahren. Aber vorher rufe ich noch mal den Klaus an. Ein ganzer Tag Vorsprung sollte eigentlich reichen.‹

›Hallo Osman, gut, dass du anrufst. Rate mal, wo ich gerade bin?‹, meldete sich Klaus, für einen frischen Mörder ziemlich gut gelaunt.

›Etwa schon im Ausland?‹, fragte ich verwirrt.

›Stimmt, wie hast du das erraten?‹, fragte er vergnügt.

›Eminanim, er ist schon über alle Berge‹, flüsterte ich meiner Frau zu.

›Frag ihn doch mal, wo er ist‹, sagte sie.

›Osman, rate mal, wo ich bin?‹, fragte auch Klaus.

›Südamerika‹, tippte ich zaghaft.

›Wieso Südamerika? Ich bin in der Türkei‹, lachte er.

›Ich fass es nicht! Du bist in die Türkei geflüchtet?‹

›Ja, du sagst es! Ich bin regelrecht geflüchtet. Seit sieben Jahren habe ich keinen richtigen Urlaub mehr gemacht. Es ist wirklich toll hier in Akçay, danke für den Tipp.‹

›Wie bitte? Du bist in Akçay?‹

›Ja, seit genau zwei Wochen. Und ich habe noch mal vierzehn Tage. Ich bin hier genau in dem Hotel, das du mir empfohlen hast, direkt am Meer. Ich habe eben am Strand gefrühstückt und schaue mir jetzt das herrlich saubere und spiegelglatte Wasser an. Danke, mein Freund, so toll habe ich mich noch nie entspannt!‹

›Seit zwei Wochen bist du in der Türkei, sagst du? Und ich wollte dich gerade mit Eminanim in Schwerte besuchen.‹

›So ein Pech aber auch, ich hätte dich gerne mal wieder gesehen. Ich habe meine Wohnung an eine nette Frau aus Bremen untervermietet. Die hat bestimmt nichts dagegen, wenn du mit deiner Frau in meiner Wohnung übernachten willst. Diese Inge ist sehr lieb und absolut ruhig.‹

›Das stimmt, die ist wirklich extrem ruhig. Man könnte sagen, sie ist tot.‹

›Osman, um die Uhrzeit kannst du sie ruhig schon wecken.‹

›Wie soll ich sie denn wecken, ich bin doch nicht Jesus!‹

Plötzlich war die Händy-Verbindung unterbrochen, nur weil ich auf die rote Taste gedrückt hatte.

›Eminanim, Klaus kann nicht der Mörder sein. Er ist schon seit zwei Wochen in der Türkei‹, fasste ich für meine Frau das Gespräch zusammen.

›Und warum hast du ihm nichts von dem Mord erzählt?‹, fragte sie verärgert. Seitdem wir in Schwerte waren, war sie irgendwie die ganze Zeit nur noch verärgert. Ich hätte doch zu einem Hotel fahren sollen.

›Ich will ihm doch nicht seinen schwer verdienten Urlaub verderben‹, sagte ich wahrheitsgemäß.

›Spinnst du? Hier liegt eine tote Frau in seiner Wohnung!‹

›Und? Wird sie dadurch etwa wieder lebendig?‹

›Osman, sei still, ich höre verdächtige Schritte vor der Tür. Der Täter kommt bestimmt zum Tatort zurück‹, flüsterte meine Frau plötzlich und riss mit einem Ruck die Wohnungstür auf.

›Sie Mörder, Sie‹, brüllte sie den völlig verdatterten Mann im Flur an.

Als der mutmaßliche Mörder sah, dass ich in den Taschen der toten Inge rumkramte, brüllte der mich wiederum an:

›Sie Mörder, Sie!‹

Damit der Kreis sich schloss, brüllte ich meine Frau an:

›Sie Mörderin, Sie!‹

›Osman, jetzt drehst du ja völlig durch!‹, keifte sie.

›Eminanim, du bist doch von den drei Verdächtigen hier wohl die Verdächtigste! Erstens, du kennst diese Inge, zweitens, deine Fingerabdrücke sind auf der Tatwaffe, drittens, du warst gestern, bis ich kam, ungefähr zwei Minuten mit ihr ganz allein.‹

›Toll, Osman, du hast es voll erfasst!‹

›Du gibst also den Mord zu? Was waren deine Motive? Bedauerst du es?‹

›Ich bedaure von ganzem Herzen, dass ich dich nicht bereits vor Jahren mit einem nassen Handtuch erschlagen habe!‹, schimpfte sie, immer noch total verärgert.

Herr Viehtreiber, ein türkisches Sprichwort sagt: Die Tiere verständigen sich durchs Schnüffeln, die Menschen durchs Reden – wie wahr, wie wahr! Nach kurzer Besprechung stellte sich nämlich heraus, dass der erste Verdächtige Walter hieß und ein brandneuer Bekannter von Inge aus Schwerte war. Er behauptete felsenfest, mit dem Mord absolut nichts zu tun zu haben, da er ja nicht mal einer Fliege was zuleide tun könne.

Weiterhin stellte sich heraus, dass die weibliche Verdächtige Eminanim hieß und eine alte Bekannte von Inge aus einem Yoga-Kurs in Bremen war. Auch sie behauptete, unschuldig zu sein, da Yoga doch dafür sorge, dass die Teilnehmer sich vollkommen entspannen und in völligem Frieden mit sich selbst und ihrer Umwelt leben.

Und ich stellte mich als fünfundzwanzigjähriger Ehemann von Eminanim heraus. Nein, nein, ich bin leider nicht fünfundzwanzig – meine Ehe ist es nur! Und weiterhin stellte sich heraus, dass ich ein paar Tage vorher im Sommerurlaub in der Türkei mindestens tausend Fliegen und zweitausend Mücken auf brutalste Art und Weise abgeschlachtet hatte und dazu ein unverbesserlicher Yoga-Hasser war, wie meine fünfundzwanzigjährige Ehefrau hartnäckig behauptete. Nein, nein, meine Ehefrau ist leider auch nicht fünfundzwanzig – wie gesagt, unsere Ehe ist es nur!

Danach gingen wir alle drei gemeinsam zum Polizeirevier. Als ich sah, dass die Polizeistation nur fünfzig Meter entfernt ist, flippte ich richtig aus.

Aber es stellte sich als unwahr heraus, dass die Schwerter Polizei mindestens fünf Leichen brauchte, um sich zu Hausbesuchen zu bequemen! Vier auch nicht! Drei auch nicht! Nicht mal zwei!

›Schon bei einer einzigen Leiche würden wir mit Sicherheit kommen – wenn wir denn nur könnten‹, versicherte mir Hauptkommissar Lück.

›Und was hindert Sie daran?‹, fragte ich neugierig.

›Wir haben nicht genügend Mitarbeiter. Pro Nacht bekommen wir mindestens fünfzig Anrufe. Neunundvierzig davon wegen Ruhestörung‹, sagte er. ›Und meine Kollegen von der Nachtschicht haben auch gewissenhaft notiert, dass diese Inge Peters gleich mehrmals wegen des Lärms in der Wohnung über ihr angerufen hat. Nach dem fünften Anruf sind die Kollegen auch hingegangen und haben mit dem Herrn in der Etage obendrüber ein ernstes Wort gesprochen. Aber danach nicht mehr, wie gesagt, wegen Personalmangel. Als Ihre Frau dann vom gleichen Apparat anrief und von Mord sprach, da hat unser Kollege gedacht, diese Inge Peters würde ein wenig dramatisieren und hat sie deshalb ein bisschen …‹

›Verarscht!‹, vollendete Eminanim den Satz.

›Nicht doch, gnädige Frau! Ein bisschen hingehalten, wollte ich sagen‹, entschuldigte sich Kommissar Lück höflich und buchtete uns dann alle drei einfach ein – das aber nicht mehr ganz so höflich!

Wie ein tollwütiger Hund versuchte Eminanim um sich zu beißen, um ihren Ärger loszuwerden:

›Osman, du Idiot, habe ich dir nicht gleich gesagt, dass man die Deutschen unangemeldet nicht besuchen darf?‹, schimpfte sie mit mir.

›Warum denn, damit sie ihre Leichen verstecken können?‹, fragte ich nicht weniger genervt.

›Und das alles wegen deinem dämlichen Klaus‹, zischte sie.

›Mein Kollege macht doch seit zwei Wochen Urlaub in der Türkei, der hat damit nichts zu tun!‹

›Osman, wie sagte er noch mal? Er sitzt in Akçay direkt am Meer und schaut sich das herrlich saubere Wasser an, nicht wahr? Wir sitzen in Schwerte im Knast und schauen uns die dreckige Wand an!‹

›Eminanim, ich bitte dich, versuch jetzt nicht den ganzen Knast zu putzen und neu zu streichen! Ich will wenigstens im Gefängnis einmal meine Ruhe haben. Mach doch einfach die Augen zu. Wenn du die Luken zumachst, darfst du träumen, was du willst – und niemand kann dich zügeln! Wie heißt es so schön: Die Gedanken sind frei!‹

Die Gedanken vielleicht, aber die Menschen, diese vollkommen ausgelieferten Kreaturen, die kann man auch noch nach Lust und Laune brutal foltern! Und wie! Auf diesem Gebiet sind die Deutschen wahre Experten. Das gemeine Woterbording der Amerikaner, die glühenden Eisen der Russen, die fiesen Wassertropfen der Chinesen und das brutale Auspeitschen der Araber, die alle können verglichen mit der schrecklichen Foltertechnik der Schwerter einpacken. Ich wurde zwei Tage lang so was von unmenschlich gefoltert, dieses Trauma werde ich wohl nie wieder los!

Apropos Folter: Chef, wenn ich jetzt nicht sofort losdüse, verpasse ich meinen Bus, und dann wird meine Frau mir heute Abend einen sehr dünn geschnittenen Döner servieren – und zwar mich selber!«

»Osman, wie wurdest du denn gefoltert? Was haben die mit dir gemacht?«, fragt er mit glänzenden Augen.

»Ich muss jetzt unbedingt flitzen! Morgen erfahren Sie alle Einzelheiten! Morgen wird hier so böse gefoltert, dass sogar unserem Hochofen schlecht wird!«

»Mann, du kannst doch nicht einfach so abhauen und mich wie 'ne frustrierte Nutte auf dem Strich einfach stehen lassen, verdammt! Wenn du nicht sofort weitererzählst, werde ich dich gleich foltern.«

»Herr Viehtreiber, Sie müssen sich hinten anstellen – erst die Polizei und meine Frau!«

»Du Ratte!«, brüllt er mir hinterher und knabbert wie ein wütendes Nagetier an meiner Kündigung, die er heute Gott sei Dank wieder nicht loswerden konnte.

»Guten Appetit – und tschüss«, brülle ich höflich zurück.

Total erleichtert laufe ich nach Hause!

»Na, Papa?«, fängt mich meine kleine Tochter Hatice bereits an der Wohnungstür ab.

»Na, Hatice?«, frage ich gut gelaunt zurück, und meiner Frau fallen auch sichtbar tonnenweise Steine vom Herzen.

»Na, Papa, was hast du mir versprochen?«, fragt der freche Dreikäsehoch.

»Na, was denn? Englisch, Basketball oder Geige?«, tue ich neugierig.

»Kino, Kino!«, kreischt sie, »du hast mir doch versprochen, dass wir heute ins Kino gehen!«

»Waaas? Wann habe ich denn das schon wieder versprochen?«, frage ich ungläubig.

»Doch, Ossi, das stimmt wirklich«, lacht Eminanim.

»Wieso? Welche Wette habe ich denn gegen diesen Frechdachs verloren? Ich habe wirklich keine Ahnung«, stottere ich.

»Doch, hast du«, steht meine Frau wie immer ihrer

kleinen Tochter bei. »Ungestraft kann man den Kindern nie etwas versprechen, um sie ruhigzustellen!«

»Papa, Papa, du brauchst dich nicht hinzusetzen, wir müssen doch gleich los«, hüpft Hatice völlig aufgekratzt im Wohnzimmer rum.

»Hatice, dort darfst du aber nicht so rumbrüllen. Du musst im Kino ganz ruhig sein und niemanden stören, hörst du? Nicht umsonst heißt Kino mit richtigem Namen Lichtspiel*theater*. Du musst dort mucksmäuschenstill sein!«

»Ossi, machst du dir etwa Sorgen, dass Hatice die Schauspieler auf der Leinwand stört?«, lacht meine Frau und torpediert brutal meine pädagogisch wertvollen Erziehungsmaßnahmen.

»Papa, das weiß ich doch schon alles, los, komm endlich!«, ruft Hatice ungeduldig.

»Du darfst in einem Lichtspieltheater auf keinen Fall wie zu Hause vor dem Fernseher hin und her laufen, nicht laut reden ... eigentlich gar nicht reden«, setze ich meine Bemühungen unbeirrt fort, um aus meiner kleinen Tochter trotz ihrer zügellosen Mutter doch noch eine anständige Kinobesucherin zu machen.

»Papa, wenn ich im Kino nicht mal Popkorn essen darf, dann bleibe ich lieber zu Hause und ziehe mir eine DVD rein«, ruft sie frech, ermuntert durch die ironischen Bemerkungen ihrer Mutter.

»Doch, doch, Popkorn essen darfst du natürlich – aber wie gesagt, nicht so laut!«

»Darf ich wenigstens kauen?«

»Ja, kauen darfst du schon, aber dabei niemanden stören oder anspucken!«

»Nun geht schon, damit ihr rechtzeitig zum Abendessen wieder da seid!«

Kaum sind wir in diesem riesigen Gebäude angekommen, stelle ich fest, dass diese neuen, modernen Multiplexkinos extrem elternfeindlich sind. Zumindest wenn die Eltern zu allem Übel auch noch ihren Nachwuchs dabeihaben. Das ist so ähnlich wie mit diesen Bergen von Süßigkeiten direkt vor der Supermarktkasse.

Hatice will nämlich plötzlich in alle Filme reingehen! Mit Vorliebe natürlich in die, die erst ab 18 freigegeben sind.

Mit viel Mühe kann ich sie doch noch für einen Film begeistern, der ab 12 ist. In der Hoffnung, dass meine Tochter diese vier Jahre Altersunterschied schadlos überstehen wird.

Mit der größten Popkorntüte bewaffnet, die es hier zu kaufen gibt, betreten wir den Saal und setzen uns ziemlich weit vorne ganz alleine hin, damit Hatice außer mir niemanden stören kann.

Kurz bevor der Film anfängt, als schon der zwanzigste Werbespot läuft – einer, der eigentlich nur vor den Filmen ab 24 laufen dürfte (mit 24 meine ich nicht die Uhrzeit, sondern das Alter) –, kommen mehrere Jugendliche voll bepackt mit Bier und Popkorn laut polternd in den Saal und pflanzen sich zu meinem Unglück direkt in die Reihe vor uns.

Solche Jugendliche sind der wahre Grund, weshalb ich fast nie ins Kino gehe oder, wenn doch, dann mitten im Film genervt rausstürme. Diese Mini-Rambos, die rumgrölen und sich völlig respektlos benehmen und so tun, als gehörte ihnen der gesamte Kinokomplex, die aber nicht mal in der Lage sind, ihre Hosen richtig hochzuziehen!

Ich bin sicher, dass sie mit ihrem Gebrüll sogar die Besucher im Kinosaal nebenan stören.

Und der Kopf dieser Bande, der zu allem und jedem seine ach so kuulen Bemerkungen machen muss, sitzt direkt vor meiner Tochter, die mich völlig verwirrt anschaut.

»Es läuft ja noch die Werbung, wenn der Film anfängt, sind die garantiert ruhig, du wirst sehen«, flüstere ich ihr zu, wobei in diesem Fall mehr Hoffnung als Überzeugung aus mir spricht.

Der Hauptfilm läuft noch nicht mal fünf Minuten, da werden alle Besucher im Saal mit einem sehr lauten Knall von ihren Sitzen hochgeschreckt!

Hatice hat nämlich ihre riesengroße Popkorntüte diesem respektlosen Burschen vor ihr dermaßen kraftvoll auf den Kopf gehauen, dass alle Besucher einen Schreck bekommen.

Am meisten natürlich der Mini-Rambo, der die volle Ladung auf den Hinterkopf geknallt bekommt.

Der springt mit funkelnden Augen total wütend auf, um wem auch immer den Hals umzudrehen. Als er aber die kleine Hatice sieht, weiß er nicht, wie er auf diese peinliche Schmach reagieren soll.

Kein Mensch im Kino schaut sich mehr den Film an – ich meine, nicht den auf der Leinwand.

In dem Moment ruft Hatice seelenruhig:

»Haben dir deine Eltern denn nicht beigebracht, dass man im Kino nicht reden darf?«

Der bis auf die Knochen Blamierte zischt mit hochrotem Kopf:

»Nicht, dass ich wüsste …«

»Doch, es ist aber so, nicht wahr, Papa?«, ruft Hatice und reicht mir die Tüte rüber, damit sie ihr überall verstreutes Popkorn aufsammeln kann.

Ich bin froh, dass sie mir die Tüte nicht direkt nach der Tat auf den Schoß gelegt hat! Im Gegensatz zu Hatice wäre ich vermutlich nicht mit dem Leben davongekommen.

Eine Minute später steht der Junge wie ein geprügelter Hund auf und verlässt mit seiner Bande unter Applaus den Saal.

»Toll, jetzt kann ich auch besser sehen«, freut sich meine Tochter leise.

Ich werde jetzt nur noch mit Hatice ins Kino gehen – solange sie noch klein ist!

Sie will ja auch überall nur mit mir hingehen, worauf ich sehr stolz bin.

Letztens sagte sie sogar etwas, das mich wirklich zu Tränen rührte. So viel Umweltbewusstsein hätte ich ihr gar nicht zugetraut:

»Papa, ich möchte nicht mehr, dass du mich mit dem Auto von der Schule abholst«, meinte sie. »Das ist mir sehr peinlich vor meinen Klassenkameraden. Bei einer so kurzen Strecke wird ja der Motor nicht mal richtig warm. Das ist die reinste Benzinverschwendung und eine sehr schlimme Umweltverschmutzung. Das kann ich nicht zulassen! Wenn du mir nicht glaubst, dann frag doch meinen Bruder Mehmet.«

Es war mir eigentlich klar, dass mein kommunistischer Sohn Mehmet dahinterstecken musste. Und so lobenswert diese Eigenschaft von Hatice auch ist, trotzdem habe ich keine Lust, immer überallhin zu Fuß zu latschen!

Vor allem, weil ein 20-Minuten-Weg mit Hatice zusammen zu Fuß länger als drei Stunden dauert.

Völlig erschöpft werfe ich mich nach dem Kinobesuch daheim auf die Couch.

»Eminanim, ich bin total kaputt! Mehmet hat einen sehr schlechten Einfluss auf unsere kleine Hatice. Es ist klar, dass wir den ewigen Studenten Mehmet niemals loswerden. Lass uns deshalb Hatice ins Internat schicken. Deutsche Eltern haben's gut! Die können einfach zu ihrem Kind sagen: ›Mit dem und dem und dem darfst du in Zukunft nicht mehr spielen und nicht mehr reden! Fertig, aus!‹ Die haben ja alle auch höchstens ein Kind; wenn nicht nur ein halbes (laut Statistik). Aber ich kann doch Hatice schlecht verbieten, mit ihrem eigenen Bruder zu reden. Es wäre auch nicht klug. Mehmet würde sich dadurch erst recht angestachelt und provoziert fühlen.«

»Osman, was ist denn passiert?«, fragt meine Frau neugierig.

»Hatice möchte überallhin nur noch zu Fuß gehen. Nicht mal ins Kino konnte ich heute mit dem Wagen fahren.«

»Aber Osman, das hat doch mit Mehmet überhaupt nichts zu tun. Der ist in diesem Fall völlig unschuldig. Diesen Trick hat Hatice sich ganz allein ausgedacht. Sag mir doch mal bitte, wo ihr schon wieder stundenlang wart?«

»Also, wir waren erst mal im türkischen Laden neben dem Kino, da haben wir Helva und Kekse gekauft. Dann waren wir im Süßwarengeschäft drei Häuser weiter, wo sie sich Schokolade und alle möglichen Bonbons besorgt hat. Danach waren wir im Zoo, da hat sie eine halbe Stunde mit ihrem Lieblingspony geplaudert. Und dann habe ich ihr am Kiosk eine neue Händykarte gekauft. Ich bin völlig fertig!«

»Ossi, genau deswegen will Hatice nicht, dass du sie mit dem Ford-Transit fährst. Zu Fuß kann sie dich problemlos in jeden Laden reinschleppen und dich für alles blechen lassen. Das Kind weiß doch, wenn es erst mal im Auto sitzt, wird nicht mal an den roten Ampeln angehalten!«

Dienstag, 15. Juni

Als ich am nächsten Tag wieder bei meinem Meister zum Rapport erscheine, komme ich mir wie ein Hofnarr vor – wie ein Sultansflüsterer!

Früher hatten die Sultane und Könige in Ermangelung von Fernsehen, Kino oder DVDs Hofnarren auf ihrer Gehaltsliste, von denen sie mit Geschichten und Schabernack unterhalten wurden. Wenn die Hofnarren nicht ganz zufriedenstellend arbeiteten, wurden sie ganz schnell von der Gehaltsliste auf die Todesliste transferiert – ohne eine beide Seiten zufriedenstellende, angemessene Ablösesumme!

Deshalb mache ich mir große Sorgen, dass ich heute in Ermangelung einer witzigen oder auch nur halbwegs interessanten Schlusspointe bei dem letzten Teil der Mordgeschichte unmissverständlich zu einem Liga-Wechsel genötigt werde – von Halle 4 zu Hartz IV!

»Und wie wurdest du nun gefoltert? Ich will Details hören«, fragt Meister Viehtreiber und stochert dabei sehr genüsslich mit meiner Personalkarte in seinen Vorderzähnen rum – diese schmierige Kündigung will ich jetzt erst recht nicht haben!

Der Sultan hat anscheinend richtig gut gespeist und wünscht sich jetzt eine spannende Unterhaltung. Ich muss die Geschichte unbedingt noch einen Tag in die Länge ziehen!

»Es war wirklich schlimm! Ich habe mindestens ein Kilo abgenommen!«

»Mensch, lass dir doch nicht alles aus der Nase ziehen! Was haben die mit dir angestellt?«

»Es ist brutal! Das können Sie sicher nicht ertragen!«

»Lass das mal meine Sorge sein!«

»Also gut, Sie haben es so gewollt! Die Schwerter Polizei hat mir das mieseste Essen vorgesetzt, das man sich vorstellen kann!«

»Mieses Essen soll Folter sein? Wenn das so ist, dann werde ich ja zu Hause seit Jahren aufs Übelste gefoltert!«

»Beschweren Sie sich doch bei Ämnesty Internäschenel, haben wir auch gemacht. Und auch bei dem Gefängniskoch. Daraufhin wurden wir nach zwei Tagen Urlaub auf Staatskosten gegen Kaution freigelassen. Besser gesagt – gegen Pfand! Wir mussten unseren Ford-Transit als Geisel im Gefängnishof lassen und durften Schwerte vorläufig nicht verlassen, allerdings wurde uns auch keine Ersatzunterkunft gestellt.

›Na toll, Hotelgeld bezahlen sie uns nicht, und im Knast und bei Klaus dürfen wir auch nicht mehr übernachten. Ich muss schon sagen, die Schwerter Polizei geht mit ihren einzigen wertvollen Kronzeugen nicht sehr respektvoll um. Die haben wohl noch nie was vom Zeugenschutzprogramm gehört! Hampfrey Bogart wurden in so einem Fall sogar mal eine ganze Gesichtsoperation und ein mehrwöchiger 5-Sterne-Aufenthalt auf Hawaii genehmigt, und wir bekommen hier nicht mal ein Zimmer in der Jugendherberge bezahlt und werden wie Freiwild zum Abschuss freigegeben‹, schwatzte ich unentwegt und schleppte meine Frau so unbemerkt in Richtung von Klaus' Wohnung.

In dem Moment klingelte mein Händy:

›Hallo, Osman, hier ist Klaus, wie geht's dir? Seid ihr wieder daheim in Bremen?‹, rief er wie immer gut gelaunt und braun gebrannt.

›Nein, wir sind immer noch in Schwerte. Wir können Schwerte irgendwie nicht verlassen und haben deshalb unseren Urlaub verlängert‹, antwortete ich wahrheitsgemäß.

›Na, hab ich's dir nicht gesagt, dass Schwerte toll ist, zumindest wenn man aus Bremen kommt. Und ich kann dieses hübsche Städtchen Akçay nicht verlassen und überlege ebenfalls, meinen Urlaub hier um eine Woche zu verlängern.‹

›Osman, sag ihm doch endlich, dass seine Untermieterin umgebracht wurde!‹, funkte meine Frau dazwischen.

›Nein, ich will ihm seinen Urlaub nicht verderben!‹, flüsterte ich.

›Meinen Kurzurlaub verdirbst du aber, ohne mit der Wimper zu zucken. Du musst es ihm sagen!‹, schrie sie. Wie gesagt, ihr war es egal, ob Klaus alles mitkriegte – sie wollte es sogar.

›Okäy, Eminanim, wie du willst ... Klaus, ich habe eine schlechte Nachricht für dich. Du kannst die Miete von Inge für diesen Monat in der Wasserpfeife rauchen‹, sagte ich.

›Warum, ist die Inge etwa wieder umgezogen?‹, stutzte er.

›Ja, vom Diesseits ins Jenseits. Und deine Wohnung diente als Rangierbahnhof!‹

›.........‹ Aus der Türkei kam kein Ton.

›Siehst du, Eminanim, ich habe ihm die schlimme Nachricht knallhart gesagt‹, versicherte ich meiner Frau, verschwieg ihr aber, dass mein Zeigefinger vor fünfzehn Sekunden aus Versehen auf die rote Taste gekommen war.

›Osman, ich glaube, du hast wieder deinen ach so lustigen Händy-Trick vorgeführt! Du wirst von der Polizei eine Anklage wegen Behinderung der Justiz und Vertuschung in einem öffentlich relevanten Mordfall an den Hals kriegen und damit einen Mordsärger!‹, schimpfte sie wie ’n Rohrspatz.

›Mordsärger wegen Behinderung und Vertuschung in einem öffentlichen Mordfall? Spinnst du? Sind nicht alle Mordfälle öffentlich?‹, fragte ich und klingelte im Erdgeschoss bei Klaus’ Nachbarn.

Eine schlecht gelaunte Frau machte die Tür auf.

›Guten Tag, gnädige Dame, ich komme wegen dieser bösen Geschichte hier im Haus‹, redete ich wie der geborene Ermittler.

›Mein Gott, haben Sie ihn vielleicht schon?‹, jubelte sie sofort.

›Nein, noch nicht. Deshalb wollte ich Ihnen noch einige Fragen stellen.‹

›Alles, was ich weiß, habe ich der Polizei doch bereits lang und breit erzählt.‹

›Trotzdem gibt es noch einige Unklarheiten. Haben Sie den Gesuchten an dem fraglichen Tag gesehen?‹

›Ja, natürlich!‹

›Würden Sie ihn wiedererkennen?‹

›Aber selbstverständlich, sofort!‹

›Beschreiben Sie ihn mal!‹

›Was soll ich sagen, sehr rund halt!‹

›Sie meinen rundlich, also dick! Welcher Farbe?‹

›Glänzendes Gold!‹

›Also blond! Damit scheiden die Ausländer als Täter schon mal aus.‹

›Wieso das denn?‹

›Sie haben recht, nicht alle Ausländer sind ja so dunkel wie ich. Erinnern Sie sich noch an irgendwelche anderen Merkmale, die Ihnen aufgefallen sind?‹

›Hören Sie mal, natürlich kann ich mich an alles erinnern! Schließlich habe ich ihn ja selbst bestellt!‹

›Wie bitte? Sie haben den Killer selber bestellt? Es war also ein Auftragsmord?‹

›Was für ein Mord denn? Ich rede hier von meinem goldenen Ring, den man mir vor ein paar Tagen aus der Wohnung geklaut hat. Aber das habe ich euch Idioten von der Polizei schon alles doppelt und dreifach erzählt‹, brüllte sie und knallte uns die Tür vor der Nase zu.

›Na, Scherlock Holms, willst du die Verbrecherin nicht verhaften? Sie hat doch zugegeben, einen blonden rundlichen Ring bestellt zu haben, um Inge zu ermorden‹, grinste meine Frau hinterhältig.

›Du hast recht. Aber dafür müsste ich erst beweisen, dass sie keinen Fingerring, sondern einen Schlagring bestellt hat!‹

›Das dürfte doch für dich kein Problem sein, oder?‹, meinte sie ironisch.

›Das ist doch die Aufgabe von Kommissar Lück. Eigentlich müsste er jetzt langsam auch hier antanzen, sonst werde ich böse … Ach, da kommt er ja schon.‹

Meine Frau schaute mich mit großen Augen bewundernd an.

Ich verschwieg ihr, dass ich kurz vorher gesehen hatte, wie der Kommissar um die Ecke kam.

›In so einer kleinen Stadt ist es unumgänglich, dass man sich ständig begegnet‹, meinte Lück.

›Wer weiß, wie oft wir heute schon dem Mörder über den Weg gelaufen sind‹, sagte ich.

›Das glaube ich weniger, der hat sich doch bereits in die Türkei abgesetzt‹, tat er höchst informiert.

›Meinen Sie etwa Klaus?‹, fragte ich.

›Genau, der ist vermutlich am Tag des Mordes aus der Türkei ins Ruhrgebiet geflogen und nach der brutalen Tat mit der nächsten Maschine gleich wieder zurück. Flugzeuge ans Mittelmeer gibt's genug.‹

›Meinen Sie nicht, dass er in dem Fall sinnvollerweise eher im Sauerland Urlaub gemacht hätte?‹

›Auf jeden Fall gehört der Mann zu unseren Tatverdächtigen. Genauso wie der hiesige Bekannte des Opfers, Walter Kempes, dann der lärmende Nachbar von der oberen Etage, natürlich auch dieser unbekannte Stolker aus Bremen und …‹

›… und meine Frau Eminanim natürlich!‹, ergänzte ich ironisch, um meine Frau aus dem Kreis der Verdächtigen herauszuholen.

›Nein, eher Sie, Herr Engin! Uns ist doch bekannt, dass die türkischen Frauen jederzeit bereit sind, sich selbst zu opfern, um die Ehre ihrer Familie zu retten‹, tat er wieder super informiert.

›Also meine Fingerabdrücke sind nicht auf der Mordwaffe‹, rief ich wieder leicht ironisch dazwischen.

›Danke, Osman, einen tollen Ehemann habe ich‹, rief Eminanim einen Tick ironischer.

›Eminanim, fall auf seinen billigen Trick bloß nicht rein! Er will uns nur gegeneinander ausspielen. Du weißt doch, guter Bulle, böser Bulle‹, flüsterte ich auf Türkisch.

›Dass du mich soeben als Mörderin ans Messer geliefert hast, ist für dich okäy – nicht wahr?‹

›Herr Kommissar, meine Frau kann es nicht gewesen sein‹, versuchte ich ein bisschen Porzellan zu retten.

›Wie gesagt, ich habe ja auch eher Sie in Verdacht, Herr Engin! Frauen begehen sehr selten einen Sexualmord.‹

›Was meinen Sie denn damit?‹

›Es sind immer Männer, die einen Sexualmord begehen, ich weiß nicht, wie ich es Ihnen noch deutlicher sagen soll?!‹

›Jetzt hast du es, Osman!‹, meinte meine Frau.

›Sagen Sie mal, Her Lück, arbeiten in Schwerte die Kommissare und Scheidungsanwälte immer so eng zusammen?‹, fragte ich genervt.

›Und die drittklassigen Hoteliers‹, fügte Eminanim noch hinzu, die sehr unglücklich darüber war, dass sie immer noch nicht nach Hause fahren durfte.

›Ja, wir stecken alle unter einer Decke! Um brutale Mörder zu fassen, arbeiten wir in Schwerte alle zusammen. Das würde ich Ihnen auch empfehlen‹, meinte der Kommissar und verschwand.

›Das brauchen Sie mir nicht zu empfehlen, Sie werden sehen, *ich* werde derjenige sein, der den Mörder findet‹, rief ich ihm ganz schön sauer hinterher.

Mein Gott, Herr Viehtreiber, ich muss jetzt aber auch verschwinden«, tue ich höchst besorgt, als müsste ich dadurch meine Ehe dringend vor dem unmittelbar drohenden Ruin retten, wohingegen eine Kündigung oder eine Mordanklage natürlich eine Lappalie wäre.

»Osman, bleib hier, der Kerl hat dich ganz klar einen Triebtäter genannt, kapierst du das denn nicht?«, versucht er mich weiter in ein Gespräch zu verwickeln.

»Alles weitere morgen, Herr Viehtreiber, bis mooorgeeeennn ...«

Meine Frau sagte mir, dass ich nach der heutigen Märchenstunde sofort zum Arbeitsamt laufen muss, um mich nach einem neuen Job zu erkundigen! Und sie fügte hinzu: »Ob bereits rausgeschmissen oder nicht!«

Die Schlange im Arbeitsamt ist länger als die vor dem Kassenhäuschen am Weserstadion, wenn Werder Bremen gegen Bayern München spielt.

Spätabends – natürlich ohne einen neuen Job – komme ich nach Hause und falle wie ein Stein aufs Sofa!

Nach all den Anstrengungen schlafe ich wie ein Toter. Ich werde davon geweckt, dass im Radio ein schönes türkisches Lied gespielt wird. Als es ausklingt, teilt der Moderator den Zuhörern mit, dass die Türken in Berlin bei der Wahl der beliebtesten Einwanderer mit großem Vorsprung Platz eins belegt haben.

Ich schiebe den Vorhang beiseite. Gleißendes Sonnenlicht erfüllt den Raum.

An die Hauswand gegenüber haben die Jugendlichen neue Parolen geschmiert:

»Wir lieben die Türken! Bitte verlasst uns nicht!«

Ich verspüre einen dumpfen Schmerz im Hinterkopf.

»Der türkische Kandidat Veli Sümbüllüoglu wurde mit großer Mehrheit zum Regierenden Bürgermeister des Landes Bremen gewählt. Leider haben nur sehr wenige türkische Mitbürger von ihrem Wahlrecht Gebrauch gemacht«, erzählt der Moderator weiter.

Ich muss unbedingt Veli anrufen und ihm gratulieren.

Der Druck in meinem Kopf verstärkt sich.

Ich nehme meine Tasche und verlasse das Haus. Den Ford-Transit lasse ich heute stehen und hoffe, dass die frische Luft meinen Kopfschmerz etwas lindert.

Meine Nachbarn Hasan und Horst grüßen mich freundlich und diskutieren weiter hitzig über die Wahl des neuen Bürgermeisters. Ihre Frauen stehen am Gartenzaun und unterhalten sich laut und fröhlich.

Als ich zur Haltestelle komme, grüßen mich die deutschen Jugendlichen respektvoll.

Die Straßenbahn ist überfüllt, aber eine schwangere Frau und mehrere deutsche Rentner bieten mir ihren Sitzplatz an. Verlegen nehme ich den Platz der werdenden Mutter ein.

Der Kontrolleur lächelt mich an und wirft keinen Blick auf meinen Fahrschein, den ich ihm entgegenhalte.

Meine Kopfschmerzen werden immer schlimmer.

»Quuiiiiietschh!!«

Ruckartig kommt die Straßenbahn zum Stehen. Ich habe die Notbremse gezogen.

»Ich möchte den Rest des Weges zu Fuß gehen. Ich habe höllische Kopfschmerzen«, stöhne ich.

Der Schaffner lächelt mich an: »Wie es Ihnen beliebt, mein Herr.«

Kaum habe ich Halle 4 betreten, grüßt mich der Meister mit Handschlag.

»Guten Morgen, Kollege Engin«, ruft er freundlich.

»Guten Morgen, Meister Viehtreiber!«

Er schaut auf die Uhr: »Sie sind aber heute ziemlich früh da!«

»Ja, in letzter Zeit stehe ich immer so früh auf.«

»Wie Sie meinen. Wenn Sie Lust haben, können Sie auch gleich anfangen.«

»Nööö, erst will ich mal einen Tee trinken, Zeitung lesen und die schläfrigen Kollegen verarschen.«

»Natürlich, Herr Engin, wie Sie wollen. Ich habe aber noch was, Herr Engin ...«, murmelt er verlegen.

»Was denn, meinen Sie die Geschichte von gestern?«

»Nein, nein, die Geschichte ist doch völlig in Ordnung. Ich möchte nur die Miete für Ihre Wohnung etwas senken. Bitte überweisen Sie mir in Zukunft nur 400 statt 600 Euro.«

»Auf keinen Fall, Herr Viehtreiber! Das kann ich wirklich nicht annehmen!«

»Herr Engin, ich bitte Sie, mir zuliebe!«

»Herr Viehtreiber, wenn Sie mich weiter so drängeln, sehe ich mich gezwungen, aus Karnickelweg 7b auszuziehen.«

»Ja gut, wie Sie wünschen. Dann belassen wir es vorerst bei 600 Euro. Aber ab jetzt übernehme ich die Nebenkosten!«

Bei Allah, diese verdammten Kopfschmerzen bringen mich um!

Es fällt mir sehr schwer, mich auf die Zeitung zu konzentrieren.

Die Schlagzeile des Tages lautet: »Die CDU hat beschlossen, in dieser Legislaturperiode allen türkischen Mitbürgern ein Auto und ein Haus zu schenken, damit in diesem Jahr nicht so viele Türken Deutschland verlassen.«

Mein Schädel zerplatzt förmlich!

Ich werfe die Zeitung in die Tonne!

»Osman, Osman, wach auf, ich glaube, du hast schon wieder Albträume«, rüttelt mich meine Frau wach.

Ich springe völlig benommen auf und schaue aus dem Fenster.

Zum ersten Mal lese ich die Parole an der gegenüberliegenden Wand mit einer gewissen Erleichterung:

»Ausländer raus!«

Und der Kommentar in den Spätnachrichten klingt auch sehr vertraut. Die Quintessenz ist:

»Die Türken verkaufen nur Gemüse und produzieren ständig kleine Kopftuchmädchen, die wiederum nur zum Gemüseverkaufen taugen!«

Mit sehr gutem Willen kann man sogar was Positives heraushören: Die Türken verkaufen nur noch Gemüse – und keine Drogen mehr!

Meine Kopfschmerzen sind aber plötzlich wie weggeblasen.

Der Alltag hat mich wieder!

Ich erzähle meiner Frau den kompletten Traum.

»Eminanim, etwas stutzig bin ich aber schon geworden. Ich war drauf und dran zu merken, dass das ein Traum war.«

»Woran denn?«, fragt sie neugierig. »Weil dein Meister Viehtreiber plötzlich auch unser Vermieter war?«

»Nein, weil er plötzlich so nett war und nicht mit meinem Kündigungsschreiben rumgewedelt hat! Und ein bisschen froh bin ich auch: Wer will denn schon diesen blöden Veli Sümbüllüoglu als Bürgermeister haben?«

»Osman, dieser Traum war eine Reaktion deines Unterbewusstseins auf den Stress der letzten aufregenden Tage. Eine seelische Täuschung!«

»Aber warum sollen denn mein Unterbewusstsein und meine Seele ausgerechnet mich täuschen wollen? Ich habe denen doch nichts getan!«

»Damit du wenigstens einen Augenblick lang tief durchatmen und zu dir kommen kannst. Damit du gewissermaßen wieder neuen Lebensmut bekommst!«

»Ich bekam davon leider nur höllische Kopfschmerzen.«

»Weil die Situation in deinem Traum für dich sehr befremdlich und völlig absurd war! Sozusagen von einem Extrem ins andere. Ich selbst hätte aber sofort durchschaut, dass das ein Traum ist.«

»Woran denn? An den schwangeren Frauen, die mir ihre Sitzplätze anbieten?«

»Nein, an den unschwangeren Frauen von Hasan und Horst, die sich laut und fröhlich unterhalten haben. Die beiden Weiber können sich doch überhaupt nicht ausstehen. Die reden schon seit vier Monaten nicht mehr miteinander!«

»Aber vielleicht hat ja der neue Beschluss der CDU, allen Türken ein Haus und ein Auto zu schenken, sie versöhnt …«

»Der neue Beschluss der CDU? Ossiiii, hallooo …«

»Ach ja … du hast recht! Eminanim, ich gehe mal kurz raus. Frische Luft ist sicher gut gegen Kopfschmerzen.«

»Um diese Zeit? Es ist fast Mitternacht!«

»Du sagst es, die Nachtschicht ruft!«

Während meines nächtlichen Spaziergangs mache ich mir nicht nur über meinen Traum Gedanken, sondern auch darüber, ob mich diese Mordgeschichte nun wohl retten wird? Genauso wenig kann ich einschätzen, ob ich bald einen anderen Job bekommen werde.

Ich grüble bis zum Morgengrauen darüber nach. Und erfülle damit inzwischen alle erforderlichen Voraussetzungen, um eine großartige Karriere als Diskjockey oder als Nachtwächter zu starten. Denn durch das neuerliche Nachts-grübeln-tags-Erzählen bin ich so was wie eine Eule geworden oder wie Graf Dracula. Ob ich mich jetzt schon in einen Sarg legen sollte?

Mittwoch, 16. Juni

Mittwochmittag bittet der Lehrer mich erneut an die Tafel. Seitdem er mich von der Schule werfen will, »befiehlt« er ja nicht mehr, sondern »bittet« mich höflich.

Kurz vor Feierabend, nachdem ich über sieben Stunden lang als Springer in allen Hallen mehrere Kollegen ersetzen musste, stehe ich erneut in Viehtreibers Büro, um den Sultan milde zu stimmen.

»Und, hast du nun den Mörder gefasst?«, fragt er geradeheraus und tut so, als würde er neuerdings hauptberuflich als Staatsanwalt arbeiten.

»Aber Chef, wieso soll *ich* denn den Mörder fassen? Ich glaube, Sie verwechseln da etwas. Ich bin bisher immer noch Schlosser in Halle 4 in Bremen und nicht Kommissar bei der Mordkommission in Schwerte!«

»Das weiß ich auch. Wobei das mit Schlosser in Halle 4 in Bremen eigentlich auch nicht mehr so ganz stimmt. Mensch, Osman, du hast doch großkotzig damit angegeben, dass *du* diesen Mordfall lösen wirst!«

»Ach, das meinen Sie. Das war mehr so ein Spruch, weil ich die Mordfälle im Fernsehen auch jedes Mal schneller als Colambo, Derrick oder Wallander lösen kann.«

»Klar, Selbstlob war für dich ja noch nie ein echtes Problem, du Penner!«

»Wieso Penner? Bin ich etwa rausgeschmissen?«, frage ich geschockt.

»Ein Penner bist du auch so«, lacht er vergnügt.

»Ach so, das stimmt, wie recht Sie doch haben«, lache ich erleichtert mit und kriege gerade noch die Kurve. »In Schwerte waren die Leute auf der Straße nämlich auch Ihrer Meinung.«

»Womit denn?«

»Mit Penner! Nachdem sich Kommissar Lück verabschiedet hatte, schlenderten wir weiter zum überfüllten Marktplatz, wo gerade ein großes Spektakel mit Tausenden von Menschen stattfand.

›Was ist denn hier los?‹, fragte ich einen jungen Mann etwas verwirrt.

›Penner!‹, schimpfte er sofort.

›Selber Penner‹, rief ich.

›Pennerkacke!‹, brüllte er.

›Selber Pennerkacke‹, rief ich zurück.

›Nicht Penner, nicht Kacke, sondern Panne und Kauken‹, erklärte seine Frau uns dann geduldig.

Nach langer Zeit kapierten wir endlich, dass die Leute ständig auf Schwerterisch ›Pannekaukenfest‹ gesagt hatten, was auf Deutsch ›Pfannkuchenfest‹ heißt, und damit wiederum das berühmte Schwerter Kartoffelreibekuchen-Fest gemeint hatten, wo wir hineingeraten waren.

Diese Pannekauken schmecken übrigens sehr, sehr gut! Wir schlugen uns damit die Bäuche voll und gingen danach ins Hotel, um nicht länger als Penner und Obdachlose beschimpft zu werden.

Es dauerte insgesamt fünf Tage, bis Eminanims Gebete

ganz oben ankamen und wir Schwerte endlich verlassen durften. Wahrscheinlich lag die Verspätung daran, dass der Himmel im Ruhrgebiet ständig mit dicken Wolken verhangen war. Womöglich hätten wir dort noch länger bleiben müssen, wenn ich mich weiterhin geweigert hätte, unsere bei der Bremer Polizei hart erkämpften Pässe bei der Schwerter Polizei abzugeben. Kommissar Lück hat natürlich nicht die leiseste Ahnung, wie lange ich geschuftet habe, um einen deutschen Pass zu bekommen.

Danach fuhren wir sofort wieder in die Ruhrstraße, um uns von Klaus zu verabschieden. Kommissar Lück hatte, genauso wie meine Frau Eminanim, dem armen Mann seinen Urlaub nicht gegönnt und ihn auf der Stelle nach Deutschland zurückbeordert.

Während ich aus seinem Wohnzimmerfenster diese lustige Aussicht mit dem umkippenden Baumkirchturm ein letztes Mal genoss, sagte er:

›Ein Glück aber auch, dass wenigstens diese nervigen Bauarbeiter wieder weg sind. Nur wegen denen bin ich überhaupt in Urlaub gefahren.‹

›Was für Bauarbeiter denn?‹, fragte ich neugierig.

›An der ganzen Vorderfront unseres Wohnblocks haben sie Wärmedämmplatten angebracht, weil unsere Heizkosten so hoch sind.‹

›Soll das etwa heißen, dass hier tagelang ein Baugerüst vor dem Haus stand? Sozusagen eine Einladung für jeden engagierten Einbrecher.‹ Mit Sicherheit war das der Lärm, der mich damals so früh am Morgen aufgeweckt hat. Da haben sie vermutlich das Gerüst wieder abgebaut und auf den Lkw geladen.

Beim Verlassen des Hauses wurden wir eine Etage tiefer von der Nachbarin abgefangen:

›Der verdammte Dieb ist endlich geschnappt worden! Ich habe meinen Ring wiederbekommen, ist das nicht toll?‹, strahlte sie über das ganze Gesicht.

›Der Dieb kam garantiert über das Baugerüst‹, sagte ich.

›Gut möglich, an meiner Wohnungstür waren überhaupt keine Einbruchsspuren‹, meinte sie.

›Gut möglich auch, dass der Dieb am nächsten Tag über das Baugerüst wiedergekommen und eine Etage höher, bei Ihrer Nachbarin, eingebrochen ist. Gelegenheit macht nicht nur Diebe, sondern auch Mörder!‹, strahlte auch ich wie ein Honigkuchenpferd und rief sofort Kommissar Lück an.

›Herr Kommissar, Sie sollten nicht nur mit den Scheidungsanwälten und Hoteliers zusammenarbeiten, sondern zur Abwechslung auch mit Ihren eigenen Kollegen vom Raubdezernat. Einen Tag vor dem Mord wurde hier im Haus nämlich eingebrochen und Schmuck gestohlen. Ihr Kollege hat diesen Einbrecher bereits eingelocht. Ich bin sicher, dass der Dieb auch der Mörder von Inge Peters ist!‹

Mit stolzgeschwellter Brust und sehr erleichtert schaute ich meine Frau an.

›Na, Eminanim, hatte ich dir nicht gesagt, dass *ich* diesen Fall lösen werde? Ich, der türkische Scherlock Holms!‹

Oh, mein Gott! Wie die Zeit vergeht! Herr Viehtreiber, ich muss sofort los! Der Busfahrer ist ohnehin nicht gut auf mich zu sprechen. Gestern warf ich mich nämlich spontan vor seinen Bus, damit er nicht losfährt, und er war nicht sehr erfreut darüber. Er sagte, noch mal würde er darauf keine Rücksicht nehmen.«

»Osman, sag mir doch wenigstens, ob der Dieb der Mörder ist?«

»Meister, der Busfahrer wird wohl der Mörder sein, wenn ich mich erneut verspäte! Also tschüüüssss!«, rufe ich gekünstelt aufgeregt und flitze los.

Um wie immer das letzte Wort zu haben, versucht Meister Viehtreiber irgendetwas zu artikulieren, aber viele dudentaugliche Wörter befinden sich dann doch nicht darunter:

»Öeeh ... krkr ... meeeeee ...«, stammelt er hinter meinem Rücken.

Froh, dass das Kündigungsschreiben immer noch in seiner Hand ist und nicht in meiner, spurte ich direkt zu meinem Ford-Transit.

Wenn ich nicht sofort zu diesem Personälity-Marketing-Ofis hinfahre oder zum Selbst-ist-der-Mann-Center oder zum Jobcenter oder wie das gute alte Arbeitsamt jetzt auf Neudeutsch sonst noch so heißen mag, um endlich einen neuen Job zu bekommen, dann wird meine Frau mich wirklich nicht mehr zu Hause reinlassen!

Mit quietschenden Reifen halte ich vor der Behörde und stürme voller Elan in das Personälity-Arbeitsamt-Center.

Etwas ernüchtert schiebe ich meinen Hintern dort gleich auf die lange Bank. Vor mir wartet nämlich wieder eine riesige Schlange – die schnarcht! Nein, es ist nicht die Schlange, die schnarcht. Auch nicht die Bank. Die arme Bank quietscht vielmehr unter der großen Last, die sie tagtäglich zu tragen hat. Insbesondere unter der Last der dicken Frau links neben mir, die, wie gesagt, unaufhörlich schnarcht.

Nach dreiundsiebzig Minuten werde ich endlich erlöst. Die Dame wird an die Hartz-IV-Schlange verwiesen, wo sie weiterschnarchen soll, und ich bekomme eine neue Schlange in der Jobvermittlungsabteilung – als wenn sie welche hätten! Jobs meine ich – Schlangen haben sie mehr als genug!

Total enttäuscht komme ich wieder nach Hause.

»Osman, erzähl doch mal: Wie ist die heutige Märchenstunde ausgegangen?«, fragt meine Frau neugierig.

»Es hat geklappt. Ich darf morgen wieder kommen, um den Rest zu erzählen.«

»Aber es gibt doch keinen Rest mehr! Diese Geschichte hat doch gar keine Schlusspointe.«

»Wer weiß, vielleicht schafft es ja Kommissar Lück bis morgen, den Mörder auf sehr spektakuläre Art und Weise zu fassen.«

»Was er bis jetzt nicht geschafft hat, wird er bis morgen auch nicht hinkriegen.«

»Okäy, dann müssen wir selber eine grandiose Schlusspointe erfinden. Was hältst du davon, dass ich mich freiwillig als Mörder ergebe, ich kann nicht mehr!«

»Das würde ich dir nicht raten. Deinem Meister Viehtreiber musst du nur einen Monat Geschichten erzählen, deinen Knastbrüdern wirst du jahrelang was erzählen müssen! Von dem scheußlichen Fraß dort ganz zu schweigen.«

Meine Frau weiß immer ganz genau, wie sie mich motivieren kann. Sie ist unbezahlbar!

Dann sagt sie mit sorgenvoller Miene:

»Apropos Fraß: Ich werde für deinen Meister was kochen!«

»Willst du ihn etwa vergiften?«, frage ich schockiert.

»Wieso vergiften? Das ist also deine Meinung über mein Essen?«, schmollt sie eingeschnappt.

»Nicht doch, mein Schatz! Ich dachte, du willst vielleicht etwas Rattengift ins Essen mischen oder so. Weshalb willst du sonst für ihn kochen?«

»Osman, du weißt doch, dass du mit deinen normalen, langweiligen Geschichten keinen Hund hinterm Ofen hervorlocken kannst. Deshalb habe ich mir gedacht, dass dein Meister von mir was zu essen bekommt. Dann hat er bessere Laune und schmeißt dich nicht sofort raus.«

»Von mir aus. Aber was soll ich ihm denn morgen bloß erzählen, verdammt?!«

In dem Moment klingelt es an der Tür. Da meine Frau schon in die Küche verschwunden ist, schleppe ich mich wohl oder übel selbst vom Sofa in den Flur.

Vor der Tür steht Herr Krummsack, unser allseits heiß geliebter Hausmeister.

»Ach, Herr Krummsack, so spät noch unterwegs? Was gibt's denn?«, frage ich neugierig, obwohl ich aus jahrzehntelanger Erfahrung weiß, dass es keinen triftigen Grund geben muss, damit er mich beim gemütlichen Fernsehgucken brutal stört.

»Herr Engin, bitte sorgen Sie gefälligst dafür, dass diese ekelhafte Hundescheiße aus unserem Flur verschwindet«, zischt er genervt und hält sich dabei ganz schön verkrampft die Nase zu. Mit den vier Fingern der anderen Hand hält er seine Einkaufstasche vor die Brust und weist mit dem einzigen freien Finger auf einen riesigen Haufen, der ein paar Schritte entfernt in unserem Flur liegt. Die restliche Hundescheiße, die noch an seinen Schuhen klebt, reibt er in aller Ruhe an meiner Fußmatte ab.

Ich verspüre einen leichten Anflug von Zorn in meinem Bauch, aber reiße mich trotzdem zusammen, um des lieben Hausfriedens willen. Auf diesem speziellen Gebiet habe ich ja in den letzten Tagen ein großes Träningspensum vorzuweisen – auf dem Gebiet des Sich-Zusammenreißens.

»Herr Krummsack, warum soll ich den Dreck wegmachen, den Sie von der Straße reinschleppen?«, sage ich äußerlich gefasst und dem Anlass entsprechend stinkfreundlich. »Außerdem versauen Sie mir gerade meine gute Fußmatte. Wissen Sie eigentlich, wie teuer so was ist?«

Herr Krummsack läuft rot an und sagt nur ein Wort: »Mittwoch!«

Heute ist Mittwoch, und mittwochs müssen wir immer den Flur von der Haustür bis zur Treppe sauber machen. Welcher Bewohner an welchen Tagen dran ist, das weiß ich nicht und habe ich auch nie gewusst. Eminanim ist Experte auf diesem Gebiet. Sie stellt die Liste ja auch jeden Monat gemeinsam mit Oma Fischkopf zusammen. Mittwochs sind offensichtlich wir dran.

»Aber, aber, Herr Krummsack, nur weil wir mittwochs dran sind, haben Sie noch lange nicht das Recht, absichtlich Hundescheiße von der Straße bis in den Flur zu schleppen«, weise ich unseren Hausmeister zurecht.

»Hören Sie mal zu, Herr Engin, meinen Sie etwa, ich würde mir absichtlich meine guten Schuhe einsauen?«

»Wieso einsauen? Den Schuh haben Sie doch an meiner Fußmatte wieder herrlich sauber gekriegt!«

»Egal, Sie sind heute dran! Und das bedeutet: Sie machen den Dreck weg!«

»Ich habe doch keinen Hund! Nicht mal einen Mops!«

»Aber einen Wischmopp werden Sie ja wohl haben«, bellt er, dreht sich um und stampft die Treppe nach oben.

»Morgen sind Sie ja dran, dann können Sie sich darum kümmern«, rufe ich ihm hinterher.

»Krummsack ist erst Montag dran«, ruft meine Frau.

»Ich bin erst Montag dran«, ruft auch Herr Krummsack von oben.

»Gut, dann sorge ich dafür, dass bis Montag der Hundescheiße in unserem Flur kein einziges Haar gekrümmt wird«, brülle ich nach oben und knalle die Tür zu.

Ich könnte explodieren vor Wut. Und die anderen Nachbarn denken jetzt bestimmt, ich hätte diesen Mist reingeschleppt, weil Spuren davon an meiner Fußmatte sind.

»Jetzt auch noch Hundescheiße«, schimpfe ich. »In letzter Zeit habe ich ja nur so was am Hals, ich sollte sie nummerieren: 1. Jobscheiße, 2. Jobcenterscheiße, 3. Hundescheiße!«

Donnerstag, 17. Juni

Am nächsten Tag stehe ich mit zittrigen Beinen vor Herrn Viehtreiber.
Während er noch einige Papiere in seine Schreibtischschublade steckt, packe ich aus meiner Tasche wie nebenbei eine Köstlichkeit nach der anderen aus und stelle alles auf seinen Schreibtisch.

Lecker! Meine Frau hat mit Hackfleisch gefüllte Auberginen, Börek mit Schafskäse und türkische Knoblauchwurst mit Eiern, Zwiebeln und scharfen Peperoni gemacht.

Bei der tollen Aussicht läuft mir das Wasser im Mund zusammen, aber ich beherrsche mich, aus Angst, dass Eminanim vielleicht doch noch eine Prise Rattengift reingemischt haben könnte.

»Herr Viehtreiber, meine Frau hat gestern sehr leckere Sachen für mich gekocht. Ich habe heute leider keinen Appetit, wollen Sie nicht kosten?«, rufe ich. »Besonders diese Frauenschenkel-Frikadellen sind wirklich sehr lecker, kann ich nur empfehlen.«

»Echte Frauenschenkel wären mir lieber«, lacht er und deutet ziemlich direkt an, dass ich als Zuhälter viel mehr Chancen auf einen Verbleib in der Firma hätte. Was wohl meine Frau von dieser Idee hält?

»Und, ist der Dieb nun auch gleichzeitig der Mörder?«, schmatzt Viehtreiber mit glänzenden Augen. Jetzt kann ich nicht mal abschätzen, ob er wegen des leckeren Essens wie ein Weihnachtsbaum voll elektrischer Kerzen strahlt oder wegen der Vorfreude, dass ich bald als Mörder dastehe?

»Ehrlich gesagt, das weiß ich nicht, Chef. Kommissar Lück hat sich danach nicht mehr gemeldet. Der Dieb war es wohl nicht.«

»War mir schon klar, dass du nicht zum Ermittler taugst!«, knurrt er.

»Vielleicht tauge ich ja zum Mörder! Es könnte doch sein, dass Kommissar Lück in Ermangelung eines geständigen Täters am Ende mich in den Knast steckt«, versuche ich die fast verlorene Spannung noch irgendwie aufrechtzuerhalten.

Bei Allah, wie lange dauert es denn, bis so ein Rattengift wirkt?

»Du und Mörder? Dass ich nicht lache, du Weichei«, schmatzt er und streckt seine linke Hand nach meinem Kündigungsschreiben aus, während er sich mit der rechten noch einen Frauenschenkel schnappt.

»Öhm ... öh ... ich bin kein Weichei«, stottere ich und schiebe eine Serviette zu seiner linken Kralle, bevor ein Unglück passiert.

Danke, Eminanim!!

Wenn meine Frau überhaupt Rattengift benutzt hat, dann nur in homöopathischen Dosen, und das wirkt bei meinem Meister anscheinend eher appetitanregend.

Aber wenn sie nicht vorhatte, ihn auf direktem Wege zu

Inge zu schicken, weshalb hat sie dann gestern keine halbwegs interessante Story mit mir eingeübt?

Mein Meister wischt sich die Hand mit der Serviette ab und streckt sie erneut nach dem Damokles-Schwert aus. Ich reiche seiner ausgestreckten fettigen Hand noch eine saubere Serviette.

Ich habe dem Spruch von meinem kommunistischen Sohn Mehmet was hinzuzufügen:

Schwerter zu Pflugscharen – Kündigungen zu Servietten!

»Herr Viehtreiber, Sie können mir doch nicht einfach so kündigen«, jammere ich voller Angst.

Angst davor, dass ich vorm Zimmer 143 ab heute nicht nur meine Nachmittage, sondern den Rest meiner Tage verbringen muss! Angst davor, unsere Miete nicht mehr zahlen zu können und mit Kind und Kegel unter der Brücke schlafen zu müssen! Angst davor, gesellschaftlich absteigen zu müssen! Ich werde gleich nachher im Jobcenter mal einen arbeitslosen Soziologen fragen, ob das geht. Ich meine, kann man als Türke in der gesellschaftlichen Hierarchie Deutschlands noch mehr absteigen? Ist das rein theoretisch überhaupt möglich?

Zum Glück klingelt in dem Moment mein Händy. Ein neuer Fall von »Händy rettet Leben«!

Meine Frau ist am Telefon.

»Danke, Eminanim!«, knurre ich. »Er ist weder an Rattengift krepiert, noch ist er an den Massen, die er gierig verschlungen hat, erstickt«, füge ich auf Türkisch hinzu.

»Und? Hast du was bekommen?«, fragt sie mit zittrigem Stimmchen.

»Ja, ich bekomme gleich die Kündigung! Bedankt habe ich mich ja eben dafür bei dir ...«

»Kann man nichts dagegen tun?«

»Du hättest die volle Ladung Rattengift ins Essen tun sollen!«

»Ich meine doch mit Geschichten. Was erzählst du jetzt deinem Meister, du Doofi?«

»Doch, Osman, ich kann dir sehr wohl kündigen«, ruft Viehtreiber dazwischen, »seit Tagen mach ich doch nichts anderes.«

»Aber wenn das so ist, dann kann ich ja gleich nach Hause gehen. Mit fünfzig finde ich keine Arbeit mehr«, jammere ich betont herzzerreißend wie ein geprügelter Hund.

Sein Herz scheint sehr robust zu sein:

»Ja, geh nach Hause und leg dich auf die faule Haut«, grinst er.

»Ich meine damit aber nicht den Karnickelweg 7b, sondern Anatolien. Ich werde für immer zurückkehren«, schlucke ich.

»Klar! Dort hast du ja auch ständig Sonne, was willst du denn noch hier«, blockt er meine aufkeimende Gefühlsduselei sofort ab und hält mir meine Kündigung direkt unter die Nase: »Hier unterschreiben, dann kannst du gehen, wohin du willst.«

»Aber Chef, soll ich jetzt wieder einfach so zurück? Meine Heimat ist doch Bremen. Außerdem kennen Sie doch die Geschichte, wie schwer ich es einst hatte, aus Anatolien nach Deutschland zu kommen«, rufe ich mit einem geheimnisvollen Unterton in der Stimme.

»Nein, davon weiß ich nichts«, sagt er leicht neugierig, was mich plötzlich wieder hoffen lässt.

»Wie? Sie kennen die aufregende Geschichte nicht, wie ich nach Deutschland gekommen bin? Das gibt's doch nicht«, tue ich höchst überrascht.

»Nein, nicht dass ich wüsste!«

»Aber Herr Viehtreiber, da haben Sie aber wirklich was verpasst, es ist nämlich eine total lustige und sehr, sehr spannende Geschichte«, rufe ich krampfhaft vergnügt. »Sie werden sich vor Lachen wirklich in die Hose machen. Und wie es der Zufall will, geht es in der Geschichte auch ums Pinkeln!«

»Ja gut, nun erzähl schon, bis ich fertig gegessen habe«, ruft er ungeduldig und legt mein Kündigungsschreiben geistesabwesend wieder auf den großen Schreibtisch – hält es aber immer noch krampfhaft mit seinen Wurstfingern fest!

»Also, Herr Viehtreiber: Es war einmal vor ungefähr fünfundzwanzig Jahren. Ich wartete gemeinsam mit fünfzehn anderen Leuten im großen Anwerbesaal des deutschen Arbeitsamtes in Istanbul, um die heiß begehrte Erlaubnis zu bekommen, als Gastarbeiter nach Deutschland zu reisen. Gerüchten zufolge würden die deutschen Ärzte unsere Zähne prüfen. Wieder andere behaupteten, die deutschen Ärzte könnten unsere Zukunft am Zustand unserer Zähne vorhersagen. Vermutlich stimmte das, schließlich sind die Deutschen doch ein fortschrittliches Volk, die lesen garantiert nicht wie wir Orientalen aus der Hand oder dem Kaffeesatz, hatte ich mir, naiv wie ich damals war, gedacht.

Nachdem der große blonde Arzt dem Bauern aus Adana ins Maul geschaut hatte, stellte er ihn zu den Verfaulten rüber. Das arme Bäuerlein rief:

›Ich bin erledigt‹, und fing an zu weinen.

Dann war ich dran!

Ich konnte mich kaum noch auf den Beinen halten vor lauter Zittern« – so wie jetzt –, »zum einen, weil ich Angst hatte, auch zu den Verfaulten rüberzumüssen, zum anderen, weil es kalt war und wir in Unterhosen herumstanden. Wenn ich den Mund nicht weit offen gehabt hätte, hätte ich geklappert wie ein Storch.

Der lange deutsche Doktor mit dem langen weißen Kittel umfasste mit der einen Hand mein Kinn, mit der anderen griff er mir in die Haare. Dann öffnete er mit einem Ruck meinen Mund sperrangelweit wie einen Backofen, als wollte er bis in den Magen hinunterschauen. Was mir an dem Tag sehr peinlich gewesen wäre. In meinem Magen waren nämlich nur ein kleines Stück Brot und drei schwarze Oliven. Denn das Essen, das mir meine Frau Eminanim mitgegeben hatte, war längst aufgebraucht.

Als ich vier Wochen vorher nämlich einen Brief bekommen hatte, in dem stand: ›Osman, komm zur Untersuchung, du darfst nach Deutschland fahren‹, hatte ich auf unserem Dorfplatz einen aufsehenerregenden Bauchtanz aufgeführt und noch am gleichen Tag meinen gesamten Besitz – zwei Ziegen – verkauft. Der Großgrundbesitzer war so gütig, mir die Hälfte vom echten Wert der zwei Ziegen auf der Stelle auszuzahlen.

Am nächsten Tag saß ich bereits im Zug nach Istanbul. Und nach dem Bezahlen der üblichen Bestechungsgelder bei den Behörden hatte ich alle Bescheinigungen zusammen, um mich beim deutschen Arbeitsamt vorzustellen. In der Zeit hatte ich aber alles aufgegessen, was meine Frau Eminanim mir mitgegeben hatte. Lediglich das Stück Brot und die drei schwarzen Oliven hatte ich mir aufgehoben. Sie sollten mir Kraft geben, die Untersuchung aufrecht stehend durchzuhalten.

Der lange Deutsche mit dem langen Kittel beugte meinen Kopf in alle Richtungen. Anschließend klappte er mit einer schnellen Bewegung meinen Mund wieder zu!

Tättä, tätä, täääättääääa!!!

Die wichtigsten Sekunden in meinem Leben waren angebrochen!

Stellt er auch mich zu den Verfaulten rüber oder nicht?

Der Trommelwirbel, den mein Herz angestimmt hatte, war auch ohne Stethoskop für alle deutlich hörbar.

Nein, ich hatte ein Riesenglück, ich durfte zu den Gesunden!

Danach fing ein anderer langer blonder Arzt mit einem anderen langen weißen Kittel noch mal von vorne an. Als ich dran war, haute er mir mit der Faust zweimal auf den Rücken. Ich blieb stocksteif stehen, wie das Atatürk-Denkmal auf unserem Dorfplatz. Die drei schwarzen Oliven waren sehr erfolgreich.

Dann sagte der kurze, dunkle Dolmetscher, mit dem kurzen und nicht so weißen Kittel, ich solle mal husten.

›Mein Herr, ich brauche nicht zu husten, ich bin doch nicht krank‹, sagte ich mit stolz geschwellter Brust, ›wie Sie sehen, bin ich kerngesund!‹

Es könnte doch eine hinterlistige Falle sein, dachte ich,

mich husten zu lassen und mich deshalb zu den Verfaulten rüberzuschicken, weil ich angeblich krank sei. Auf solch primitive Tricks falle ich bestimmt nicht rein.

Daraufhin hat sich der Kurzkittel ganz kurz mit dem Langkittel unterhalten und hat mich sofort angeschrien:

›Huste, sag ich, du Bauerntrampel!‹

Mit den Ärzten wollte ich mich natürlich auf gar keinen Fall anlegen – wohl oder übel hustete ich.

›Noch mal‹, rief der als Dolmetscher getarnte Fluch Gottes.

›Öhöö, öhöö ...‹, hüstelte ich.

›Noch mal – aber richtig!‹, brüllte er.

›Öhööö, Öhöööööö!!‹

›Pass doch auf, wo du hinhustest‹, schimpfte er diesmal.

Der lange Deutsche mit dem langen Kittel wischte sein Gesicht mit dem Taschentuch ab. Der kleine Türke mit dem kurzen Kittel fluchte wie ein Rohrspatz vor sich hin:

›Diese Bauern wissen nicht mal, wie sie husten sollen, und wollen nach Europa fahren. Aus diesem Volk wird nichts!‹

›Sehr geehrter Herr Dolmetscher, erstens hatte ich überhaupt keinen Grund zu husten, Sie haben doch darauf bestanden‹, sagte ich, ›und zweitens, wenn ich zur Seite gehustet hätte, hätten Sie bestimmt moniert: Er versteckt seinen Husten, er hat was zu verbergen, der hat bestimmt Tuberkulose. Drittens, ich bin kein Bauer! Wenn ich auch nur ein bisschen Land gehabt hätte, würde ich ja wohl kaum nach Deutschland fahren wollen.‹

Aber der Kurzkittel wollte die Gelegenheit ordentlich

ausnutzen, um sich bei seinem deutschen Chef weiter einzuschleimen (so wie ich jetzt!):

›Mein Gott, die netten Deutschen untersuchen deine Gesundheit, damit du in Deutschland ein glückliches Leben führen kannst, und du rotzt dem Doktor mitten ins Gesicht! Das kann doch nicht wahr sein‹, schimpfte er weiter.

Und irgendwann, nachdem er dachte, dass er in den Augen seines Chefs genug gutes Karma gesammelt hätte, um in seinem nächsten Leben als blonder Langkittel in irgendeinem deutschen Kaff wiedergeboren zu werden, beruhigte er sich langsam und hörte nach einer Weile ganz mit dem Fluchen auf.

Danach drückte man uns allen ein kleines Plastikfläschchen in die Hand, und der Kurzkittel brüllte:

›Ihr müsst jetzt draußen in diese Flaschen Wasser lassen und sie dann nebenan bei dem Fräulein abgeben. Vergesst bloß nicht, euren Namen draufzuschreiben!‹, und dann schaute er mich böse an und zischte: ›Ich hoffe, du weißt wenigstens, wie man pinkelt!‹

›Ich werde Sie bestimmt nicht enttäuschen! Ich übe dafür auch schon seit ein paar Jahren sehr tüchtig‹, rief ich. ›Wenn Sie wollen, können Sie sich ja davon überzeugen, zugucken kostet nichts!‹

Das war die berühmte und viel gefürchtete Urinbesichtigung!

Aber: Not macht erfinderisch, und wir Türken haben natürlich für alles eine Lösung!

Draußen auf dem Hof verkauften einige Menschen, bei denen schon erwiesen war, dass sie gesund sind, ihren Urin.

›Gesunde Pisse 200 Lira! Gehen Sie kein Risiko ein, meine Herren, kaufen Sie gesunde Pisse, solange der Vorrat reicht. Los, frische, gesunde Pisse, setzen Sie Ihre Zukunft nicht aufs Spiel, kaufen Sie gesunde Pisse! Beeilung, bald ist nichts mehr da‹, brüllte mir einer von denen mit Megafon höllisch laut ins Ohr. Ein Glück, dass meine Ohren schon vorher den Gesundheits-Tscheck hinter sich hatten.

›Bruder, kannst du bitte schnell das Fläschchen hier auffüllen?‹, sagte ich hocherfreut zu ihm.

›200 Lira kriege ich dafür‹, grinste er gierig.

Bei Allah, welch Schandfleck der Menschheit, dachte ich mir. Nur weil ich ihn jetzt brauche, will er mich ausrauben. Auf einer öffentlichen Toilette müsste er bezahlen, um überhaupt pinkeln zu dürfen.

›Bruder, kannst du denn nicht aus reiner Nächstenliebe hier etwas reinpinkeln?‹, fragte ich den Halsabschneider zaghaft.

›Geht nicht, mein Herr, wer pinkelt denn schon aus reiner Nächstenliebe? Ich habe Frau und Kinder – und zwei Schwiegermütter. Ich muss sieben Mäuler stopfen. Damit verdiene ich mein Brot. Die anderen verkaufen sogar noch teurer‹, rief er selbstsicher ins Megafon. Er wusste durch jahrelange Tätigkeit natürlich ganz genau, dass meine goldene Zukunft in Deutschland von seinem stinkenden Urin abhing.

›Na gut, dann gebe ich dir 100 Lira‹, sagte ich gönnerhaft als baldiger EU-Bürger, wobei ich einen Hauch von Mitgefühl für seine schwierigen Lebensbedingungen in meiner Stimme deutlich erkennen ließ.

›100 Lira bringen nicht einmal das Kapital wieder herein, mein Herr‹, sagte der Gauner frech und pfiff damals schon auf die EU.

›Wie kommst du denn auf so einen Schwachsinn? Seit wann braucht man denn für's Pinkeln Kapital?‹, stauchte ich den unverschämten Kerl zusammen, der sich durch bloßes Pinkeln in eine Plastikflasche aus meiner prekären Lage einen pekuniären Vorteil verschaffen wollte.

›Aber selbstverständlich kostet Pinkeln Geld‹, antwortete er wieder rotzfrech, ›von nichts kommt nichts! Ich muss doch ständig trinken, damit was kommt, nicht wahr? In diesem Land ist das Wasser doch viel teurer als Benzin!‹

Das leuchtete mir natürlich ein! Urin mit Benzin würden die Deutschen mit Sicherheit nicht akzeptieren!

›125 Lira gebe ich dir‹, sagte ich wohlwollend.

Schließlich lebten wir im Orient, das Handeln gehörte dazu.

›150 Lira, Bruder, noch weiter runter gehe ich nicht!‹, stellte er sich stur wie eine Bergziege. Ich sah ein, dass er doch mindestens die investierten Lira wieder verdienen musste, und willigte schweren Herzens ein.

Er nahm mein Plastikfläschchen und ging hinter einen Baum. Ein tolles Geschäft, das keinen Laden, keine Sekretärin und keine Verkäuferin braucht.

Nach einer Weile kam er erleichtert wieder zurück, knöpfte dabei seine Hose zu und übergab mir die zukunftsentscheidende Ware.

›Ich bin mir sicher, das wird dir in Deutschland ein glückliches Leben bescheren, Bruder, ich hab das irgendwie im Urin‹, sagte er gönnerhaft« – und ich hab es auch irgendwie im Urin, wenn ich jetzt dem Meister Viehtreiber die Schusspointe dieser Geschichte verrate, dass ich dafür sofort meine Kündigung verpasst bekomme.

»Herr Viehtreiber, wie schnell die Zeit schon wieder vorbeigerauscht ist! Mein Bus, mein Bus!«, rufe ich hektisch.

»Öhmbh …«, stammelt er mit vollem Mund.

»Den Rest dieser spannenden Pinkel-Geschichte erzähle ich morgen und hole bei der Gelegenheit auch die Teller und Töpfe ab«, sage ich und laufe zur Tür.

»Gut, bring mir auch das Rezept von diesem leckeren Börek mit«, ruft er mir hinterher.

Diese unerwartete Steilvorlage lasse ich mir selbstverständlich nicht entgehen und versenke den Ball augenblicklich im Tor:

»Mach ich, Chef, mach ich – bis moorgeeen …«

Als ich wieder nach Hause komme, bietet sich meinen gestressten Augen das folgende wundervolle Bild: Die stinkende Hundekacke ist weg!

Aber leider nicht ganz, sondern sie ist nur unter den Teppich beziehungsweise unter die Zeitung gekehrt worden.

Auf dem Flur ist ein Exemplar der heutigen Tageszeitung voll ausgebreitet worden, und unter diesem Papierberg ist der Hundehaufen kaum noch auszumachen. Man weiß überhaupt nicht, wo man hintreten kann und wo nicht. Es ist gefährlicher als ein Minenfeld.

Es gibt auch keinen Platz, um an der Stelle vorbeizukommen. Man muss fast eineinhalb Meter weit springen, um die ersehnte andere Seite zu erreichen. War bestimmt ein echter Weitspringer, der die Zeitungen über den Haufen gelegt hat.

Und um dieses aufregende Bild zu vervollkommnen, steht der Schwager von Herrn Koslowski aus dem dritten Stock mit Kind und Kegel vor dem Hundehaufen, und sie wissen nicht, wie sie lebend daran vorbeikommen sollen.

Alle kratzen sich nachdenklich am Kopf, als würden sie vor der 1-Million-Euro-Frage stehen und nicht vor einem Haufen Hundescheiße.

»Ich glaube, ich weiß jetzt, wie man die Hürde nehmen kann«, ruft der Koslowski-Schwager und nimmt einen langen Anlauf.

Er macht ein entschlossenes Gesicht, um vor seiner gesamten Familie nicht als Versager dazustehen, und ruft:

»Hoooooopp!!«, und mit einem gewaltigen Satz erreicht er das rettende Ufer.

Die Familie klatscht begeistert Beifall.

Seine Frau wirft ihm das Kind rüber, scheitert aber nach mehrmaligen Anlaufversuchen selbst an der unappetitlichen Barriere.

»Nein, Bernie, nein, das schaff ich nie!«, jammert sie verzweifelt von ihrer Seite der Hundekacke.

»Marie-Mäuschen, das packst du schon! Zur Belohnung darfst du heute Nacht oben liegen!«

»Nein, Bernie, lass uns doch wieder nach Hause gehen!«

»Sonst redest du doch immer von Emanzipation. Jetzt spring endlich rüber, Marie!«

Die gute Marie kommt bis zu mir nach hinten, holt tief

Luft, geht in die Knie, setzt wieder zum Sprung an ... und bleibt vor dem Zeitungshaufen erneut stehen.

Sie lässt die Schultern hängen und murmelt:

»Emanzipation hin oder her, das schaffe ich nie, Bernie! Wenn du drauf bestehst, werde ich mein Emma-Abo kündigen.«

Sie ist dermaßen niedergeschlagen, als wäre sie für das endgültige Scheitern der gesamten Frauenbewegung ganz allein verantwortlich.

Ich nehme mir ein Herz, stelle meine Arbeitstasche und die Thermoskanne in die Ecke und biete der jungen Familie meine Hilfe an:

»Liebe Marie, wie wäre es, wenn ich Sie auf den Rücken nähme, und wir springen gemeinsam rüber.«

»Eine glänzende Idee«, ruft ihr Mann von der anderen Seite.

»Gut«, sagt die Frau mit strahlenden Augen, ihre letzte Chance witternd, »versuchen wir es mal.«

Ich bücke mich und gehe in die Knie. Aber Marie klettert mir nicht auf den Rücken, sondern setzt sich rittlings auf meine Schulter!

Bei Allah, das kann doch nicht wahr sein!

Ich hocke im Hausflur und stecke mit meinem Kopf zwischen den Beinen einer fremden Frau. Ich sende ein stummes Stoßgebet gen Himmel, dass Eminanim jetzt nicht die Tür öffnet. Allein Allah und ich wissen, wie eifersüchtig sie ist!

Sie würde mir niemals verzeihen, dass ich die schwarzen Strapse einer jungen Frau anfasse, während die hübschen Beine dieser fremden Frau zu allem Übel – oder zur

Freude, kommt drauf an, von welcher Seite man die Lage betrachtet – auch noch da drinstecken und sie mir diese tollen Beine samt schwarzen Strapsen sehr eng um den Hals geschlungen hat.

Ich bitte Bernie, mit seinem Händy ein Foto von unserem Sprung zu machen, um bei meinen Kumpels im türkischen Café damit anzugeben.

Jetzt kommt es darauf an, die Marie hochzustemmen – aber ich schaffe es nicht! Diese Frau muss mehrere Tonnen wiegen, dabei hat sie doch so schlanke Beine.

»Marie, wie oft habe ich dir gesagt, du sollst abspecken! Nicht mal ein Türke kann dich hochheben!«, schallt es mir von der anderen Seite der Hundescheiße niederschmetternd ins Gesicht. Das hätte Bernie auf keinen Fall sagen dürfen! Wie Peitschenhiebe treffen mich diese Worte. Ein Türke kann zehn Frauen auf einmal stemmen, selbst wenn sie abtörnende Ganzkörperschleier tragen sollten. Dieser Bernie wird mich noch kennenlernen!

Ich hole ganz tief Luft und sammle alle meine Kräfte.

Mit entschlossenem Griff umfasse ich die Oberschenkel der Dame noch fester und zähle schwer atmend wie ein russischer Gewichtheber: »Eins, zweii, uuuunnnd hoooopp!«

Bernie drückt auf den Auslöser fürs Foto, und ich liege mit dem Gesicht in der Scheiße! Die Marie fällt auf der anderen Seite hinunter.

Schwer atmen wie ein russischer Gewichtheber kann ich, aber hüpfen wie ein finnischer Weitspringer kann ich nicht ganz! Aber Marie-Mäuschen ist trotzdem drüben – immerhin!

»Na, wie habe ich das gemacht?«, frage ich stolz.

»Ganz hervorragend, Herr Kollege, besser hätte ich es auch nicht machen können«, meint Bernie und klettert mit seiner Familie die Treppen hoch zu Koslowskis.

»Wenn du fremde Frauen auch nur schief anguckst, sollst du mit deiner Nase jämmerlich in einem Misthaufen versinken«, hat mir meine Frau mal vor sehr vielen Jahren gewünscht.

Es ist doch unglaublich, wie die menschliche Festplatte uralte Texte passend zu den aktuellen Bildern wieder aus dem Archiv herauskramen kann!

Ich mache mich notdürftig sauber und betrete ziemlich stinkig – im doppelten Sinne – unsere Wohnung.

Eminanim interessiert sich weder für mein abenteuerliches Aussehen noch für meinen würzigen Geruch:

»Osman, sag schon, bist du gefeuert worden?«, fragt sie neugierig bis in die Haarspitzen.

Ich glaube, ich hätte heute mit Marie und drei weiteren hübschen bestrapsten Weibern auf den Schultern ins Wohnzimmer kommen können, meine Frau hätte sie nicht wahrgenommen. Sie hätte vielleicht gefragt, warum ich mitten im Sommer so dicke Schals trage.

»Eminanim, wo denkst du denn hin? Mein Meister kann mich doch nicht mitten in meiner spannenden Einwanderungsgeschichte rauswerfen«, rufe ich stolz.

»Waaaass? Ich fass es nicht! Du hast es also doch wieder geschafft? Toll, womit denn?«

»Dein Mann ist ein Genie, mein Schatz: mit der Pinkelstory! Aber du musst morgen mit zu Halle 4 kommen, und zwar in einem kurzen Rock!«

»Ich? Mit einem kurzen Rock?«

»Ja, Meister Viehtreiber hat nämlich das Verlangen nach echten Frauenschenkeln. Wenn du nicht selber kommen willst, musst du mir für morgen zwei Prostituierte organisieren.«

»Haben die Frikadellen ihm denn gar nicht geschmeckt?«

»Doch, schon. Aber wir haben uns da ein echtes Monster herangezüchtet. Mittlerweile will er zu den Geschichten leibhaftige Frauen mit zwei echten Schenkeln zum Knabbern haben. Wie soll ich die Zeit bis zum Ende des Monats mit so einem Ungeheuer überstehen – wo soll das nur alles enden?«

Freitag, 18. Juni

»Hoffentlich endet es nicht heute«, denke ich mir, als ich am nächsten Tag wieder vor meinem Meister erscheine und den Inhalt des riesigen Picknickkoffers, den meine Frau mit allerlei Köstlichkeiten vollgestopft hat, auf seinem Schreibtisch ausbreite.

Oh, toll! Ein vollständiges und sehr leckeres Dreigängemenü:

Zucchinipuffer mit Käsecreme als Vorspeise, Kebab mit Joghurt auf Fladenbrot als Hauptspeise und als Nachspeise Frauennabel, die ich ihm als »Baklava nach Hausfrauenart« vorstelle, damit er mir nicht erneut Zuhälter-Tätigkeiten abverlangt. Eminanim hat ihre Prostituiertendienste nämlich leider verweigert.

»Und das Rezept vom gestrigen Börek?«, fragt er.

Auf das Börek-Rezept ist er schärfer als auf die Pointe von der Geschichte. Mein alter Vater hat das immer gewusst. »Geschichten machen nicht satt, mein Junge, quatsche deshalb nicht so viel«, war seine Parole.

Ich reiche ihm das anatolische Rezept für Börek mit Schafskäsefüllung für acht Personen rüber.

»Spinnst du? Wir sind doch nur zwei Leute zu Hause. Glaubst du, wir legen uns noch sechs Kinder zu?«, meckert er.

»Tut mir leid, meine Frau kennt nur Rezepte für mindestens acht Leute. Ihre Frau braucht ja alles nur durch vier zu teilen«, schlage ich vor.

»Das klappt nicht, meine Frau ist 'ne echte Naturblondine«, krümmt er sich über seinen eigenen Witz vor Lachen und schiebt sich ein dickes Stück Frauennabel in den Mund.

»Halt, halt, das ist doch die Nachspeise«, rufe ich vergebens.

»Ist doch egal, im Magen mischt sich sowieso alles«, schmatzt er wieder und zeigt seine gelben Zähne.

Schön, wenn das so ist, kann ich ja morgen gleich alles in einen Pott schmeißen und brauche nicht tausend kleine Schüsselchen mitzuschleppen!

Das Experiment-1001 »Mit Geschichten schleimen und mit Essen schmieren« ist eindeutig entschieden worden: Leckeres orientalisches Essen sorgt für gute Laune und bringt die Menschen schneller auf frohe Gedanken als alle orientalischen Geschichten zusammen.

Aber ob man damit auch wirklich Kündigungen verhindern kann, darauf bin ich sehr gespannt. Andererseits: Wenn es so wäre, hätten wir nicht so viele Arbeitslose – zumindest nicht so viele ausländische.

»Was ist aus deiner kriminellen Tätigkeit geworden?«, schmatzt er.

»Was für eine kriminelle Tätigkeit denn? Ich habe Inge Peters nicht umgebracht. Zumindest nicht bei vollem Bewusstsein!«

»Ich meine doch deinen Versuch, die deutschen Behörden in Istanbul zu bescheißen! Du hast doch Pisse gekauft, um die Ergebnisse der Untersuchungen von Herz und Nieren zu verfälschen. Ist das mit dem Fremdurin den Ärzten nicht aufgefallen?«

»Nein, die haben nichts bemerkt, es ist alles gut gegangen. Ich bekam den ersehnten Pass als Gastarbeiter. Im Grunde genommen habe ich es nur den drei schwarzen Oliven aus dem Dorf und der hervorragenden Qualitätspisse aus Istanbul zu verdanken, dass ich zu Ihnen nach Bremen kommen durfte. Aber vielleicht wäre es doch besser gewesen, wenn ich mich damals, anstatt nach Deutschland zu kommen, in Istanbul selbstständig gemacht hätte – als Urinverkäufer!«

»Ab sofort hast du die Gelegenheit dazu. Du kannst bereits morgen in Istanbul als selbstständiger Urinverkäufer anfangen«, grinst er und hält mir das gefürchtete Papier unter die Nase.

So, das habe ich nun davon!

Mein Schlusssatz war reichlich unüberlegt und total daneben. Ich habe den Meister regelrecht dazu eingeladen, mir meine Kündigung auszusprechen.

»Aber der Beruf des Urinverkäufers ist doch längst nicht mehr zeitgemäß! Die Deutschen lassen die Türken nicht mal mehr als Touristen einreisen. Außerdem habe ich Zucker, Hämorrhoiden, Cholesterin, und bei meiner Prostata brauche ich einen ganzen Tag, um ein kleines Glas halb voll zu bekommen«, stottere ich notgedrungen.

Wenn Scheherazade auch so leichtsinnig, besser gesagt, so blöd vorgegangen wäre, hätte der König sie gleich nach der ersten Nacht mit dem abgehackten Kopf unter dem Arm wieder nach Hause geschickt.

»Herr Viehtreiber, mit dem Urin ist es ja grade noch mal gut gegangen, aber wenn Sie wüssten, was meiner Familie und mir gleich nach unserer Ankunft in Deutschland passiert ist, würden Sie sich schieflachen«, rufe ich, als wäre mir just in dieser Sekunde die witzigste, die originellste, die interessanteste Geschichte aller Zeiten eingefallen. Sozusagen die Mutter aller Geschichten. »Ich lache mich ja nach so vielen Jahren selber immer noch kaputt!«, kichere ich weiter und klopfe mir auf die Schenkel ... Und schaue total gespannt in seine Augen, ob er diesen Trick erneut schlucken wird. Ein klein bisschen Hilfe brauche ich noch – eine kulinarische!

»Hier, nehmen Sie doch noch einen Zucchinipuffer mit Käsecreme, Mann, der ist lecker! Und in diesen Kebab mit Joghurt auf Fladenbrot könnte ich mich reinlegen. Und wissen Sie, wie man diese ›Baklava nach Hausfrauenart‹ eigentlich nennt: Frauennabel heißen die – Frauennabel! Beißen Sie zu!«

Sein entschlossener Gesichtsausdruck von eben, als er mir fast gekündigt hat, weicht zusehends einem zufriedenen und neugierigen ...

Und ...

Und ...

Und er beißt an! Im doppelten Sinne!

»Nun erzähl schon, Osman, was ist denn nach deiner Ankunft in Deutschland so Lustiges passiert?«, schlürft er laut meinen türkischen Wein und schiebt sofort einen Frauennabel hinterher.

»Also, Herr Viehtreiber, es war einmal vor ungefähr fünfundzwanzig Jahren ... Wir waren gerade mal vier

Tage in Deutschland. Die neue Umgebung war ganz schön ungewohnt, aber das ist ja bei jedem Umzug so. Und wenn man den Kontinent wechselt, dann erst recht.

Meine Frau Eminanim hatte am ersten Tag sofort die große Badewanne mit Wasser gefüllt.«

»Osman, gib doch nicht so an! Ich weiß, dass manche Türken sich ab und zu waschen – die weiblichen zumindest!«

»Doch nicht zum Baden. Sie hat auch alle anderen Behälter mit Wasser gefüllt.

›Wenn wir schon mal Wasser haben, muss ich das doch ausnutzen, Osman‹, freute sie sich.

Erst drei Tage später haben wir erfahren, dass das Wasser in Deutschland nie abgestellt wird.

›So eine Verschwendung‹, sagte daraufhin meine Frau.

Es gab also ständig fließend Wasser, dafür aber so gut wie keinen Kinderlärm, ich fühlte mich hier wie im Paradies! Es war einfach herrlich!«

»Was denn, dieser alberne Witz mit dem Wasser soll unwerfend komisch sein?«, meckert Meister Viehtreiber.

»Ach, das doch nicht, das war nur ein kleines Anekdötchen am Rande. Der Knaller kommt jetzt erst, passen Sie auf. Und Zucchinipuffer mit Käsecreme schmecken wirklich köstlich, hauen Sie tüchtig rein. Wo war ich stehen geblieben? Also, wir haben am Tag unserer Ankunft natürlich das gemacht, was alle Umzügler tun, wenn sie in eine neue Wohnung einziehen ... Was tun Sie zum Beispiel, Herr Viehtreiber, wenn Sie in eine neue Gegend ziehen?«

»Die ganzen Kneipen in der Gegend inspizieren, was denn sonst?«

»Das ist richtig, das mache ich auch, aber erst an zweiter oder dritter Stelle! Was meinen Sie, was wir Türken zuerst machen?«

»Kinder?«

»Nein, keine Kinder. Wir können doch nicht für jede neue Wohnung ein neues Kind machen. Stellen Sie sich vor, ich würde dreiundvierzig Mal umziehen!«

»Na, so viel fehlt ja bei dir nicht«, lacht er.

Und trotzdem willst du mich vor die Tür setzen, du gewissenloser Schurke! Wie soll ich denn für die ganzen dreiundvierzig armen Kinder sorgen?

»Kosten Sie noch mal so einen Frauennabel. Die sind so süß, sage ich Ihnen. Na ja, wie dem auch sei, Herr Viehtreiber, wir haben also gleich am ersten Tag angefangen, auf den Besuch unserer deutschen Nachbarn zu warten. In der Türkei ist es so üblich, dass neu eingezogene Mieter von den Nachbarn am Tag nach dem Umzug besucht werden und kleine Willkommensgeschenke überreicht bekommen. Am nächsten Tag ziehen die Neuankömmlinge ihrerseits ebenfalls mit netten Geschenken von Wohnung zu Wohnung, um sich bei den Anwohnern für diese freundliche Aufnahme zu bedanken.

Wir warteten bereits über eine Woche auf den Besuch unserer deutschen Nachbarn. Langsam machte ich mir schon Gedanken, weil ich doch genau wusste, dass die Deutschen eigentlich ganz pünktlich sind.

Am Vormittag des achten Tages klingelte es plötzlich an der Tür, mein großer Sohn Recep brüllte sofort los. Sie müssen wissen, Recep war damals noch sehr klein. Also Recep brüllte los:

›Klingel macht *biiirr*, Papa!‹

Ein erwachsener Mann wie ich zeigt natürlich derart kindische Gefühle nicht, deshalb antwortete ich souverän und selbstbewusst:

›Natürlich macht die Klingel *biiirr*, mein Sohn, auch hier in Deutschland. Soll sie etwa *wau*, *wau* machen?‹

Meine Frau hörte auf, im Badezimmer ihre Wasservorräte zu bewundern, und lief schnell zur Tür.

›Ein Gast, Osman, endlich ist ein Gast da!‹, kreischte sie.

›Es ist sogar ein deutscher Gast‹, juchzte mein Sohn außer sich vor Freude.

Ein gut gekleideter Nachbar, Mitte dreißig, stand mit mehreren Kartons vor der Tür.

Ich begrüßte ihn überschwänglich und küsste ihn auf beide Wangen, halt so, wie man seine neuen Nachbarn zu begrüßen hat.

›Ich Osman Engin, willkommen, Nachbar‹, rief ich trunken vor Glück.

Herr Viehtreiber, Sie müssen sich natürlich vorstellen, dass ich damals viel schlechteres Deutsch sprach als jetzt.«

»Nein, das kann ich nicht! Wie soll das denn gehen?«

»Was können Sie nicht?«

»Mir noch schlechteres Deutsch vorstellen, als du jetzt sprichst!«

»Na ja, wie dem auch sei, der deutsche Nachbar hat auf jeden Fall kapiert, dass ich ihn willkommen heiße. Er schleppte die Kartons ins Wohnzimmer und stellte ein Geschenk nach dem anderen auf den Couchtisch: einen Schnellkochtopf, einen Heizlüfter und eine Stereoanlage.

Ich schaute meine Frau stolz an und flüsterte ihr zu:

›Eminanim, wir müssen in eine schrecklich reiche Gegend gezogen sein, schau, welch wertvolle Geschenke unser Nachbar uns gebracht hat!‹

Die Großherzigkeit unseres neuen Nachbarn berührte meine Frau zutiefst, und sie lief unter dem Vorwand, Tee zu kochen, schnell in die Küche, um ihre Tränen nicht zu zeigen.

Bevor wir nach Deutschland kamen, hatten wir in der Türkei von anderen Gastarbeitern natürlich erfahren, dass die Deutschen ihre türkischen Nachbarn sehr lieben und ihnen gegenüber mehr als großzügig sind. Dass einige sogar am Hauptbahnhof mit Blumen und Mopeds empfangen werden. Aber die schönen Geschenke, mit denen wir überschüttet wurden, übertrafen selbst unsere höchsten Erwartungen.

Unser lieber neuer Nachbar strahlte mich freundlich an und fragte:

›Du alles haben wollen, Kollega?‹

Welch eine blöde Frage!

Natürlich wollten wir alles haben – und wie!

Willkommensgeschenke von Nachbarn sollte man niemals zurückweisen, diese Schande wäre unverzeihlich!

Deshalb strahlte ich wie ein gebratener Hammelkopf zurück – denn das Honigkuchenpferd kannte ich damals noch nicht – und rief entzückt:

›Ich wollen haben, Nachbar, ich danken vielmals von ganzem Herzen! Möge Allah alles, was du anfasst, in Gold verwandeln! Mögen deine Hände, die diese wertvollen Geschenke zu uns getragen haben, niemals leiden! Möge Allah dich von deinen Lieben nie trennen! Möge Allah für dich den besten Platz im Paradies ständig reserviert halten ...‹«

»Osman, jetzt hör endlich mit diesen Schleimereien auf und komm zur Sache!«

»Lieber Herr Viehtreiber, möge Allah Ihnen auch ein langes Leben bescheren. Genau diesen Satz hat meine Frau nämlich damals auch gesagt. Aber auf Türkisch natürlich:

›Osman, jetzt hör endlich mit diesen Schleimereien auf und komm zur Sache!‹

Herr Viehtreiber, unser neuer Nachbar war sehr gewissenhaft, ein typischer Deutscher eben. Er hatte an alles gedacht. Selbst die Garantiekarten und die Gebrauchsanweisungen der Geräte hatte er nicht vergessen.

Ich hatte bis dahin noch nie erlebt, dass meine Frau so schnell Köfte und Börek gezaubert hat. Und in diesen Mengen! Lassen Sie sich die Köstlichkeiten auch weiterhin schmecken, Herr Viehtreiber.

Offenbar mochte unser neuer deutscher Nachbar türkisches Essen sehr gerne. Er aß solche Mengen, als wäre er gerade einer Hungerkatastrophe entkommen.

Kaum war sein Teller leer, sorgte meine Frau für Nachschub, kaum war sein Teller voll, aß er wieder alles auf. So ging das Spiel munter weiter ... Selbst ich war fast am Platzen, aber unser Nachbar machte keinerlei Anstalten, irgendwann satt zu werden.

Vielleicht war das ja seine Art, uns seine große Liebe zu zeigen, dachten wir uns.

Nach dem Essen wollten wir einen türkischen Videofilm anschauen. Aber weil das Essen nicht aufhören wollte, sahen wir uns den Film während des Essens an. Unser lieber Nachbar war sehr gefühlvoll, er hat mit meiner Frau zusammen wie ein Schlosshund geweint, obwohl er von dem Film kein einziges Wort verstanden hat.

Am späten Nachmittag haben wir ihn dann mit der ganzen Familie verabschiedet. Mein Sohn Recep lief ihm hinterher, um zu sehen, in welcher Wohnung er wohnt. Er ging eine Etage nach oben.

Wir haben sofort all unsern Bekannten und Verwandten erzählt, wie lieb uns die Deutschen doch hätten. Mein Onkel Ömer aus der Türkei fragte mich am Telefon, wieso ich mich denn darüber so freuen würde.

›Osman, du hast mir doch selber erzählt‹, sagte er, ›dass die Deutschen dem millionsten Ausländer zur Begrüßung sogar ein Moped geschenkt haben. Und du flippst aus wegen eines Schnellkochtopfs, eines Heizlüfters und einer Stereoanlage? Das ist doch das Mindeste! Schließlich haben dich die Deutschen doch selbst eingeladen!‹

In dem Moment wurde mir klar, dass man den Verwandten in der Heimat nicht alles erzählen soll.

Lieber Herr Viehtreiber, bei solch wertvollen Willkommensgeschenken ließen wir uns natürlich nicht lumpen, obwohl Onkel Ömer meinte, dass das ja selbstverständlich war. Trotzdem kauften wir einen großen Teppich und einen verchromten Samowar als Geschenke. Wer einem einen Truthahn anbietet, dem verweigert man nicht das Huhn, sagt ein türkisches Sprichwort.

Gleich am nächsten Tag machten wir unseren Gegenbesuch bei dem netten Nachbarn oben in der dritten Etage. Seine Frau öffnete uns die Tür, und ich betrat mit meiner Familie die Wohnung. Ihr Mann schaute fern und war auch nicht übermäßig erfreut, als er uns sah. Wahrscheinlich lag es daran, dass er nicht der nette Mann war, der uns einen Tag zuvor besucht hatte. Offenbar hatte der Nachbar seinen Bruder oder den Schwager zu uns zur Begrüßung geschickt, dachten wir uns.

Mann und Frau wirkten etwas verwirrt. Ich hatte fast das Gefühl, dass sie auf unseren Besuch nicht eingestellt waren – froh darüber waren sie schon gar nicht! Gleich am nächsten Tag hatten sie uns anscheinend nicht erwartet.

›Was wollt ihr denn alle hier? Wer seid ihr überhaupt?‹, klang nämlich nicht ausgesprochen höflich.

Ihre trübe Stimmung erhellte sich nicht mal, als ich den wunderschönen Samowar und den teuren Teppich auspackte und auf dem Fußboden ausbreitete – im Gegenteil!

›Danke, ihr könnt alles wieder einpacken, wir kaufen nichts‹, sagte der Mann schroff.

›Nix kaufen, ich schenken mein Nachbar‹, antwortete ich fröhlich und zeigte alle meine Zähne – damals hatte ich noch welche.

Auf einmal war das ganze Eis geschmolzen.

Sie machten große Augen und brachten uns Cola und Salzstangen und schauten dann weiter fern. Diese Leute waren längst nicht so gesprächig wie ihr Bruder oder Schwager, der uns am Tag zuvor besucht und so tolle Geschenke gemacht hatte.

Eine Zeit lang haben wir uns gegenseitig, danach den Fernseher und zum Schluss die Bilder an der Wand angeschaut. Als nichts mehr zum Angucken da war, sind wir nach Hause gegangen.

An dem Tag war ich überglücklich! Endlich waren wir in unserer neuen Nachbarschaft aufgenommen worden. Und was für eine wundervolle Aufnahme das war!

Am nächsten Morgen lag in unserem Briefkasten ein Schreiben von dem netten Nachbarn, der uns all die schönen Sachen geschenkt hatte.

Ich war sehr erstaunt! Denn unser Nachbar hatte uns – besser gesagt, meiner Frau – geschrieben:

›Sehr geehrte Frau Engin, wir haben uns über Ihr Interesse an unserem Warensortiment sehr gefreut. Wir wünschen Ihnen viel Freude beim Gebrauch der Haushaltswaren.

Anbei eine Aufstellung der angelieferten Waren, mit der Bitte um unverzügliche Regulierung Ihrer Verbindlichkeiten auf einem der unten ausgewiesenen Bankkonten.

Gesamtwert: 1750,80 DM inkl. Mehrwertsteuer ...‹

Oh, Chef, ich muss jetzt aber schleunigst nach Hause, sonst verpasse ich meinen Bus!«

Mein Meister versucht ganz schön aufgeregt irgendwas zu artikulieren, aber bei dem vollen Mund rutscht er in seine Muttersprache ab und gibt nur einige Orang-Utan-Laute von sich:

»Pööözz ... ktüüüt ... tschchs ... häussss ...«

»Okäy, mein lieber Meister, tschüssssss!«

Toll! Diese grauenhafte Woche ist auch endlich um! Noch zwölf Tage!

Alle anderen Kollegen machen nach der Arbeit einen Abstecher in die Kneipe, ins Spielcasino, zur Geliebten oder ins Bordell, bevor sie zu Hause ihre Ehefrauen in die

Arme schließen, aber ich muss nach der Schicht jeden Tag ins Jobcenter und mich irgendeiner Schlange anschließen. Mann, wie das nervt!

Wenn ich heute wider Erwarten doch noch irgendeine Arbeit bekommen sollte, dann kann der Viehtreiber auf die Pointe der Willkommensstory und auf noch mehr Essen so lange warten, bis er schwarz wird.

Aber davor warte ich wieder stundenlang vor Zimmer 143, bis ich schwarz werde – und komme nicht mal dran!

Zu meiner großen Überraschung kennt meine Frau Eminanim sogar den Grund, weshalb ich heute meinen Sachbearbeiter im Arbeitsamt nicht zu Gesicht bekam, obwohl sie den ganzen Tag nur zu Hause rumsitzt.

Sie starrt auf ihren kleinen Kompjuter auf dem Küchentisch und verkündet:

»Heute konnte niemand zur Herrn Meisegeier! Der Mann war doch heute den ganzen Tag in der Frauenklinik!«

»Wirklich? Was macht denn ein Mann in der Frauenklinik? Hat er sich etwa umoperieren lassen?«, frage ich etwas erstaunt.

»Er hat ein Kind bekommen!«

»Waauu, das hat man ihm gar nicht angesehen! Können die Umoperierten jetzt sogar Kinder bekommen – und das so schnell?«, frage ich diesmal richtig verdattert.

»Er doch nicht, du Blödian – seine Frau!«

»Seine Frau hat sich umoperieren lassen?«

»Mein Gott, gleich operiere ich dich um – und zwar ohne Betäubung! Hör endlich auf mit dem Schwachsinn!

Er hat heute die Arbeit geschwänzt, weil seine Frau ein Kind bekommen hat!«

»Woher willst du das denn wissen? Arbeitest du in deiner Freizeit als 1-Euro-Detektiv?«

»Wozu gibt's denn das Internet? Ich weiß alles über deinen neuen Sachbearbeiter Meisegeier. Per Eifon hat er seine Fäysbuk-Kumpels ständig über den Fortgang der Geburt seines Kindes informiert. Er hat sogar sofort ein Foto von dem Kind hochgeladen. Es sieht genauso aus wie du, hat auch keine Haare. Ich bin mir ganz sicher: Am Montag klappt's mit einem neuen Job für dich! Er wird jetzt eine Superlaune haben und dir einen spitzenmäßigen Job geben!«

Ist doch klasse! Ein Hoch auf den rasanten technischen Fortschritt!

Wir können nicht nur unseren Sachbearbeitern nachspionieren, sondern dank des Kompjuters habe ich nach vielen Jahren in Deutschland endlich auch sehr viele neue Freunde bekommen – im Fäysbuk, wo ich seit einiger Zeit ja ein vollwertiges Mitglied bin. Ich weiß zwar nicht so genau, wie meine neuen Freunde mit richtigem Namen heißen, wo sie wohnen, wie sie drauf sind und wie sie in Wirklichkeit aussehen – ich bin mir nämlich ziemlich sicher, dass sie genau wie ich ein dreißig Jahre altes Bild von sich ins Fäysbuk gestellt haben –, aber egal. Vielleicht kann ich mit denen zusammen dieses Jahr sogar Silvester feiern. Natürlich jeder für sich vor seinem eigenen Kompjuter, aber im Herzen vereint und dabei sehr gemütlich. Ich werde meinen blau-weiß gestreiften Schlafanzug anziehen, und rasieren brauche ich mich dann auch nicht –

nicht mal duschen! Endlich hat die moderne Technik etwas Brauchbares für Männer wie mich hervorgebracht. Ich gehe nämlich überhaupt nicht gerne aus. »Elender, langweiliger Stubenhocker« nennt mich meine Frau.

Dabei war ich doch bei unserer eigenen Hochzeitsfeier die ganze Zeit höchstpersönlich anwesend.

Nicht so das Paar, das letztens in der Türkei geheiratet hat. Und in Amerika! Genauer gesagt, in der Türkei und gleichzeitig auch noch in Amerika. Weil der Bräutigam nicht in die Türkei kommen konnte oder wollte, hat die Braut mit den Hochzeitsgästen in der Türkei gefeiert und der Bräutigam mit seinen Gästen in Amerika. Und dabei haben sie sich gegenseitig über MSN, SKAIP, oder wie das Zeug sonst noch heißen mag, im Kompjuter beobachtet und dementsprechend während des Bauchtanzes mit den Hüften gewackelt, sich Küsschen gegeben und sehr romantisch in die Augen geblinzelt. Aber ob und wie sie das mit der Hochzeitsnacht hingekriegt haben, stand leider nicht in der Zeitung. Deshalb bin ich wiederum froh, dass es früher mit dem technischen Fortschritt doch nicht so weit her war. Wenn ich heutzutage ein Bräutigam wäre, würde ich das Recht der ersten Nacht doch nicht kampflos dem Kompjuter überlassen.

Aber Kompjuter sind schon eine tolle Erfindung: Man braucht sich nicht nur nicht mehr zu duschen, wenn man mit Leuten reden oder feiern will, und kann nebenbei noch seinen Sachbearbeiter bei der Behörde beschatten, nein, man hat auch nach fünfundzwanzig Jahren endlich mal die Gelegenheit, die eigene Ehefrau richtig kennenzulernen und zu erfahren, was sie wirklich über einen denkt. Ihren Freunden bei Fäysbuk erzählt Eminanim nämlich alle zehn Minuten ihre intimsten und privatesten Geheimnisse. Mir verrät sie nicht mal, was es heute Abend zu essen gibt. Ich glaube, es gibt auch gar nichts zu essen, weil ich den sehr starken Verdacht hege, dass sie den ganzen Tag am Küchentisch vor ihrem kleinen Kompjuter gesessen hat. Ob sie mir per I-Mäil wenigstens Essen auf Rädern bestellt hat?

Zu ihrer Verteidigung muss ich aber sagen, dass sie zwar heute aus dem Internet kein Rezept für ein leckeres Essen runtergeladen hat, aber dafür alles Wissenswerte über meinen Sachbearbeiter Meisegeier vom Arbeitsamt.

»Osman, am besten ziehst du Montag das rote Hemd an und dazu die Krawatte mit den gelben Rosen«, ruft Eminanim und starrt weiterhin gebannt auf ihren kleinen Bildschirm. »Als Alternative kommt ein weißes Hemd, kombiniert mit einer blau gepunkteten Krawatte infrage«, grübelt sie weiter nachdenklich.

»Das hatte ich voriges Mal schon an, Herr Meisegeier war überhaupt nicht begeistert davon – das hatte null Wirkung!«

»Das ist doch keine Aspirin Direkt, die sofort wirkt! So eine Kleiderkombination muss man mehrere Male ausprobieren, bis man ihre Wirkung einschätzen kann. Außerdem hast du es doch noch nicht mal richtig bis zu seinem Schreibtisch geschafft.«

Diese Art von Diskussion zwischen mir und meiner Frau findet regelmäßig statt, wenn ich eine Behörde aufsuchen muss.

Schon kurz nach unserer Ankunft in Deutschland haben

wir blitzschnell gelernt, dass deutsche Beamte mich besser behandeln, wenn ich »entsprechend« gekleidet bin. Aber »korrekte Kleidung« ist nicht eindeutig zu bestimmen, vielmehr muss der persönliche Geschmack jedes einzelnen Beamten genauestens getroffen werden.

Zu diesem Zweck habe ich gemeinsam mit meiner Frau ein Karteikartensystem aufgebaut, in dem alle wichtigen Ämter der Stadt, die Beamten und deren Vorlieben genauestens erfasst sind.

Vor Kurzem hat sie die ganzen Daten in tagelanger Kleinarbeit aus den Karteikästen in ihren Kompjuter übertragen. Zum Beispiel: A wie

Arbeitsamt
Abteilung »Vermittlung von Metallfacharbeitern«
Sachbearbeiter: Alois Fießling, 53 Jahre alt, wohnhaft: Kohlenstraße 13. Seit 33 Jahren »glücklich verheiratet«. Hasst Kinder und liebt Dackel. Kinderlos. Hobby: Hundezucht. Zigarettenmarke: HB. Getränk: Jägermeister.
Passende Kleidung: schwarze Jacke, marineblaue Hose, weißes Hemd, einfarbige Krawatte, braune Halbschuhe. Mag keine Westen und Hüte.

Leider ist Fießling vor zwei Jahren pensioniert worden.

Problematisch wird es, wenn ich zu Behörden muss, von denen wir noch keine Karteikarte haben. Denn meine Frau hat ganz andere Vorstellungen als ich, welche Kleidung passend wäre. Sie schleppte früher den Karteikasten zum Kleiderschrank, durchwühlte die Karten und rief triumphierend:

»Schau doch, in acht von zehn Fällen wird die schwarze Jacke bevorzugt.«

»Rein rechnerisch hast du recht, aber achte auf das Alter der Beamten, in der Regel sind sie über fünfundvierzig, und dieser junge Mann vom Finanzamt ist erst vorgestern einunddreißig geworden.«

»Nun ja, in dem Fall musst du die hellbraune Jacke mit drei Knöpfen anziehen.«

»Bei der Farbe hast du recht, aber ich denke, es sollten zwei Knöpfe sein.«

»Stimmt! Es müssen zweieinviertel Knöpfe sein. Aber da es einen Viertelknopf nicht gibt, müssen wir es wohl bei zwei Knöpfen belassen.«

»Mein Engel, du bist ein echtes Genie.«

In diesen Situationen fällt mir immer Nasrettin Hodca ein: Nasrettin Hodca ging zu einem Fest, aber man ließ ihn nicht hinein. Seine einfache Kleidung wurde dem feierlichen Anlass entsprechend als unwürdig betrachtet. Er lief nach Hause und kehrte zum Fest zurück, bekleidet mit einem wertvollen, dicken Pelzmantel. Zuvorkommend und ausgesprochen höflich bat man ihn zu Tisch. Nasrettin Hodca hängte einen Zipfel des Pelzmantels in die leckere Suppe und sprach laut: »Iss, mein Pelz, iss! All diese Freundlichkeiten sind nur für dich bestimmt.«

Aber zurück zur Klamotten- und Datensammlung.

Eminanim fasst die Ergebnisse ihrer Recherchen zusammen:

»Also, Osman, dieses Problem mit der Jacke ist gelöst:

Herr Meisegeier mag hellrosa Jacken mit zwei Knöpfen. Aber was machen wir mit der Hose?«

Ihre Stimme klang fast resigniert.

»Gib mir mal den Taschenrechner, damit ich die Wurzel aus einunddreißig ziehen kann!«

Obwohl wir stets sehr systematisch an unsere Behördenbesuche herangehen, sind kleine Missgeschicke nicht immer zu verhindern.

Einmal hatte ich meine Papiere zu Hause vergessen, weil der Sachbearbeiter nur taschenlose Jacken bevorzugte, ein anderes Mal hatte der Beamte Besuch von seiner Schwiegermutter und war natürlich dementsprechend mies gelaunt.

Aber dass Montag nichts schiefgehen wird, ist hundertprozentig sicher – wenn nicht hundertelfprozentig! Denn schließlich ist Meisegeier heute Vater geworden …

Eminanims kleiner Küchen-Kompjuter behauptet das jedenfalls. Ob Mehmets großer kommunistischer Kompjuter auch dieser Meinung ist?

Um kein Risiko einzugehen, schleiche ich mich in Mehmets Zimmer und schalte seinen Rechner an.

Oh, ist das schön. Ich kann die ganzen Briefe lesen, die er von seinen chaotischen Freunden bekommen hat. Das gibt's doch nicht! Er bekommt sogar Mäils von seinen alten Genossen Castro und Stalin – leben die denn noch? Auch die hübschesten Frauen aus der ganzen Welt haben ihm geschrieben – mit vielen anzüglichen Fotos!

Oh, verdammt, Mehmet ist wieder da! Weil mir nichts Besseres einfällt, tue ich so, als würde ich sein Zimmer inspizieren.

»Bei Allah, das ist ein Saustall hier!«, brülle ich.

»Mir gefällt's«, sagt er, »lass meine Bude in Ruhe!«

»Im Fernsehen läuft gerade nichts Spannendes«, murmle ich.

»Rück lieber einen Zwanziger raus, ich bin blank«, ruft er.

Ich gebe ihm sofort den Schein, ohne ihm wie üblich eine Standpauke zu halten, dass es doch endlich an der Zeit wäre, sich eine anständige Arbeit zu suchen, und so weiter und so fort, damit er endlich wieder aus dem Haus verschwindet.

Er wundert sich ein bisschen über das zu schnell kassierte Geld und guckt ungläubig und doof aus der Wäsche:

»Und wo ist der Haken?«, fragt er überrascht wegen des leicht verdienten Geldes.

Als alter Kommunist will er für sein Geld nämlich schon ein bisschen kämpfen, wenn er es aus einem Kapitalisten wie mir herauspresst.

»Du bist doch mein Sohn, oder?«, antworte ich trocken.

»Ich hab von dem Gerücht gehört. Mutter behauptet das jedenfalls.«

»Na also!«

»Kriege ich auch den Wagenschlüssel?«

»Nein, nicht ausflippen, so weit geht die Liebe zu den Söhnen meiner Frau auch wieder nicht«, sage ich, um ihn nicht gänzlich misstrauisch werden zu lassen. Womöglich bleibt er dann noch zu Hause und verdirbt mir den Abend vor seinem Kompjuter.

Kurze Zeit darauf sitze ich wieder gemütlich in seinem

Zimmer vor dem schicken Eimäk, dem mit dem angebissenen Apfel.

So ein Schlawiner! Nicht nur von seinem eigenen Harem, sondern von allen Frauen aus dem ganzen Land, die großen Beziehungsstress haben, bekommt er Briefe, als wäre er ein staatlich anerkannter Frauenflüsterer. Sie berichten ihm von ihren »unglaublichen Problemen«, die sie mit ihren »verständnislosen Kerlen« haben, und bitten dringend um Rat. Ich glaube, unter dem weiblichen Teil der Weltbevölkerung ist er als Doktor Sommer bekannt und nicht als radikaler Kommunist.

Plötzlich entdecke ich eine viel interessantere I-Mäil und springe fast an die Decke!

Liebe Freunde,
Bill Gäyts verteilt gerade sein Vermögen. Ich heiße Susi, und mein Freund Tim, der ein Wirtschafts-Anwalt ist, hat erzählt, wenn ihr diese Mäil an eure Freunde versendet, wird Maikrosoft zwei Wochen lang euren Spuren folgen. Für jede Person, an die ihr diese Nachricht versendet, zahlt Maikrosoft 245 Euro. Für jede Person, der ihr diese Nachricht geschickt habt und die sie weiterleitet, bezahlt Maikrosoft noch mal 243 Euro. Für die dritte Person, die sie erhält, bezahlt Maikrosoft 241 Euro. Zwei Wochen, nachdem ich diese Mäil erhalten und sie weitergeleitet hatte, bat mich Maikrosoft um meine Postanschrift. Gestern habe ich einen Scheck über 24 800 Euro erhalten. Für Bill Gäyts ist das eine Werbekampagne. Bitte sendet diese Nachricht so vielen Leuten wie möglich.

Bei Allah, ich fass es nicht! Endlich werde ich reich!!

Unterschwellig lache ich über die Doofheit dieser dummen Frau, die ja bei einem solchen Geldregen nur 24 800 Euro abgestaubt hat.

Mehmets Taschenrechner sagt mir sofort, wie viele I-Mäils ich für meine erste Million verschicken muss. Genau 1371. Aber natürlich nur für den Fall, dass sie jedes Mal weiterverschickt wird. Kein Mensch weiß besser als ich, dass man sich in dieser verlogenen Welt auf niemanden verlassen kann. Deshalb gehe ich auf Nummer sicher und rechne aus, wie ich ohne fremde Hilfe zu meiner ersten Million komme: Ich muss diese I-Mäil insgesamt 4081 Mal verschicken! Wenn einige von denen, die durch mich auch reich werden, die Dinger weiterschicken sollten, umso besser. Dann hab ich hinterher sogar zwei oder drei Millionen. Wie sagt doch ein türkisches Sprichwort so schön: Zu viel Geld sticht kein Auge aus!

Ich schaue auf die Uhr; es ist kurz vor neun, Freitagabend. Mehmet wird sich ganz bestimmt diese Nacht nicht mehr blicken lassen. Wenn ich Glück habe, das ganze Wochenende über nicht. Bis Montagmorgen habe ich noch sechzig Stunden Zeit – das müsste reichen, um Millionär zu werden!

Ich kremple die Ärmel hoch und lege los!

Ich esse kaum, ich schlafe nicht, ich gehe nicht mal aufs Klo!

Wie sagt man so schön, für die erste Million muss man besonders hart arbeiten.

Dabei kommt mir auch zum ersten Mal in meinem Leben gelegen, dass mein Sohn Mehmet ein ewiger Student und ein verdammter Kommunist ist. Der hat so viele Adressen von linken Organisationen, politischen Parteien, sozialistischen Vereinen, chaotischen Pennern und unglücklichen Frauen in seinem Rechner, dass ich keinen Mangel an I-Mäil-Adressen habe, an die ich Bill Gäyts' Nachricht weiterleiten kann.

Montag, 21. Juni

Am Montagmorgen schalte ich den glühenden Kompjuter endlich aus, nachdem ich das ganze Wochenende über wie verrückt geschuftet habe. Der angebissene Apfel ist mittlerweile bestimmt zu einem Bratapfel geworden – wenn nicht sogar zu Apfelmus.

Dann rufe ich in Halle 4 an, sage der Sekretärin von Viehtreiber, dass sie mich alle mal können, und lege mich als Millionär, total kaputt, aber sehr glücklich, ins Bett.

Ich habe eine neue Variante des Märchens »Vom Tellerwäscher zum Millionär« erfunden. »Vom I-Mäil-Dieb zum Millionär«! Wer weiß, vielleicht hat es ja Bill Gäyts auch so geschafft!

Keine halbe Stunde später werde ich durch lautes Gebrüll wieder aus Hawaii zurückgeholt, wo ich mit zwei einheimischen Schönheiten gerade gemütlich am Strand lag und aus einem großen Glas irgendein grünes Zeug mit Ananas-Scheiben und einem Papier-Schirmchen an der Seite schlürfte.

»Wer war das?«, tobt Mehmet. »Wer hat sich an meinem Kompjuter vergangen?«

Meine Frau petzt ihm sofort voller Schadenfreude, dass ich das ganze Wochenende über sein Zimmer nicht verlassen habe.

»Vater, das kann doch nicht wahr sein! Was hast du nur gemacht?«, schreit er mich mit hochrotem Kopf und blutunterlaufenen Augen an.

»Was willst du denn? An deinem Kompjuter wurde zum ersten Mal Geld verdient«, wehre ich mich.

»Ich habe Hunderte von Rück-Mäils bekommen! Alle Leute fragen mich, ob ich denn wirklich so blöd sei, auf so eine billige Verarsche reinzufallen!«

»Mehmet, ärgerst du dich etwa, dass ich meinen Namen für den Scheck angegeben habe? Um reich zu werden, musst du schon selber was tun, mein Sohn, und sehr viele I-Mäils verschicken!«

»Meine Freunde lachen sich über mich kaputt. Sie spotten darüber, dass ich den weltgrößten Kapitalisten um eine milde Gabe anbetteln würde, und wildfremde Menschen fragen mich, ob eigentlich alle Türken so doof sind wie ich!«

»Mehmet, damit du es weißt, wenn du hier noch länger rumbrüllst, werde ich dich enterben!«

»Ich bitte darum! Ich hab sowieso keine Lust, deine dämlichen Schulden zu übernehmen!«

»Du Idiot! Du hast ja auch keine Ahnung, dass dein Onkel Bill Gäyts mir in zwei Wochen mindestens 1 000 000 Euro überweisen wird! Lies doch bitte schön diese Mäil von Susi und ihrem Freund Tim, der ein Wirtschafts-Anwalt ist. Na, da staunst du, was?«

Er guckt es sich kurz an, zeigt mir den Vogel und knallt mir seine Tür vor der Nase zu.

Plötzlich plagen mich doch gewisse Zweifel bezüglich der ersten Million. Ich beschließe, mein normales Leben erst mal so lange weiterzuführen, bis das Geld auch wirklich auf meinem Konto gelandet ist. Deshalb ziehe ich brav die Klamotten an, die meine Frau für mich nach Meisegeiers Geschmack aufs Bett gelegt hat, und mache mich auf den Weg in die Arbeit.

Meine Kollegen in Halle 4 sind alle völlig aus dem Häuschen, als sie mich im Umkleideraum in der rosa Blazerjacke mit den zwei hübschen Knöpfen und in einer frisch gebügelten grünen Bundfaltenhose erblicken. Sie reiben sich die noch schläfrigen Augen und wollen wissen, ob ich gleich beim Zirkus Sarrasani ein Vorstellungsgespräch als Clown hätte ...

Nur mein guter Kumpel Hans macht sich sichtlich Sorgen und meint, dieser Kündigungsstress der letzten Tage hätte meinem ohnehin labilen Charakter offensichtlich den Gnadenschuss verpasst.

Damit der Meister bei unserer täglichen Geschichtenstunde nicht sofort die Zwangsjacke für durchgedrehte Metallfacharbeiter aus dem Schrank holt, wenn er mich in meinem Arbeitsamt-Autfit sieht, wirke ich dem gleich entgegen.

»Hallo Herr Viehtreiber, wenn man schon spannende Krimis erzählt, dann muss man sich doch auch einen gepflegten Gängster-Luk zulegen, nicht wahr?«, begrüße ich ihn.

»Das ist kein Gängster-Luk, sondern Gastarbeiter-Luk«, klopft er sich brüllend auf die Schenkel, »und ab heute Nachmittag Gastarbeitslos-Luk! Übrigens, was hatte denn dieser Anruf heute frühmorgens zu bedeuten? Meine Sekretärin sagte, du hättest ins Telefon gebrüllt: ›Ihr könnt mich alle am Arsch lecken, am meisten der Viehtreiber!‹«

»Waaaas? Spinnt die? Die Frau hat wahrscheinlich noch halb geschlafen und Albträume gehabt!«, lüge ich wie gedruckt und packe meinen Picknickkorb aus.

»Das glaube ich kaum! Sie ist seit dreißig Jahren eine sehr zuverlässige Mitarbeiterin!«

»Dann war's sicherlich ein anderer Türke, der angerufen hat! Wir sehen doch mit unseren schwarzen Schnurrbärten alle gleich aus. Herr Viehtreiber, heute empfehle ich Ihnen die leckeren Linsenbällchen mit Petersilie und Minze und dazu Bulgursalat mit Paprikaschoten als Vorspeise. Als Hauptspeise Kichererbsen mit Pastırma. Pastırma ist türkischer Schinken und schmeckt wirklich köstlich. Meine Frau kam das ganze Wochenende über nicht aus der Küche raus, deshalb gibt es auch noch Lammkeule mit Joghurtkruste aus dem Ofen. Dazu passt vorzüglich dieser vollmundige Rotwein. Ich habe auch Huhn mit Okraschoten mitgebracht, aber ich weiß nicht, ob Sie Okraschoten mögen. Sie können ja mal probieren, wenn Sie Lust haben. Und als Nachspeise kann ich Ihnen heute Kürbis mit Walnüssen und Mandelmilchdessert anbieten. Also ich wünsche Ihnen einen guten Appetit! Und während Sie essen, erzähle ich kurz, wie die Willkommensgeschichte weiterging …«

»Osman, hast du das Schreiben mit der Post bekommen?«, fragt er mit vollem Mund, während er genüsslich an einem großen Stück Lammkeule kaut und mich mit dem Spruch auf der Stelle zu Tode erschreckt.

»Was für ein Schreiben denn? Haben Sie meine Kündigung etwa mit der Post geschickt?«, stottere ich fassungslos.

Meister Viehtreiber ist cleverer, als ich dachte. Diese Möglichkeit ist mir bisher nicht eingefallen. Ob ich den Postboten auch mit Geschichten einlullen kann?

»Nein, deine Kündigung liegt noch hier. Die kriegst du gleich von mir persönlich. Was ich wissen will, ist, ob diese Rechnung für Schnellkochtopf, Heizlüfter und Stereoanlage über 1750,80 DM mit der Post kam, oder ob derjenige sie selbst in deinen Briefkasten gesteckt hat?«

»Die kam mit der Post!«

»Und wie hast du reagiert?«

»Andere Länder, andere Sitten, habe ich mir gedacht. Erst schenken uns unsere deutschen Nachbarn teure Sachen, und dann schicken sie wohlformulierte Begleitschreiben, um zu zeigen, wie viel Geld sie für uns ausgegeben haben. Meine Frau Eminanim hat mir nicht erlaubt, denen im Gegenzug zu schreiben, dass allein der Teppich, den wir für sie gekauft haben, tausend Mark gekostet hat.«

»Wie ist es denn ausgegangen, habt Ihr diese 1750,80 DM überwiesen?«

»Nein.«

»Tatsächlich nicht?«

»Wir mussten anstatt 1750,80 DM genau 3563,45 DM überweisen. Bis wir nämlich die Sache kapiert hatten, war einiges an Mahngebühren und Rechtsanwaltkosten dazugekommen.«

»Ich hätte dir gleich sagen können, dass dieser Gauner

mit so vielen Geschenken auf keinen Fall ein Nachbar sein kann! In Deutschland beschenken sich die Nachbarn nicht, sondern stechen sich eher die Augen aus! Wenn du wüsstest, seit wie vielen Jahren ich gegen meinen gehirnamputierten Nachbarn prozessiere!«

»Nein, Herr Viehtreiber, da muss ich Ihnen aber energisch widersprechen! Es gibt in Deutschland nicht nur als Nachbarn getarnte Betrüger, sondern auch hübsche Fräuleins namens Meierdierks. Nach dieser Pleite mit den Geschenken habe ich mir sofort vorgenommen, unser Imidsch aufzupolieren, um nie wieder in eine solch peinliche Situation zu geraten und gleichzeitig bei Fräulein Meierdierks großen Eindruck zu machen. Und mit einem unglaublich tollen Supertrick habe ich es ja auch geschafft, wie Sie sicherlich schon wissen ...«

»Was für 'n Supertrick denn? Dass du ein aufpoliertes Imidsch hast, davon weiß ich auch nichts. In Halle 4 hat es sich auf jeden Fall nicht rumgesprochen«, schmatzt er geräuschvoll.

»Und wie ich es aufpoliert habe! Wenn Sie wüssten, wie ich es geschafft habe, würden Sie regelrecht platzen vor Lachen ...«

»Ist es wirklich so witzig?«, ruft er und wedelt mit meiner Kündigung. Noch deutlicher kann man mit dem Zaunpfahl nicht winken, dass ich eine lustige Geschichte erzählen soll. Ob durch das Winken mit dem Zaunpfahl eine Geschichte wirklich lustiger wird, weiß ich allerdings nicht.

Aber durch das Winken mit der Kündigung muss sie es! Ich vertraue auf den schlechten Geschmack Viehtreibers, was Geschichten angeht, und auf das gute Essen Eminanims als Beilage und rufe laut:

»Und wie witzig es ist, Chef! Und dazu auch noch sehr spannend und ganz schön melodramatisch!«

»Mhmmhm, dann bin ich ja gespannt … erzähl schon … mhmöhmnnm …«

»Lieber Herr Viehtreiber, es war einmal vor ungefähr vielen Jahren … In unserer Straße gab es einen Süleyman Effendi … Meister, Sie kennen doch sicher auch den Süleyman Effendi, nicht wahr?«, rufe ich und kichere krampfhaft laut, um ihn mit meinem Lachen anzustecken, so wie in diesen langweiligen Komedy-Sendungen im Fernsehen, wenn der Beitrag selbst kein müdes Lächeln erzeugen kann.

»Nein, der einzige Effendi, den ich kenne, ist Kara Ben Nemsi Effendi«, sagt er.

»Wie, den kennen Sie von mir? Ha ha ha haaaoooo …«

»Nein, von Karl May!«

»Ich meine, ist er auch aus dem Karnickelweg? Hii hiii hiiooo hooooo …«

»Nein, aus dem wilden Kurdistan!«

»Dann kann es nicht der Gleiche sein, den ich meine. Mein Süleyman Effendi stammt nämlich aus Istanbul und wohnte damals drüben bei uns im Karnickelweg 67a.

Herr Viehtreiber, Sie wissen aber, was ›Effendi‹ bedeutet, oder?«

»Öhmm …«

»Nicht? Hat Ihnen der Karl May das nicht erzählt? Also Effendi zu sein heißt, ein ›richtiger Herr‹ zu sein. Und

Süleyman Effendi war so ein richtiger Herr. Er war dick, er war alt, aber das Wichtigste: Er war mit Abstand die angesehenste Persönlichkeit in unserer Straße. Um es auf Neudeutsch zu sagen, er war der Superstar des Karnickelwegs. Dschörmänys ex Supermodel sozusagen …

Lieber Herr Viehtreiber, dick zu werden, habe ich geschafft, ohne es eigentlich zu wollen. Älter auszusehen ebenso, dafür hatte ich ja jahrelang den richtigen Job hier in Halle 4. Aber an meinem Ansehen, da haperte es gewaltig. Wenn dieses Fräulein Meierdierks von gegenüber damals nicht gewesen wäre, dann wäre mir ein besonders tolles Ansehen vielleicht nicht so wichtig gewesen. Aber dieses hübsche Fräulein Meierdierks würdigte mich nicht eines einzigen Blickes. Selbst ihr Dackel Jenny ignorierte mich.

Aber mit diesem Süleyman Effendi unterhielt sie sich stundenlang auf der Straße. Ihr Dackel Jenny ebenfalls.

Immer wenn Süleyman Effendi sie sah, verbeugte er sich tief – natürlich nur so weit, wie sein dicker Bauch es zuließ – und säuselte los:

›Einen herrlich guten Tag wünsche ich Ihnen, gnädiges Fräulein Meierdierks. Ich, Ihr ergebener Süleyman Effendi, grüße Sie heute …‹, er schaute auf seinen dicken Kalender, ›Donnerstag, den 12.11., um …‹, er schaute auf seine goldene Uhr, ›um 17:15 Uhr, von ganzem Herzen!‹

Das hübsche Fräulein Meierdierks lächelte dann immer etwas verlegen und murmelte:

›Guten Tag, Herr Süleyman Effendi, Sie schon wieder …‹

›Liebes Fräulein Meierdierks‹, sagte Süleyman Effendi

ermuntert, ›all diese lauwarmen Regentropfen, die unsere Haut benetzen, erinnern mich an allerliebste Frühlingssinfonien, und dadurch werde ich immer so unendlich romantisch ...‹

›Und ich werde dadurch vollkommen klitschnass. Tschüss!‹

Ich war völlig verzweifelt, dass ich es nicht schaffte, mit dem wundervollen Fräulein Meierdierks ein vergleichbar geistreiches Gespräch zu führen wie Süleyman Effendi. Ich war drauf und dran, mich in die Weser zu stürzen, um mich zu vergiften. Damals ging das problemlos, als die DDR noch ihre Industriegifte über die Weser rüber in den Westen schickte.

Bei diesem Problem mit Fräulein Meierdierks konnte ich ja auch nicht meine Frau um Rat fragen, Eminanim hätte mit mir noch kürzeren Prozess gemacht als die Weser! Wenn sie will, kann sie nämlich noch giftiger sein, als dieser Fluss mit seinen Industrieabfällen es jemals war!

Dann endlich kam mir die rettende Idee: Ansehen direkt beim Fachmann von Grund auf zu erlernen. Und zwar bei Süleyman Effendi, bei wem denn sonst?

Am nächsten Abend, als er gerade im Begriff war, unser türkisches Männercafé zu verlassen, habe ich mich endlich getraut, ihn danach zu fragen:

›Lieber Süleyman Effendi, ich muss unbedingt wissen, wie es Ihnen gelungen ist, bei unseren deutschen Nachbarn so angesehen zu sein; insbesondere bei Fräulein Meierdierks‹, bettelte ich ihn an. ›Lieber Süleyman Effendi, wenn Sie meinen, es läge nur am möglichst dicken Bauch, wohlhabend zu wirken, hier, den habe ich auch. Wenn Sie meinen, es käme drauf an, möglichst alt und weise auszusehen, dann schauen Sie mir bitte ins Gesicht, ich sehe älter aus als der Ötzi persönlich! Aber trotzdem bin ich nicht so angesehen wie Sie!‹

›Osman, du bist leider auch nicht so intelligent wie ich‹, sagte er. ›Aber mit einem kleinen Trick kannst sogar *du* es schaffen, großes Ansehen zu bekommen. Wenn du mir ein paar Gläser Tee ausgibst, verrate ich dir alles‹, versprach er.

Mit großer Geste und viel Lärm rührte er fünf Würfelzucker in seinen Tee und nahm laut schlürfend den ersten Schluck. Und dann erzählte er mir die Geschichte, die mein gesamtes Leben von Grund auf für immer ändern sollte …

›Osman, weißt du, was Sperrmüll ist?‹, fragte er mich.

›Aber natürlich weiß ich das, hochverehrter Süleyman Effendi. Schließlich habe ich erst letzte Woche mein neues rotes Sofa auf dem Sperrmüll hier in unserer Straße gefunden. Passen ganz locker fünf Leute drauf!‹, prahlte ich mit meinem Wissen.

Herr Viehtreiber, wie Sie sich sicherlich noch erinnern werden, damals haben ja alle Leute in der Straße am gleichen Tag ihren Sperrmüll vor die Tür gestellt. Das war sehr vorteilhaft für mich, so konnte ich an einem einzigen Tag nämlich alle meine Besorgungen machen.

Aber wieder zurück zu unserem Süleyman Effendi. Der schüttelte den Kopf, und um mich zu tadeln, nahm er einen sehr lauten Schluck von seinem neuen Tee.

›Osman, das war ein riesengroßer Fehler‹, brüllte er, ›von dem Sperrmüll, der in der eigenen Straße liegt, darfst du niemals etwas anfassen! Ja, du darfst sogar, wenn du morgens zur Arbeit gehst, nicht mal einen Blick auf diesen Sperrmüll werfen. Denn in Deutschland gilt nur der etwas, der viele teure Sachen kauft, sie kurz benutzt und möglichst schnell wieder wegwirft, um sich neue Dinge zu kaufen. Du aber, mein Lieber, stöberst stundenlang in deinem Stadtviertel, ja sogar in der eigenen Straße, manchmal sogar vor der eigenen Wohnung wie ein Straßenköter in den weggeworfenen Sachen anderer Leute rum. Und dann fragst du mich, warum du kein Ansehen hast? Wie willst du denn als Lumpensammler jemals zu Ansehen gelangen, frage ich dich?! Osman, merke dir, du darfst nur in dem Sperrmüll rumwühlen, der ganz weit weg von deinem Wohngebiet liegt. Da, wo dich garantiert niemand kennt und kein Nachbar sehen kann! Ich durchwühle den Sperrmüll nur in fremden Gegenden, in denen mich keiner kennt!‹

Ich war so schockiert, dass ich mich an meinem heißen Tee verschluckte.

›Waaas? Sie? Der große Süleyman Effendi schaut sich Sperrmüll an?‹, fragte ich ziemlich verdattert.

Mein Leben hatte keinen Sinn mehr! Mein großes Vorbild entpuppte sich nämlich als Hochstapler. Alle meine Idole stürzten sich selbst vom Sockel. Erst Elvis, dann Maykl Jäksn, dann Christoph Daum und jetzt auch noch Süleyman Effendi! Öhm, ich glaube, das mit Christoph Daum war etwas später …

›Natürlich! Osman, was glaubst du denn, wie ich es mir sonst leisten kann, alle sechs Monate acht Waschmaschinen, elf Kühlschränke, sieben Fernseher und zwei komplette Schlafzimmereinrichtungen wegzuwerfen?‹, antwortete Süleyman Effendi mit einer Gegenfrage.

Ich konterte seine Gegenfrage meinerseits mit einer meiner geistreichen Gegenfragen:

›Ja, ich frage mich auch immer, wie schnell bei Ihnen die elektrischen Geräte kaputtgehen. Haben Sie etwa eine derart feuchte Wohnung?‹

›Bei Allah, Osman, du kapierst ja überhaupt nichts! So naiv, wie du bist, wirst du nie ein angesehener Mann in Deutschland!‹, schimpfte er mit vollem Mund, während er weiter an einer Riesenportion Baklava kaute, die ich später bezahlen durfte. ›Osman, jetzt pass mal auf: Alle diese Geräte sammle ich mit meinen Söhnen und meiner Frau vom Sperrmüll in anderen, weit entfernten Stadtteilen. Und wenn es dann in unserer Straße Sperrmüll gibt, schmeißen wir den ganzen Kram aus dem Fenster. Das sieht für unsere Nachbarn natürlich so aus, als wären wir steinreich. Aber in Wirklichkeit ist mein Fernseher schon siebzehn Jahre alt, einen Kühlschrank brauche ich im kalten Deutschland überhaupt nicht, und Waschmaschine habe ich auch keine – ich habe doch drei Töchter!‹

›Ach so, deswegen sieht es am Sperrmülltag vor Ihrer Wohnung jedes Mal wie im Kaufhaus aus‹, wunderte ich mich.

›Richtig! Dieser angebliche Reichtum ist auch der Grund, warum Fräulein Meierdierks so großen Respekt vor mir hat und sich so gerne mit mir unterhält.‹

›Aber das wäre ja auch für mich kein Problem. Ich habe auch mehrere Kinder, eine Frau und einen grasgrünen

Ford-Transit, um überall in Bremen Sperrmüll einzusammeln‹, freute ich mich. ›Oh, Süleyman Effendi, ich danke Ihnen von ganzem Herzen für diesen unglaublich wertvollen Tipp. Möge Allah alles, was Sie anfassen, in Gold verwandeln – mit Ausnahme von Fräulein Meierdierks natürlich!‹

›So, Osman, jetzt weißt du alles, was du brauchst, um sogar als Türke ein angesehener Mann in Deutschland zu werden. Ich wünsche dir viel Glück auf deinem weiteren Lebensweg‹, sagte er und trank mit einem großen Schluck den sechzehnten Tee auf meine Kosten aus und bestellte noch eine Portion Baklava.

Die nächsten Wochen verbrachte ich dann damit, nachts zusammen mit meiner Frau Eminanim und meinem Sohn Recep in anderen Stadtteilen die Sperrmüllhaufen zu durchforsten.

Manchmal ertappte ich auch Süleyman Effendi mit seiner Familie dabei, aber ich tat ganz diskret so, als hätte ich sie nicht gesehen.

Unser Keller, der Dachboden und das Schlafzimmer waren bereits brechend voll. Wir konnten uns auch nicht mehr duschen, weil wir im Badezimmer die elektrischen Geräte gestapelt hatten.

Das war ungeheuer anstrengend, aber was tut man nicht alles, um sein Imidsch aufzupolieren?

Wir waren fix und fertig, aber es hatte sich gelohnt! Wir hatten mehr Sachen in unserer Wohnung gehortet, als in ein mittleres Kaufhaus hineinpassen würden.

Übungshalber ließ ich mich von meiner Frau bereits ›Osman Effendi‹ rufen, damit ich mich rechtzeitig an meinen neuen tollen Namen gewöhnte. Die Kinder durften mich erst mal weiterhin Papa nennen.

Dann endlich kam der große Tag, von dem ich mir erhofft hatte, zu meinem ersehnten und heißgeliebten Titel zu kommen: Osman Effendi!

Wir fingen an, mit großer Geste und großem Krach all unsere aufgesammelten Sachen aus dem Fenster im zweiten Stock zu werfen.

Mein Sohn Mehmet, der damals sehr klein war und beim Sperrmüll-Rausschmeißen nur im Weg stand, beobachtete die Wohnung von Süleyman Effendi und berichtete uns in regelmäßigen Abständen, wie weit die schon waren.

Wir hatten bereits vier Kühlschränke, sechs Fernseher und drei Waschmaschinen aus dem Fenster geworfen, da kam er mit der schockierenden Nachricht an:

›Papa, Papa, die Süleymans haben schon sechs Kühlschränke, acht Fernseher und vier Waschmaschinen auf die Straße geschmissen!‹

Eine Sekunde lang kreuzte sich mein Blick mit dem meiner Frau.

Sollte all die große Mühe der letzten Monate umsonst gewesen sein?

Weshalb hatte Süleyman Effendi mir diesen Tipp überhaupt gegeben? Benutzte er mich gar nur, um durch einen Sieg über mich noch besser dazustehen als vorher? Können Menschen für nur sechzehn Tassen Tee und fünf Portionen Baklava so tief sinken?

In dem Moment sah ich plötzlich auf der anderen Straßenseite den feindlichen Spion in Stellung gehen: Süleyman Effendis jüngsten Sohn Cafer!

Sein böses Grinsen trieb mich in den Wahnsinn!

›Papa, ich gehe den blöden Cafer verprügeln‹, rief mein Sohn Mehmet, der schon damals einen draufgängerischen Charakter hatte und sich nichts gefallen ließ.

Dann fasste ich wieder Mut und sagte tapfer zu meiner Familie:

›Mehmet, bleib hier! Der blöde Cafer kann grinsen, solange er lustig ist, den prügelst du erst, wenn wir verlieren sollten. Eminanim, ich bin mir sicher, dass wir langfristig gesehen über die größeren Reserven verfügen. Mit Allahs Hilfe werden wir ab morgen die angesehenste Familie im Karnickelweg sein!‹

Dass ich mir das speziell wegen Fräulein Meierdierks wünschte, konnte meine Frau zum Glück nicht ahnen.

Nach einer Stunde kam Mehmet mit einer Zwischenmeldung, dass der hinterhältige Feind siebzehn Fernseher, dreiundzwanzig Kühlschränke und sechzehn Waschmaschinen zutage gefördert hatte.

Das war die Wende!

Endlich hatte sich das Schicksal zu unseren Gunsten gewendet. Wir lagen gut im Rennen.

Wir hatten zu der Zeit bereits sechsundzwanzig Fernseher, einunddreißig Kühlschränke und neunzehn Waschmaschinen auf die Straße geschmissen. Von den vielen Kleinigkeiten wie einundfünfzig Toastern, achtundsiebzig Haartrocknern, sechsundvierzig Staubsaugern und siebenunddreißig Stereoanlagen ganz zu schweigen.

Wir waren eindeutig auf der Siegerstraße, obwohl das Schlafzimmer und der Keller noch nicht mal halb leer waren.

Meine raffinierteste Geheimwaffe hatte ich jedoch für den Schluss aufgehoben: Auf die fünfundzwanzigste Waschmaschine vor unserer Tür habe ich einen uralten Stuhl gestellt. Weil ich gehört hatte, dass Fräulein Meierdierks verrückt nach antiken Stühlen war.

So! Ich hatte meine Mausefalle gestellt. Jetzt hatte sie keine Chance mehr, vorbeizugehen, ohne einen Blick auf meinen sensationell reichen Sperrmüll zu werfen. Sie würde auf gar keinen Fall mehr drum herumkommen, zu erkennen, welch toller, angesehener Mann in ihrer Straße wohnte:

Der große Osman Effendi!

Als ich aber dann auch noch die sechsundzwanzigste Waschmaschine aus dem Fenster geworfen hatte, hörte ich Fräulein Meierdierks einen ganz fürchterlichen Schrei ausstoßen. Wie kann man sich nur so über einen alten und hässlichen Stuhl freuen, dachte ich mir!

›Osman, ich glaube, da stirbt jemand‹, brüllte meine Frau.

Ich bekam Panik und rannte sofort zum Fenster und sah etwas ganz Schreckliches …

Bei Allah, Herr Viehtreiber, ich muss jetzt aber auch rennen! Und zwar zu meinem Bus. Sonst wird meine Frau Eminanim zur Abwechslung mal mich aus dem Fenster werfen, und das ist überhaupt nicht imidschfördernd. Zudem wartet jetzt nicht mal Fräulein Meierdierks unten auf der Straße, die mich vielleicht hätte auffangen können!«

»Osman, was ist denn so Schreckliches passiert, verdammt? Nun erzähl doch schon!«

»Morgen, Herr Viehtreiber, morgen!«

»Hast du aus Versehen die sechsundzwanzigste Waschmaschine auf den Kopf der hübschen Frau Meierdierks geknallt, oder was? Vielleicht sollte ich das mit meinem Nachbarn genauso machen.«

»Morgen, Herr Viehtreiber, morgen!«

»Osman, sag doch wenigstens, ob Frau Meierdierks noch lebt?«

»Morgen, Herr Viehtreiber, morgen!«

»Also gut, dann eben morgen, du Idiot!«

»Ebenso, Herr Viehtreiber, ebenso!«

Ich weiß nicht, ob die Wahl auf mich fallen würde, wenn heute im Arbeitsamt ausnahmsweise mal ein hübscher Job zu vergeben wäre? Aber ich bin mir absolut sicher, dass ich alle Stimmen auf mich vereinen würde, wenn heute der bestangezogene Besucher des Arbeitsamtes gekürt werden sollte.

Sozusagen »The Män of the Jobcenter«!

Meine tolle seidene rosa Blazerjacke mit den zwei Silberknöpfen, die frisch gebügelte grüne Bundfaltenhose mit Nadelstreifen aus Leinen und die herrliche blaue Krawatte mit den gelben Blümchen sind einfach nicht zu schlagen.

Kein Mensch kann die Augen von mir lassen. Ich bin der Star der Schlange vor dem Zimmer 143.

Zu meiner Überraschung und Enttäuschung ist die Schlange heute aber nicht so lang, wie es sich für ein anständiges Arbeitsamt-Büro am Montag normalerweise gehört. Heute geht es interessanterweise Schlag auf Schlag.

Und alle kriegen Herrn Meisegeier persönlich zu sehen,

den frisch gebackenen, stolzen Papa. Auch wenn nicht jeder einen Job von ihm bekommen sollte, ein feuchter Händedruck und ein nettes Lächeln sind wohl jedem sicher.

Ich kontrolliere noch einmal meine Kleidung vor dem Glasschrank, zupfe an meiner Jacke, ruckle an meiner Krawatte, ordne meine Haare – es wäre schön, wenn was zu ordnen da wäre – und warte stolz wie Oskar, bis sich die Bürotür endlich wieder öffnet.

Der Mann, der gerade bei ihm war, stürzt mit einem sehr schmerzverzerrten Gesicht heraus und zischt:

»Gehen Sie zu dem bloß nicht rein! Der ist doch vollkommen verrückt – der spinnt ja!«

»Keine Sorge. Heute ist genau der richtige Tag, um etwas von ihm zu bekommen«, beschwichtige ich ihn.

»Ja, eins auf die Birne!«, knurrt er.

Ich setze ein sympathisches Grinsen auf und betrete den Raum.

Besser gesagt, ich versuche es!

Leider komme ich nicht weit. Ich habe den Kopf noch nicht ganz in der Tür, da kommt mir ein riesiges Händy mit Schallgeschwindigkeit entgegengeflogen, und eine wütende Stimme brüllt:

»Verschwinde, du Idiot! Aber sofort!«

Als langjähriger erfahrener Behördenbesucher erfasse ich blitzartig den Ernst der Lage und starte unverzüglich den geordneten Rückzug, um nicht das Ziel weiterer Wurfgegenstände zu werden.

Fassungslos frage ich meinen Leidensgenossen auf dem Flur:

»Ich kapiere das nicht! Der müsste doch heute eigentlich eine Bombenlaune haben. Laut meiner Frau und Fäysbuk ist er letzten Freitag Vater geworden!«

»Ja, du hast recht«, antwortet mein Leidensgenosse mit einer immer dicker werdenden Beule am Kopf, »Vater von fünf Töchtern auf einmal!«

»Danke, Eminanim, danke, Mehmet, danke, Kompjuter, danke, Fäysbuk, danke, Bill Gäyts! Ihr seid eine große Hilfe in meinem verpfuschten Leben!«

Mit einem Dutzend weiterer ironischer Dankesbekundungen betrete ich sauer wie drei Dutzend Zitronen die Wohnung.

»Danke, Osman, diesen Dreck machst du aber jetzt selber weg! Du weißt doch, dass im Flur dieser ekelige Hundehaufen liegt! Besser gesagt lag, jetzt ist er ja in unserer Wohnung«, schimpft Eminanim mit einem Gesicht wie vier Zitronen.

»Mist, wie kommt die Scheiße denn hierher? Dabei hatte ich doch absichtlich genau auf unseren Außenminister getreten!«

»Auf wen hast du getreten?«

»Auf das Foto von unserem Außenminister in der Zeitung, die über dem Hundehaufen ausgebreitet ist! Der hatte doch bei seinem Amtsantritt hoch und heilig geschworen, jeden Schaden vom deutschen Volk abzuwenden. Dabei kann der Kerl nicht mal was gegen Hundekacke tun.«

»Daran sind sicher die Grünen schuld! Die sind höchstwahrscheinlich dagegen, dass wir inzwischen Zeitungen aus Plastik haben.«

»Man hätte diese Kisten aus Plastik auch nicht bauen

sollen«, schimpfe ich und klatsche Eminanims Kompjuter eins auf den Hintern. »Dieser Verräter hat mich reingelegt.«

»Was ist denn schon wieder falsch gelaufen?«

»Was falsch gelaufen ist, fragst du? Hat dir dieses blöde Ding am Freitag nicht gesagt, dass Herr Meisegeier Vater von einem Kind geworden ist?«

»Mein Gott, war es etwa eine Fehlgeburt?«

»Schön wär's! Er hat fünf Blagen auf einmal bekommen!«

»Mist, er hat aber nur das Foto von einem Kind im Fäysbuk hochgeladen.«

»Als die restlichen vier kamen, war er sicher selber mehr als genug geladen, der Arme. Er kennt ja die Job-Situation in Deutschland aus erster Hand. Der weiß, was seinem Nachwuchs blüht.«

»Vielleicht war die Batterie von seinem Eifon-Händy leer.«

»Nein, im Gegenteil, es war total voll! Als das Ding mich heute am Kopf traf, hatte ich das Gefühl, dass es tonnenschwer ist.«

»Das ist ja geil!«, mischt sich mein kommunistischer Sohn Mehmet, der ewige Student, ins Gespräch ein. »Vater, sag schon, wo werden einem denn teure Händys nachgeschmissen? Die Millionen von Bill Gäyts lassen nämlich immer noch auf sich warten«, lacht er sarkastisch.

»Du brauchst dich nicht zu beeilen, mein Sohn. Falls du dein Studium irgendwann mal, im nächsten Jahrtausend vielleicht, zum Abschluss bringen solltest, wirst du sowieso ein Stammkunde im Arbeitsamt-Wellness-Center sein. Und wenn du den Abschluss nicht schaffst, dann erst recht. Also auf jeden Fall werden sie dir noch genügend Händys und Aschenbecher an den Kopf knallen. Du hängst nämlich mehr in der Kneipe oder vor dieser blöden Kiste hier rum als in der Uni.«

»Vater, du beleidigst unentwegt zu Unrecht meinen Rechner! Du kennst ihn ja gar nicht richtig, obwohl du das ganze Wochenende mit ihm zusammen warst. Er kennt dich aber sehr gut, vielleicht sogar besser als du dich selbst. Zum Beispiel kann er dir sagen, was du in zwei Monaten bei den Bundestagswahlen wählen wirst.«

»Willst du etwa damit sagen, dieser Plastikhaufen weiß jetzt schon, was ich später mal wählen werde?«

»Ja. Du brauchst nur einige Fragen des Wahl-O-Mats ehrlich zu beantworten, dann sagt er dir, welche Partei zu dir passt und was du wählen sollst.«

»Das gibt's doch nicht! So frech sind die Dinger also mittlerweile geworden?«

»Die Zeiten ändern sich. Früher hat die Kirche bestimmt, was die Leute zu wählen haben, heute machen das die Kompjuter.«

»Bei mir hat das immer deine Mutter bestimmt. Also gut, dann soll doch mal der Herr Wahl-O-Mat loslegen. So brauche ich wenigstens nicht mehr die Wahlprogramme von allen fünfzig Parteien zu lesen.«

»Du Angeber, als ob du jemals vorgehabt hättest, das Wahlprogramm auch nur einer einzigen Partei zu lesen. Außerdem sind es nicht fünfzig Parteien, die zur Wahl zugelassen sind, sondern nur vierunddreißig!«

»Mehmet, jetzt quatsch nicht so wichtigtuerisch, leg los!«

»Also gut, hier ist die erste Frage: Soll der gesetzliche Kündigungsschutz noch mehr gelockert werden oder nicht?«

»Ich glaube, noch lockerer geht's kaum, aber wenn doch, ich bin dafür! Wenn die mich an die frische Luft setzen, sollen die anderen auch fliegen!«

»Soll die Wehrpflicht abgeschafft werden?«

»Auf keinen Fall! Wer soll uns denn sonst vor den bösen Kommunisten schützen!«

»Soll die Homo-Ehe gesetzlich geschützt werden?«

»Aber natürlich. Vom Standesamt sofort in den Knast in Schutzhaft!«

»Nächste Frage: Sollen die kriminellen Ausländer schneller abgeschoben werden?«

»Klar, aber alle!«

»Wie? Was meinst du jetzt mit ›alle‹?«

»Die deutschen Kriminellen sollen doch auch sofort abgeschoben werden!«

»Wohin denn?«

»Nach drüben – wie immer!«

Nachdem ich noch zwanzig solcher Fragen nach bestem Wissen und Gewissen beantwortet habe, verkündet Mehmet strahlend das Ergebnis:

»Vater, der Wahl-O-Mat meint, deine Traum-Partei ist die NPD! Zur Not tut's auch die DVU!«

»Waaas? Habe ich eben nicht gesagt, diese blöden Kisten spinnen total und verbreiten nichts als Lügengeschichten über ehrbare Bürger? Ich bin doch ein ganz normaler, durchschnittlicher deutscher Wähler! Ich hab nichts gegen Ausländer! Mal abgesehen von dir, mag ich sie fast alle!«

»Vater, dein letzter Spruch entlarvt dich sofort als Nicht-Deutschen«, triumphiert Mehmet. »Die *normalen* Deutschen sagen nämlich immer genau das Gegenteil: Ali, dich mag ich, du bist ja auch ganz anders als die anderen Türken!«

Kurze Zeit später sitze ich mit einer Tasse Tee in der Küche, während Eminanim das Bestechungsessen für meinen Meister vorbereitet.

»Herr Viehtreiber denkt also, dass du Frau Meierdierks umgebracht hast?«, fragt sie nachdenklich, während sie eine dicke Knoblauch-Zehe zerdrückt.

»Ja, mit einer Waschmaschine! Er hofft es jedenfalls.«

»Und du durftest noch einen Tag bleiben, weil du womöglich ein Mörder bist? Wie willst du die Geschichte denn morgen abschließen, ohne auf der Straße oder im Knast zu landen?«

»Also nach so viel Aufregung wäre er sicher sehr enttäuscht, wenn es am Ende gar keine Toten geben würde. Ich denke, ich bringe den Dackel Jenny um!«

»Dem Dackel hast du doch nur den Schwanz zerquetscht!«

»Mit einem zerquetschten Dackelschwanz komme ich aus der Sache aber nicht mehr heraus. Die Bestie hat Blut gerochen!«

»Selbst schuld, du hast ja die Sache jeden Tag immer mehr auf die Spitze getrieben und aus deinem Meister einen mordlustigen Geschichten-Dschankie gemacht.«

»Ich könnte vielleicht erzählen, dass zur selben Zeit, als ich den Schwanz von Dackel Jenny plattgemacht habe, auf der Straße ein brutaler Mord passiert ist!«

»Oder dass erneut eine Bombe auf einem Basar von Bagdad hochgegangen ist – was hat das alles mit deiner Geschichte zu tun?«

»Bagdad?«

»Nein, Bangkok!«

»Ich hab's! Ich bringe den Viehtreiber um! Dann hat er seinen Mord, und ich hab meine Ruhe!«

»Ja, im Knast!«

Dienstag, 22. Juni

Heute bin ich ganz besonders gespannt auf mein Tageshoroskop! Vielleicht finde ich dort einen Hinweis, wie ich zu einer Schlusspointe für meine Sperrmüll-Story komme.

Ich werfe ein 2-Euro-Stück in das Münztelefon im Pausenraum von Halle 4:

»Für Ihre heutige Liebes-Prognose drücken Sie bitte die Taste 1«, flüstert mir eine weibliche Stimme sehr erotisch wie aus dem Jenseits zärtlich ins Ohr. »Für Ihre heutige Geld-Prognose drücken Sie bitte die Taste 2«, zwitschert sie weiter. »Für Ihre heutige Job-Prognose drücken Sie bitte die Taste 3«, sagt sie trocken. Ich drücke sofort auf den Knopf mit der 3 darauf.

»Die Sterne stehen sehr günstig, Sie können heute schwanger werden«, sagt sie in einem erquicklichen Ton, als müsste ich mich über diese Nachricht sehr freuen.

Ich drücke etwas kräftiger auf die 3.

»Aber Sie sollten ihm heute Abend Ihre Liebe auch endlich gestehen«, schlägt sie mir daraufhin vor.

Okäy, das mache ich, wenn ich dadurch meinen Job retten kann! Aber der erste Schritt muss schon von Viehtreiber kommen! Wenn mein Meister mir sein Herz öffnen und sagen würde, dass er sich auf gar keinen Fall von mir trennen kann, dann könnte ich im Gegenzug ihm auch meine Liebe gestehen. Aber schwanger will ich von ihm doch nicht werden – ich habe schon genug Kinder.

Ich drücke noch fester auf die 3!

Dann höre ich so schreckliche Geräusche, als kämen meine Sterndeutungen wirklich von einem anderen Planeten – von Saturn oder Jupiter! Mir wird klar, dass von diesem Telefon hinsichtlich der Sperrmüll-Story-Pointe überhaupt keine Hilfestellung zu erwarten ist. Das Ding ist selbst reif für den Sperrmüll.

Auf dem Weg zu Viehtreiber gehe ich im Geiste alle Varianten durch:

Die Frau Meierdierks umbringen – darf ich nicht, ist sehr heikel, dann stehe ich als Mörder da. Den Dackel Jenny umbringen – will ich nicht, ist wenig spektakulär, dann stehe ich als Tierfeind da. Den Spion Cafer umbringen – kann ich nicht, sein Onkel arbeitet bei uns in Halle 3 und gibt mir ab und zu einen Kaffee aus. Mich selbst umbringen – will ich nicht, an Wiedergeburt glaube ich nicht.

»Osman, hast du diese Frau Meierdierks nun plattgemacht oder nicht?«, fragt Herr Viehtreiber sofort sensationslüstern.

»Mein lieber Meister, mit ›plattgemacht‹ liegen Sie gar nicht mal so verkehrt«, schleime ich, so gut ich kann, und mache die Sache für ihn so spannend wie möglich. Zappeln soll er, der Hund! »Ich habe etwas plattgemacht, aber nicht die liebe Frau Meierdierks, Gott sei Dank! Sondern diesen schönen antiken Stuhl, mit dem ich eigentlich die hübsche Dame ködern wollte, habe ich aus Versehen zu

Kleinholz verarbeitet ... Aber wissen Sie was, über ihren eigenen Tod hätte die gute Frau nicht so herzzerreißend gejammert wie über das Ableben dieses Schrotthaufens. Seitdem wechselt sie schon die Straßenseite, wenn sie mich nur von Weitem sieht.«

»So'n Mist! So viel Theater wegen einem kaputten Stuhl, oder was?«

»Ja, irre, nicht wahr? Frauen können ja so was von kindisch sein!«

»Osman, ich meine doch dich! Junge, weißt du was, ich hab langsam die Faxen dicke! Wenn du mir jetzt nicht auf der Stelle erzählst, wie dieser Mordfall weitergeht – fliegst du! Und zwar in hohem Bogen. Dein stinkender Urin und dreckiger Sperrmüll interessieren mich nicht die Bohne«, ruft er ziemlich angefressen.

»Apropos Bohne: Meister, diese dicken Bohnen müssen Sie unbedingt probieren«, sage ich schnell und schiebe ihm einen großen Löffel weiße Bohnen in den Mund.

»Nö-ööö ...«, röchelt er gemischt mit lautem Husten.

»Und jetzt noch diese gefüllte Paprika hinterher! Packen Sie doch etwas mehr Knoblauchjoghurt auf die gefüllte Paprika, dann schmeckt es richtig gut und rutscht auch besser runter!«

Dabei schiebe ich ihm einen Löffel, diesmal voll mit Knoblauchjoghurt, in den Rachen und schlage ihm kräftig auf den Rücken.

»Höhö ... hrrrrkirrrr ...«

»Herr Viehtreiber, von diesem hässlichen Mord habe ich Ihnen ja absichtlich nichts mehr erzählt, damit ich Ihnen den Appetit nicht verderbe. Aber gut, wenn Sie drauf bestehen, dann muss ich Ihnen ja wohl sagen, wie es weiterging«, lüge ich gekonnt nach einem kurzen Moment der Verwirrung. »Hier, nehmen Sie noch eine gefüllte Paprika!«

»Lass stecken, ich bin satt«, schmettert er meine liebevolle Fürsorge und die leckere Paprika einfach ab.

Bei Allah, was soll ich jetzt bloß machen?

Wieso habe ich mit dieser schrecklichen Mordgeschichte überhaupt angefangen? Wieso bin ich nicht wie die anderen gefeuerten Kollegen einfach nach Hause gegangen und habe mich mit einer Bierflasche im Arm vor die Glotze gelegt oder an der Decke aufgehängt? Der Kollege Fadıl hat leider Selbstmord begangen.

»Und? Wird's bald?«, knurrt er und starrt mich erwartungsvoll und drohend an.

Was soll denn das, verdammt? Sehe ich etwa wie Agatha Kristie aus? Als ob ich lauter Mordgeschichten aus dem Ärmel schütteln könnte?

Unter diesen Bedingungen hätte nicht mal Agatha Kristie eine Mordgeschichte zustande gebracht, sondern eher einen Mord, indem sie meinen dämlichen Meister mit seinem eigenen Brieföffner abgestochen hätte. Das wäre dann zwar auch ein Kriminalfall, aber damit wäre sie nicht auf den Bestsellerlisten, sondern im Knast gelandet. Und mir würde ein Meister-Mord für meine weitere Karriere auch nicht sonderlich helfen.

Verzweifelt schaue ich mein Kündigungsschreiben auf dem Schreibtisch an.

»Menschenhändlerring festgenommen! Polizei durchsuchte mehrere Modellwohnungen«, lautet die Schlagzeile der Tageszeitung, die neben meiner zukünftigen Kündigung liegt.

»Also gut, eigentlich musste ich Kommissar Lück gestern hoch und heilig versprechen, nicht mal meiner Frau was darüber zu erzählen, aber Sie zwingen mich ja regelrecht dazu – und das zu Recht! Sie sind mein Dienstvorgesetzter, also erzähle ich Ihnen alles …

Herr Viehtreiber, Sie haben tatsächlich einen guten Riecher! In unserem Mordfall gibt es unerwartete Wendungen und spektakuläre Neuigkeiten. Wie gesagt, Kommissar Lück war gestern in Bremen. Die Polizei hat einen anonymen Hinweis bekommen, dass die in Schwerte ermordete Inge Peters in Bremen in einer sogenannten Modellwohnung wohnte. Ein internationaler Menschenhändlerring hat dort viele junge Frauen aus Osteuropa gegen ihren Willen brutal zur Prostitution gezwungen«, sprudelt es aus mir heraus. »Und bevor die Polizei den Laden stürmte, wollte Kommissar Lück anderkawa reingehen, um die Lage zu tschecken. Als wichtiger Zeuge und Bremer Urgestein musste ich selbstverständlich auch mit rein.«

»Toller Job, der Polizeiberuf! Sich in Bordells rumtreiben und dafür auch noch Geld kassieren. Wie viele Weiber waren denn da? Die laufen doch da alle mit nackten Titten rum, nicht wahr?«, sabbert er mit strahlenden Augen. Ich kann aber nicht genau einschätzen, ob er nur wegen des Knoblauchjoghurts so sabbert oder wegen der anzüglichen Gedanken, die ihm im Kopf herumschwirren. Auf jeden Fall habe ich zielgenau die beiden Themen erwischt, die ihn brennend interessieren: Mord und Sex! Er lechzt ständig danach – und sabbert!

»Es war wie am FKK-Strand. Nur mit dem Unterschied, dass die geilen Männer sich nicht hinter der Hecke versteckten, sondern wie geizige Basarbesucher von Frau zu Frau liefen und über den Preis verhandelten.« Ich hätte nie gedacht, dass die angeblich täglichen Rotlichtabenteuer meiner Kollegen mir mal so hilfreich sein würden. »Übrigens, warum es Rotlichtmilieu heißt, habe ich nicht ganz verstanden. Da war kein einziges rotes Licht, alles war hell erleuchtet wie in einem Operationssaal.«

»Das ist doch logisch«, klärt mich Viehtreiber nach seiner eigenen Art auf. »Wenn die Ware alt und runzlig ist, wird sie in ein schummriges rotes Licht getaucht. Wenn die Weiber aber jung und hübsch sind, und ihre Titten und Ärsche lecker wie Äpfel und Pfirsiche aussehen, werden sie angestrahlt, was das Zeug hält. Deine Landsleute in den Gemüseläden machen das doch genauso.«

»In Gemüseläden werden Frauen verkauft?«

»Quatsch! Junges und frisches Obst wird dort besonders präsentiert, so wie die Frauen im Bordell!«

»Sie haben recht! Die Mädchen waren fast Kinder!«

»Du Schlitzohr! Du hast also für deinen Bordellbesuch die Polizei löhnen lassen. Sehr clever von dir, das muss ich schon zugeben ...«

»Sie sagen zwar die ganze Zeit Bordell, es war aber kein Bordell. Ich sagte doch vorhin: Modellwohnung ...«

»Ja und?«

»Bordell ist Bordell! Modellwohnung ist Modellwohnung!«

»Wo ist denn da der Unterschied? Gebumst wird da oder da ständig!«

»Gebumst wird in einem katholischen Internat auch ständig. Können wir es Modellwohnung nennen? In ein Bordell kann man schließlich einfach so reingehen, und bei einer Modellwohnung muss man sich vorher telefonisch anmelden.«

»Kann sein, so gut kenne ich mich auch nicht aus. Ich bin doch verheiratet!«

»Die Kerle, die gestern dort erwischt wurden, waren allesamt Ehemänner.«

»Waren auch bekannte Leute darunter?«, fragt er mit glänzenden Augen.

»Öhm ... ja ...«

Der Kerl kann vielleicht Fragen stellen! Ich schiele wieder rüber zu der Zeitung, aber um den Artikel lesen zu können, bräuchte ich ein Fernrohr! Zum Glück finde ich eine andere groß gedruckte Schlagzeile:

»Der neue Bayern-Trainer ...«

»Wie bitte, der neue Bayern-Trainer war auch im Bordell? Diese Fußballer haben nur Weiber im Kopf – und natürlich Geld!« – Ja, genauso wie mein Meister Viehtreiber aus Halle 4!

»Sie sagen es, Meister!«

»Und die Mannschaft, war die auch da?«

»Aber natürlich, alle waren dabei. Inklusive Ersatzspieler, Zeugwart, Masseur und Busfahrer!«

»Und wer noch?«

»Dieser Diktator von Nordkorea ...«

»Spinnst du? Du hast dich sicherlich vertan. Das war bestimmt ein anderes Schlitzauge. Die sehen doch alle gleich aus!«

»Ich meine, ein Foto von dem Diktator hing an der Wand. Die jungen Frauen waren alle Prostituierte aus dem ehemaligen kommunistischen Ostblock, die mit falschen Versprechungen hierhergelockt wurden, müssen Sie wissen.«

»Deshalb hängen die diesen psychopathischen Diktator an die Wand?«

»Was sollen die denn machen? Die sind ja vom Regen in die Traufe geraten. So haben sich die armen Mädchen die goldene westliche Demokratie wohl auch nicht vorgestellt! Ich schätze, nicht mal im kommunistischen Osten hätte man denen die Pässe abgenommen, sie verprügelt, wie Hühner in einem Haus eingesperrt und zur Prostitution gezwungen, um ihnen danach das ganze schwer verdiente Geld wegzunehmen!«

»Wer wurde denn noch in flagranti erwischt?«

Auf eine politische Diskussion hat er offenbar keine Lust.

Ich schiele wieder zu der Zeitung. Ein Fernrohr habe ich nicht, aber eine Brille mit dicken Gläsern!

»Der Bremer Bürgermeister ...«

»Ich werde wahnsinnig! Unser Bürgermeister auch? Und das in seinem Alter! Der hat sich doch gestern mit unserem Außenminister getroffen!«

»Sie sagen es! Den deutschen Außenminister haben wir dort auch ganz schön unsittlich erwischt!« Je bekannter die Freier, umso begeisterter ist mein Meister!

»Quatsch! Der ist doch schwul!«

»Das ist wohl nur eine Tarnung von ihm, um sich ständig in Bordellen rumzutreiben.«

»Wenn ich es mir so überlege, eigentlich logisch! In der

Zeitung stand, es geht um den Länderfinanzausgleich. Was hat der Außenminister Westerwelle schon mit Finanzen zu tun?«

»Richtiger wäre zu fragen: Was hat Westerwelle mit Politik zu tun?«

»Du Schwindler, langsam kapiere ich das alles, ich bin ja nicht auf den Kopf gefallen! Du darfst die Namen der berühmten Freier nicht mal deinem Meister preisgeben und erzählst hier irgendwelche Märchengeschichten, nicht wahr?«

»Herr Viehtreiber, es ist unglaublich, wie intelligent Sie sind und wie die Zeit vergeht! Ich muss jetzt schleunigst raus, sonst knallt mir der Busfahrer die Tür auch vor der Nase zu!«

»Gubsch ...«

»Essen Sie ruhig weiter. Das Geschirr hole ich morgen ab.«

»Ing...«

»Ob Inge Peters von Menschenhändlern ermordet wurde, wollen Sie sicher wissen? Das erfahren Sie auch morgen!«

Meine zur täglichen Routine gewordenen Arbeitsamt-Besuche sind mittlerweile eine regelrechte Erholung für mich. Wellness pur!

Je länger die Schlange vor dem Zimmer 143 ist, umso mehr freue ich mich aufs stundenlange Rumdösen.

Heute gab sich der Herr Jobcenter-Wellness-Master ganz besonders viel Mühe, um seinen Kunden den Aufenthalt so angenehm wie möglich zu gestalten. Keiner der achtundsiebzig Besucher wurde nämlich während der ganzen vier Stunden Wartezeit genötigt, sich zu bewegen, geschweige denn aufzustehen, um ins Büro zu kommen. Ich möchte sagen, heute war es richtig meditativ!

Niemand wurde zu Herrn Meisegeier hineingebeten. Seitdem er den ersten Schock überwunden hat, hat er sich in sich zurückgezogen. Er spricht nicht mehr, er isst nicht mehr, er bewegt sich nicht mehr. Morgens kommt er wie ein Roboter in sein Büro, abends geht er wie ein Schlafwandler wieder heim – oder wohin auch immer.

Wir schlafen in Rudeln vor dem Zimmer 143 – Herr Meisegeier schläft drinnen. Das nenne ich gelebte Kundenfreundlichkeit!

Auch wenn sie den Menschen keine Arbeit besorgen können, für ihre Erholung vom stressigen Arbeitslosendasein sorgen sie schon. Ich denke, heutzutage darf man von einem Arbeitsamt viel mehr auch nicht verlangen.

Zu Hause schwärme ich meiner Frau von den super Wellness-Bedingungen im Arbeitsamt vor. Aber ich habe das Gefühl, dass sie sich überhaupt nicht für mich freut – im Gegenteil!

»Tja, mein lieber Ossi, das habe ich kommen sehen«, meint sie, »und bevor du auf der Straße landest oder mich als billige Prostituierte an deinen perversen Meister verhökerst, sorge ich doch lieber dafür, dass ich demnächst selbst in Lohn und Brot stehe statt in der Küche. Ich habe heute alle Stellenanzeigen in der Zeitung von vorne bis hinten studiert, und in dreißig Minuten habe ich bereits mein erstes Vorstellungsgespräch ...«

»Wirklich? So schnell geht das? Wozu hocke ich denn dann seit Tagen im Arbeitsamt? Wo wirst du denn arbeiten? Und wie viel Geld kriegst du?«

»So groß ist die Auswahl in den Stellenanzeigen leider nicht. Es werden nur Gehirnchirurgen, Bardamen und Putzfrauen gesucht ...«

»Super! Als Bardame verdienst du garantiert das Doppelte von dem, was ich verdienen würde, wenn die mich nicht rausschmeißen würden ...«

»Nun ja, da die momentane Arbeitsmarktsituation nur die Wahl zwischen Nutte und Putze lässt, werde ich mich als Raumpflegerin in einer Arztpraxis bewerben. Jetzt habe ich aber keine Zeit mehr, ich muss sofort los«, ruft sie und schnappt sich einen riesengroßen Ordner.

»Was ist denn das für ein dicker Schinken?«, frage ich verwirrt.

»Meine Bewerbungsmappe, was denn sonst?«

»Eminanim, was soll das denn? So, wie ich dich verstanden habe, bewirbst du dich doch nur für ein paar Stunden in der Woche als Putzfrau. Oder hoffst du darauf, plötzlich als Naturtalent entdeckt und als Gehirnchirurgin eingestellt zu werden?«

»Osman, weil du seit hundert Jahren in Halle 4 rumlungerst, hast du keine Ahnung mehr von der wahren, modernen, brutalen Arbeitswelt da draußen. Ohne eine anständige Bewerbungsmappe läuft heutzutage überhaupt nichts mehr.«

»Ich weiß nicht, ich weiß nicht! Zu meiner Zeit brauchte man keinen Papierkram, sondern nur einen Hammer!«

»Ich weiß, ich weiß, ich musste mir dieses Märchen

schon tausend Mal anhören. Dein toller Meister Viehtreiber hat damals den philosophischsten Satz aller Zeiten von sich gegeben: ›Da Hammer, du arbeiten, machen klopf, klopf!‹«

»Gleich werden sie zu dir sagen: ›Da Lappen, du putzen, machen wischi, wischi!‹«

»Von wegen! Die werden gleich als Erstes meine Kompjuterkenntnisse testen.«

»Kompjuterkenntnisse für Putzfrauenarbeit?«

»Klar! Ich muss doch ganz genau wissen, wie viel Prozent Feuchtigkeit ein Tuch haben darf, wenn ich damit die Tastatur, den Bildschirm oder den G5-Prozessor abwischen soll. Und welchen Härtegrad die verschiedenen Putzlappen für Skenner, Internet und Fotoschop haben müssen. Und die Reinigung von diesen empfindlichen Mäusen ist auch eine eigene Wissenschaft für sich. Besonders wenn man bedenkt, dass eine so große Arztpraxis von oben bis unten mit den verschiedensten und eigenartigsten Spezial-Mäusen vollgestopft ist. Von den Ultraschall- und Röntgen-Geräten ganz zu schweigen!«

»Wau, Eminanim, ich muss sagen, ich bin schwer beeindruckt. Aber du tust dir wirklich großes Unrecht, warum bewirbst du dich denn überhaupt als Putzfrau? Bewirb dich doch lieber als Kompjuterfachfrau oder als besonders qualifizierte Zoologin – vielleicht als Kompjuterzoologin ...«

»Osman, spar dir deine Komplimente. Ich lass mich von der gesamten Verwandtschaft und Nachbarschaft erst dann großartig feiern, wenn ich den Job bekommen habe. Jetzt muss ich los. Sonst komme ich noch zu spät.«

»Eminanim, warte doch, ich komme mit. Vielleicht kann sich der Arzt ja bei der Gelegenheit auch gleich meinen Zwölffingerdarm anschauen.«

Aber der Medizinmann empfängt uns derart kalt und von oben herab, dass ich mir von dem arroganten Kerl nicht mal den kleinsten entzündeten Finger von meinem Zwölffingerdarm anschauen lassen würde.

»Ossi, ist doch logisch«, flüstert meine Frau, »jetzt spielt er ja nicht den fürsorglichen Arzt, sondern den strengen und brutalen Arbeitgeber. Er ist sich bewusst, dass er im Gegensatz zu seinen Patienten an mir nichts verdienen wird, sondern sogar was zahlen muss. Das macht ihn jetzt schon fertig.«

»Was wollen Sie denn für das bisschen Putzen hier in der Stunde haben?«, fragt der Arzt und bestätigt damit voll und ganz Eminanims Vermutungen.

»Meine Frau kann nicht nur gut putzen, sie versteht auch noch was von Kompjutern – sogar von Mäusen«, rufe ich, um den Preis höherzutreiben.

»Ich vermute mal, Sie kommen aus der Türkei, nicht wahr?«, fragt er unvermittelt.

»Nein, wir kommen aus Bremen. Für ein paar Stunden Putzarbeit jedes Mal aus der Türkei hierherzukommen, der Aufwand würde sich nicht wirklich lohnen. So viel Unkosten wollen wir Ihnen doch nicht machen. Es sei denn, Sie bestehen darauf, haha, haha«, scherze ich, um die Stimmung etwas aufzulockern.

»Das könnte Ihnen wohl so passen«, sagt der Arzt vollkommen ernst. »Außerdem: Eine Türkin will ich sowieso nicht noch mal in der Praxis haben. Die kippen das dreckige Putzwasser immer in das Waschbecken für die Patienten.«

»Also in den letzten fünfundzwanzig Jahren habe ich noch nie gesehen, dass meine Frau ihr dreckiges Putzwasser bei uns zu Hause in die Patientenwaschbecken reingeschüttet hätte«, scherze ich weiterhin um die Wette.

»Guter Mann, ich versuche die ganze Zeit irgendwie mit Ihrer Frau zu reden und nicht mit Ihnen. Oder bewerben Sie sich etwa als Duo um diese Stelle?«

»Aber Herr Doktor, in diesem Fall ist meine Frau doch befangen. Sie will sich doch nicht selbst loben. Ich als Zeuge und Ehemann bin da wesentlich glaubwürdiger. Aber wo Sie gerade von Waschbecken reden: Bei unserem letzten Betriebsfest in Halle 4 hat mein Meister Viehtreiber, als er richtig besoffen war, sogar in unser Kantinen-Waschbecken reingepinkelt. Und der ist nicht mal ein Türke, sondern nur ein Deutscher! Lang wie eine Bohnenstange, blass wie ein Geist und hat einen Bierbauch wie eine schwangere Frau! Ein ganz normaler Deutscher eben! Unterstelle ich Ihnen etwa, dass Sie, wenn Sie besoffen sind, an keinem Spülbecken vorbeigehen können, ohne da reinzupinkeln? Nein! Mit so groben Verallgemeinerungen kommen wir in der Sache nicht weiter, Herr … Herr … wie war noch mal Ihr Name?«

»Osman, halt endlich die Klappe«, zischt meine Frau böse.

Ich weiß gar nicht, was Eminanim hat? Ich bin doch die ganze Zeit voll auf ihrer Seite!

»Herr Doktor, wenn Ihnen das Wohl Ihres Waschbeckens wichtiger ist als das Ihrer Patienten, dann montieren Sie schlauerweise nicht nur über der Eingangstür eine Videokamera, sondern auch über dem Spülbecken. Dann haben Sie nicht nur die Patienten, die Lieferanten und die Mitarbeiter, sondern auch alle Ihre Putzfrauen total im Griff«, gebe ich dem Arzt meinen gut gemeinten professionellen Rat. Dieser Anfänger kann von Viehtreiber noch viel lernen!

»Keine so schlechte Idee«, sagt der Medizinmann, »so können wir die Taugenichtse wenigstens auf frischer Tat ertappen und sind nicht auf Augenzeugen angewiesen.«

»Wie gesagt, Videokameras über Spülbecken«, zwinkere ich.

»Osman, ich gehe! Wenn du unbedingt willst, kannst du mit dem Kerl hier weiter fachsimpeln. Er hat doch von Anfang an gesagt, dass er keine Türkin will!«, brüllt Eminanim und schnappt sich ihren dicken Ordner.

»Eminanim, warte doch! Der Mann hat das nicht böse gemeint. Du weißt, viele Alternativen außer Putzen hast du nicht«, versuche ich sie aufzuhalten.

»Außerdem, solange du dabei bist, werde ich eh keine Stelle bekommen ...«

»Mein Schatz, nun reg dich doch ab! Er hat doch nur gesagt, dass die türkischen Putzfrauen in das Putzwasser pinkeln ...«

»Mein Herr, das mit dem Pinkeln war Ihre Idee«, mischt sich der Medizinmann ohne Feingefühl gegenüber einer Dame wieder ein, »ich habe nur gesagt, dass die türkischen Putzfrauen das dreckige Putzwasser in das Waschbecken für die Patienten kippen ...«

Eminanim knallt die Tür sehr wütend hinter sich zu.

»Herr Doktor, wenn ich schon mal hier bin, dann können Sie doch wenigstens mal ein Auge auf meinen entzündeten Zwölffingerdarm werfen, oder?«, versuche ich dieser unglücklichen Auseinandersetzung doch noch etwas Positives abzugewinnen.

»Mein Herr, ich weiß nicht, ob ich dafür richtig geeignet bin. Ich bin seit sechzehn Jahren der Hausmeister hier und bin für sämtliche Putzfrauen in unserem Ärztehaus zuständig. Ganz so viele Patienten habe ich noch nicht behandelt, jedenfalls nicht offiziell ...«

»Wie bitte? Das kann doch nicht wahr sein«, brülle ich schockiert und renne hinter meiner Frau her.

»Hey, mein Herr, warten Sie doch! Wenn Sie unbedingt wollen, dann schaue ich mir Ihren Zwölffingerdarm trotzdem mal gerne an. Im Prinzip weiß ich genau, wie das geht. Wie gesagt, seit sechzehn Jahren bin ich hier im Haus tätig! Halt, warten Sie doch, lassen Sie mich wenigstens den kleinen Finger von den zwölfen angucken.«

Ich zeige ihm nur den Mittelfinger von den fünfen ...

Ein Hausmeister kann sich doch nicht plötzlich Arzt nennen!

Obwohl er damit eigentlich mit der Zeit geht. In Deutschland hat sich nämlich eine ganz neue Problembewältigungsvorgehensweise durchgesetzt. Man tauscht einfach ein paar Begriffe gegeneinander aus, und schwuppdiwupp verschwindet damit auch das eigentliche Problem! Eine wirklich geniale Methode!

Diese grandiose neuartige Technik hat man selbstverständlich zuerst an Ausländern getestet. Es war ein sehr raffinierter Trick, das Wort »Ausländer« gegen die tolle, höchst moderne Bezeichnung »Deutscher Bürger mit Migrationshintergrund« auszutauschen. Seitdem gibt es in Deutschland überhaupt keine Probleme mehr mit Ausländern.

Übrigens: Dieses wundervolle Wort »Problembewältigungsvorgehensweise« schenke ich hiermit offiziell und unentgeltlich der Jury, die jedes Jahr das »Unwort des Jahres« kürt.

Und jetzt wollen sie Hartz IV abschaffen. Natürlich nicht den Herrn Peter Hartz, der das erfunden hat, und natürlich auch nicht die Probleme, die mit Hartz IV einhergehen, sondern nur diese blöde Bezeichnung. Ich habe selbstverständlich sofort einige besser passende Namen vorgeschlagen. Zum Beispiel »Die ganz ganz armen Schweine« oder »Die weder ein noch aus Wisser«. Aber die wurden leider nicht angenommen. Es soll sich etwas positiver anhören, sagte man mir. Hartz IV sei schon negativ genug.

Daraufhin habe ich sofort neue Vorschläge eingereicht:

»Geld verdirbt ohnehin den Charakter« oder »Unter der Brücke schläft sich's eh besser« oder »Natürlich Abnehmen ohne Diät«.

Diese neue Methode funktioniert wirklich! Das weiß ich aus eigener Erfahrung. Erstens, wie gesagt, seitdem ich »Deutscher Bürger mit Migrationsvordergrund« … ähh, ich meine, »Deutscher Bürger mit Migrationshintergrund« bin, habe ich absolut keine Probleme mehr, außer dass ich morgen eventuell auf der Straße lande.

Nach diesem Desaster mit der Arztpraxis tun wir zu Hause das, was wir seit Tagen tun: Eminanim kocht für meinen Meister, und ich suche für ihn passende Geschichten aus. Am liebsten natürlich Mordgeschichten.

»Eminanim, was soll ich ihm denn morgen erzählen?«, frage ich verzweifelt.

»Frage ich dich, was ich für ihn kochen soll?«, zischt sie immer noch total verärgert.

»Hat der Kommissar Lück aus Schwerte wenigstens angerufen, sodass ich es zu einer großen Geschichte aufbauschen könnte?«

»Nein, hat er nicht. Aber erzähl deinem Chef doch die Geschichte, wie du einmal von der Polizei mitten in der Nacht abgeholt wurdest.«

»Meinst du?«

»Da ist doch alles dabei. Polizei, Kommissar, Verhör ...«

»Aber kein Mord!«

»Das brauchst du ihm ja nicht gleich auf die Nase zu binden.«

»Gut, gut!«

»Und, Ossi, vergiss nicht, nach der Arbeit das Geschenk für meine Mutter zu kaufen. Morgen gehen wir doch zu ihrem Geburtstag«, sagt meine Frau und stellt mich damit vor ein großes Dilemma.

Nach fünfundzwanzig Jahren Ehe weiß ich immer noch nicht, was man seiner eigenen Ehefrau schenkt, wie soll ich denn da wissen, was man einer Schwiegermutter kauft? Ich habe meiner Frau Eminanim in den letzten fünfundzwanzig Jahren mindestens fünfzig Damentaschen geschenkt – in jedem Jahr zwei, eine zum Geburtstag, die andere zu Neujahr –, sie hat ausnahmslos alle fünfzig Taschen jedes Mal sofort wieder umgetauscht.

»Das gibt's doch nicht, alle Achtung«, staune ich.

»Ja, da siehst du es mal wieder. Sie lädt uns jedes Mal ein, im Gegensatz zu dir!«

»Das meine ich doch nicht. Ich finde es sehr bemerkenswert, dass deine Mutter nach hundertfünfzig Jahren immer noch auf den Tag genau weiß, wann sie damals geboren wurde!«

Mittwoch, 23. Juni

Am nächsten Tag zermartere ich mir während der ganzen Schicht nicht nur wegen meines Meisters den Kopf, sondern auch darüber, was man einer fünfundzwanzigjährigen Schwiegermutter schenken kann. Meine Schwiegermutter ist natürlich nicht fünfundzwanzigjährig – ich habe sie seit fünfundzwanzig Jahren am Hals und werde sie einfach nicht los!

Ich bin heute etwas durch den Wind. Drei Mal fiel mir eine genoppte Unterlegscheibe aus der Hand – wohlgemerkt: genoppt; und fünf der G-27er-Schrauben habe ich auch nicht festgezogen! Heute ist nicht mein Tag!

Meister Viehtreiber empfängt mich zu Schichtende mit den Worten:

»Mann, habe ich heute aber einen Kohldampf« und deckt den Mittagstisch in seinem Kontainerbüro von ganz alleine auf. Ich habe das ungute Gefühl, er freut sich viel mehr auf das Essen als auf meine spannenden Geschichten. Na ja, das war eigentlich auch der Sinn der Sache …

Als ich die ganzen leckeren Sachen sehe, die meine Frau wieder so toll zubereitet hat, aus Furcht, ich könnte in Zukunft den ganzen Tag zu Hause rumhängen und meckern, ärgere ich mich, dass ich mich damals nicht rechtzeitig zum Meisterlehrgang gemeldet habe.

»Osman, wenn die Russen was damit zu tun haben, dann bist du draußen«, sagt der Meister beiläufig.

»Ich kapiere das nicht! Vor ein paar Tagen wollten Sie mich wegen den Chinesen rauswerfen, jetzt wegen den Russen! Wer ist denn morgen dran, die Kanadier?«, stottere ich irritiert und werde blass wie der Knoblauchjoghurt.

»Ich meine doch die Sache mit der toten Frau. Wenn die russischen Menschenhändler was mit dieser Sache zu tun haben, dann bist du doch automatisch draußen.«

»Ich kenne keine russischen Menschenhändler, nicht mal türkische oder rumänische! Und wegen denen wollen Sie mich rausschmeißen?«, stammle ich immer noch total schockiert.

»Ganz helle bist du heute nicht! Also noch mal zum Mitschreiben: Wenn diese Verbrecher deine Inge Peters abgemurkst haben, dann bist du doch aus dem Schneider. Andererseits, wenn die Frau aus dieser Modellwohnung in Bremen mit der Absicht abgehauen sein sollte, für dich und deinen Kumpel in Schwerte anschaffen zu gehen, dann hast du bald neue und viel größere Probleme am Hals«, schmatzt er.

»Wieso das denn?«

»Wie willst du denn beweisen, dass du nicht mit deinem Kumpel Klaus zusammen als Zuhälter fungiert hast? Nach dem Mord ist er überstürzt in das Versteck geflüchtet, das du für ihn in der Türkei arrangiert hast, und du bist sofort aus Bremen nach Schwerte gefahren, um alle Spuren zu beseitigen! Für die Polizei ist das doch sonnenklar, wenn sogar ich draufkomme.«

»Ich als Zuhälter?«

»Klar, was hattest du denn sonst mitten in der Nacht in Schwerte zu suchen? Kommissar Lück verdächtigt dich mit Sicherheit nur aus diesem Grund!«

»Aber Chef, ich fahre doch nicht mit meiner eigenen Ehefrau zusammen in die Wohnung einer Prostituierten! Erst recht nicht, wenn sie für mich arbeitet!«

»Wieso nicht? Das machen viele. Ein flotter Dreier nach fünfundzwanzig Jahren Ehe tut sicher gut!«

Bei Allah, ich muss aus dieser bekloppten Modellwohnungs-Nummer irgendwie wieder rauskommen!

»Herr Viehtreiber, das Ganze stellte sich als totaler Fehlalarm heraus. Die Inge Peters hat in Bremen niemals als Prostituierte gearbeitet, sondern als Bürokraft bei der großen Möbelfirma in der Neustadt. Sie wohnte in der Wohnung mit der Hausnummer 45, die Modellwohnung hatte die Hausnummer 54. Das war ein kleines Missverständnis der Ermittler. Die gefassten Menschenhändler haben unglaublich viele Verbrechen auf dem Kerbholz, aber mit dem Mord an Inge Peters haben sie nichts zu tun, das steht fest. Kommissar Lück hat inzwischen Bremen verlassen. Der Außenminister und der Bayern-Trainer samt Mannschaft und Betreuer auch.«

»Du meinst, es hat sich alles erledigt? Warum rückst du damit nicht etwas früher raus?«

»Ähm ... na ja ...« – damit ich dich noch sieben Tage an der Nase herumführen kann.

»Wie geht dieser Mordfall jetzt weiter?«

Aus der Zeitung werde ich keine Krimis mehr rekonstruieren! Man weiß nie, wohin das führt!

»Ein Kommissar Abramczik hat sich bei mir gemeldet«, tue ich sehr geheimnisvoll.

»Was für 'n Ding?«

»Ein Kommissar Abramczik.«

»Hat ihn sein Kollege Lück aus Schwerte beauftragt?«

»Kann sein. Auf jeden Fall hat Kommissar Abramczik zwei Bremer Polizisten beauftragt, mich gestern mitten in der Nacht brutal zum Verhör zu schleppen.«

»Der Kommissar Lück hat dich auf dem Kieker, Osman, das sag ich dir! Das ist ein ganz scharfer Hund!«

»Ja, das glaube ich auch. Hier ist eine saubere Serviette, Meister ... Also, es war Dienstag 2 Uhr nachts, und es klingelte an der Tür.

Ich weiß nicht, warum, aber aus irgendeinem Grund habe ich immer Angst, wenn es um diese Zeit klingelt.

›Eminanim, geh doch, mach die Tür auf‹, weckte ich sofort meine Frau.

›Geh du doch! Bist du der Mann im Haus oder ich?‹, reagierte sie unwirsch.

›Ja, wer denn wohl?‹, entgegne ich kreideweiß, in der Hoffnung, sie in ihrer Schlaftrunkenheit zu täuschen. Aber sie fällt auf solche Tricks nicht mehr herein und behauptet nach wie vor, dass ich der Mann sei.

Ich nahm also meinen ganzen Mut zusammen, was sowieso nicht viel ist, und machte ganz langsam die Tür auf. Zwei Polizeibeamte in Uniform standen vor mir.

›Guten Morgen, sind Sie Osman Engin?‹, fragte einer der beiden Männer.

›Ja, warum?‹, stotterte ich schüchtern.

›Wir müssen Sie mit aufs Revier nehmen.‹

›Aber ich habe die Inge nicht ermordet, was soll das mitten in der Nacht?‹

›Das erfahren Sie noch früh genug!‹

Meine Frau raufte sich die Haare und heulte los:

›Oh, hätte ich doch bloß auf meine Tante Zekiye gehört! Die hat mich schon damals gewarnt: Heirate keinen Mann, der Osman heißt! Mit Osmans bekommt man nur Schwierigkeiten. Osmans klauen Hühner, Osmans klauen Schafe, Osmans klauen Esel. Osmans landen im Gefängnis und kommen nie wieder raus.‹

›Habe ich denn einen Esel geklaut, oder was?‹, fragte ich den Beamten völlig verzweifelt.

›Esel oder Kamel, das erfahren Sie alles gleich auf dem Revier!‹, meinte er.

›Osman, halte durch, sei tapfer!‹, rief meine Frau hinter mir her. ›Ich werde dich die ganze Zeit im Gefängnis besuchen kommen. Die zwanzig Jahre werden vergehen wie im Flug!‹

Meine Frau weiß, wie sie mir Mut machen kann!

›Du kannst deine Tante ja gleich als Belastungszeugen einfliegen lassen und einen bestochenen Esel dazu‹, rief ich ihr verärgert zurück.

Der große Aufenthaltsraum bei der Polizei war brechend voll. Ich versuchte mit dem Herrn rechts neben mir in Kontakt zu kommen.

›Gestatten Sie, mein Name ist Osman Engin. Weswegen sind wir eigentlich hier?‹

›Das weiß ich auch nicht. Aber ich heiße auch Osman! Osman Ürgüplü‹, sagte er.

Der Mann links von mir meinte plötzlich:

›Ich heiße auch Osman. Hier gibt's nur Osmans. Genau dreiundachtzig Osmans!‹

Ich wollte natürlich nicht wahrhaben, dass all diese Leute nur wegen ihres Vornamens abgeholt wurden. Um sicherzugehen, machte ich einen Test und rief laut in die Runde:

›Osmaaaann!‹

Alle dreiundachtzig Köpfe drehten sich zu mir um. Ich hatte gar nicht gewusst, dass ich so viele Namensvettern in der Stadt habe.

Hatte die Polizei vielleicht Angst, dass wir mit so vielen Osmans in Bremen ein neues Osmanisches Reich gründen könnten?

Durch eine Blitzumfrage stellte sich heraus, dass keiner der mittlerweile siebenundachtzig Osmans das neue Ausländergesetz gesehen, geschweige denn gelesen hatte. Und wir waren mittlerweile ziemlich sicher, dass im neuen Ausländergesetz der Name Osman unter Strafe gestellt wurde.

›Mit sechs Monaten Straflager wäre ich ja noch einverstanden, wenn sie mich bloß nicht foltern und dann abschieben!‹, jammerte einer.

›Warum das denn?‹, wollte ich wissen.

›Aber ich heiße doch Osman‹, gestand er mit schuldbewusster Miene. Und alle nickten zustimmend.

›Liebe Freunde, liebe Namensvettern‹, hörte ich in dem Moment jemanden aus der Menge rufen. ›Es kann doch nicht sein, dass allein unser Name uns schuldig machen soll. Wir müssen herausfinden, ob jemand von uns etwas Schlimmes angestellt hat. Zum Beispiel: Hat einer von euch in letzter Zeit jemanden verprügelt? Oder einfach nur schlecht behandelt? Oder ein Flugzeug entführt?‹

Es stellte sich aber heraus, dass alle siebenundachtzig Osmans außerordentlich normale und friedliebende Menschen waren. Plötzlich drehte einer der Ossis doch durch und schlug wild um sich:

›Ich will nicht an den Galgen‹, heulte er.

›In Deutschland gibt es die Todesstrafe doch nicht mehr‹, versuchten wir ihn zu beruhigen.

›Was ist, wenn sie uns der Türkei übergeben?‹

›Die Türkei ist demokratisch‹, sagte jemand, ›da werden die Osmans nicht automatisch gehängt. Höchstens Ali Osmans – und das inoffiziell.‹

›Und was ist, wenn sie uns an Kambodscha übergeben?‹

Da wurden plötzlich alle mucksmäuschenstill. Daran hatte wirklich niemand gedacht! Jeder kannte nämlich die Geschichte von Asylbewerbern, die mit Scheinpässen in irgendwelche Länder abgeschoben werden.

Ein Osman machte diesem Osman den Vorwurf, dass er sich das hätte vorher überlegen müssen, bevor er sich den Namen Osman gab. Späte Reue nütze nichts!

Ich verfluchte meine Eltern, dass sie mir unter tausend Namen ausgerechnet diesen fürchterlichen ausgesucht hatten.

›Versucht doch mal, die Sache positiv zu sehen‹, bemühte ich mich, die Ossis zu beruhigen. ›Im Knast gibt's keine keifenden Ehefrauen, keine lästigen Kinder, keine anstrengende Arbeit, keine nervigen Schwiegermütter. Eine richtig tolle Männergesellschaft. Wir können die ganze Nacht über zocken, Tee trinken und tagsüber pennen.‹

Ich sah, wie bei einigen Osmans die Augen anfingen zu glänzen. Aber diese Freude währte nicht lange. Die Ungewissheit trübte erneut die Stimmung.

Danach schleppten die Polizisten einen Osman nach dem anderen einzeln zum Verhör.

Nach knapp drei Stunden Wartezeit wurde ich endlich abgeholt.

Ein Polizist drückte mich auf einen wackeligen Stuhl. Der Kommissar richtete eine grelle Lampe auf mich. Eine junge deutsche Dame saß gemeinsam mit einem Jungen in Hatices Alter in der Ecke und zuckte mit den Schultern.

›Ich bin mir nicht ganz sicher‹, flüsterte sie.

Der Kommissar schien durch die stundenlangen nächtlichen Verhöre etwas genervt zu sein:

›Wie kann denn eine Frau nur vergessen, welcher Mann ihr das Kind gemacht hat‹, schimpfte er wie ein Rohrspatz.

›Aber es ist doch schon ein paar Jahre her‹, antwortete die Frau leise, ›außerdem sehen diese Türken mit ihren dicken schwarzen Schnurrbärten alle gleich aus. Ich weiß nur, dass er Osman hieß!‹

›Ich kann nicht der Vater von diesem Kind sein‹, schrie ich, ›ich habe diese Frau in meinem ganzen Leben noch nie gesehen!‹

›Das hat nichts zu sagen! Diese Frau hat den Mann dabei auch nicht gesehen‹, meinte der Kommissar schroff.

›Seit wann muss man sich denn dabei ins Gesicht sehen? So neugierig bin ich nicht‹, rief die Frau etwas pikiert.

Durch diese überzeugenden Argumente fühle ich mich wie ein auf frischer Tat ertappter Bankräuber.

›Wir müssen jeder Spur nachgehen, lassen Sie die Hosen runter‹, befahl der Kommissar.

›Vor der fremden Dame hier?‹, stotterte ich schüchtern.

›Stellen Sie sich nicht so an! Das machen Sie doch nicht zum ersten Mal‹, keifte er böse. Wohl oder übel musste ich die Hosen runterlassen.

Die Frau kontrollierte alles so gründlich und genau, dass der Kommissar vor Wut fast platzte:

›Mein Gott, wie lange dauert das denn noch? Wollen Sie Urologin werden? Wir wollen alle noch nach Hause!‹, brüllte er ganz schön sauer.

Bei Allah, Herr Viehtreiber, ich muss auch sofort nach Hause! Schauen Sie doch, wie spät es schon geworden ist«, rufe ich genau in dem Moment, als er seinen Mund wie einen Lkw aus der Ukraine völlig überladen hat und nicht den Hauch einer Chance hat, etwas anderes rauszubekommen als:

»Kmmhneh ... kööööhih ... mööhschn ...«

Das Arbeitsamt-Wellnesscenter ist heute eine einzige Enttäuschung!

Vor dem Büro 143 von Herrn Meisegeier ist an Erholung überhaupt nicht zu denken.

Es herrscht das blanke Chaos – die Türken sind da!

Ständig werde ich von deutschen Bürgern mit Migrationshintergrund belästigt und gezwungen, irgendwelche Briefe zu übersetzen oder seitenlange Formularpapiere für sie auszufüllen.

»Bruder, jetzt bist du seit fast hundert Jahren in diesem

Land und kannst immer noch kein Deutsch«, mache ich meinem Ärger gegenüber einem Ruhestörer Luft, dessen Namen ich ein Dutzend Mal hintereinander, Buchstabe für Buchstabe, in winzige Kästchen hineinzwängen muss. »Und dass deine Eltern dir den Namen Abdulrahman Üstünköylüoğlu geben mussten, finde ich ausgesprochen hinterhältig.«

»Da hast du recht, Bruder. Aber du musst auch meine Eltern verstehen«, erläuterte er mir auf Türkisch. »Erstens konnten sie vor fünfzig Jahren nicht wissen, dass ich jemals unser Dorf verlassen würde, und wenn, gleich bis nach Deutschland kommen würde. Zweitens konnten sie nicht wissen, dass ich, wenn ich nach Deutschland komme, auch noch arbeitslos werde, und wenn ich arbeitslos werde, dass ich fürs Nichtstun auch noch Geld bekommen würde. Und dass ich zur Strafe unzählige Papiere ausfüllen und in diese winzigen Kästchen, die wie Fliegenscheiße aussehen, meinen stolzen Namen hineinzwängen muss! Das alles konnten meine Eltern doch gar nicht wissen, Bruder. Falls sie es aber doch gewusst hätten, weil die hässliche Hellseherin, die dürre Binnaz aus dem Nachbardorf, es ihnen prophezeit hätte, dann hätten sie mich mit Sicherheit nicht geboren. Aber falls ich doch hätte geboren werden sollen, weil der liebe Allah das so gewollt hätte, wie unser Dorf-Imam immer zu sagen pflegte, dann hätten sie mir garantiert einen kürzeren Namen gegeben, der für diese nervigen deutschen Formulare genau die richtige Länge gehabt hätte, und ...«

»Das reicht, das reicht«, stoppe ich ihn verärgert, »in dieser Zeit hätte ich deinen Namen fünfzig Mal hintereinander in diese winzigen Kästchen schreiben können, die wie Fliegenscheiße aussehen!«

»Bruder, wie du weißt, nicht das Schreiben von Namen ist unser momentanes Problem, sondern die viel zu wenigen Kästchen, die dafür vorgesehen sind. Wenn der große reiche deutsche Staat mit diesen läppischen Kästchen schon so unmöglich knausert, dann möchte ich gar nicht wissen, wie geizig er sich bei meinem Arbeitslosengeld anstellen wird«, ruft er und holt aus seiner Jackentasche die Bildzeitung.

»Bruder, ich denke, du kannst kein Deutsch! Oder drucken sie die Bildzeitung inzwischen auch auf Türkisch?«, frage ich leicht genervt angesichts der vielen Formulare, die noch auf mich warten.

»Ich kann auch kein Deutsch, Bruder. Aber ich muss doch wenigstens so tun, als ob ich mich integriere, oder? Und jetzt stör mich bitte nicht mehr! Die Nerverei meiner Alten zu Hause reicht mir völlig! Gönn mir doch die paar Stunden Erholung hier!«

Er breitet seine Zeitung aus, macht es sich auf zwei Stühlen richtig gemütlich und steckt sich genussvoll eine selbst gedrehte Zigarette an.

»Hier in der Behörde darf man aber nicht rauchen«, sehe ich mich gezwungen, ihn erneut zu kritisieren.

»Ich verstehe ja kein Deutsch«, grinst er und qualmt schlimmer als der alte Schornstein von Halle 4!

Frustriert mache ich mich ein paar Stunden später mit meinem Ford-Transit auf den Heimweg und werde schon nach wenigen Metern von einem völlig durchnässten und aufgeregt winkenden Trämper energisch angehalten. Leider ist es keine von diesen hübschen, leicht bekleideten Trämperinnen, die in Filmen immer in fremde Autos klettern, sondern ein alter bärtiger Mann mit dickem Regenmantel. Es ist der Hodca unserer Moschee, der sich aus purer Verzweifelung vor meinen Wagen geworfen hat.

»Halt, Osman, stopp! Nimm mich doch mit«, brüllt er.

Ich hätte ihn trotz seines langen Bartes auch ohne diese selbstmörderische Aktion mitgenommen. Erstens, weil man bei diesem Monsunregen, der plötzlich eingesetzt hat, nicht mal einen Hund vor die Tür jagt, zweitens, weil ich ein sehr schlechtes Gewissen ihm gegenüber habe, da ich mich in den letzten Jahren nie in der Moschee habe blicken lassen.

»Osman, gut, dass ich dich zufällig sehe, ich brauche sofort fünf Pornohefte«, bricht es aus ihm heraus, als er ins Auto steigt. Allein das Wasser, das von seinem Bart runterfließt, verursacht in meinem Wagen einen beachtlichen künstlichen See.

»Hochverehrter Metin Hodca, nur weil ich in letzter Zeit nicht so oft in die Moschee gegangen bin, heißt das doch lange nicht, dass ich unter die Pornohändler gegangen bin«, rufe ich schon etwas eingeschnappt.

»Ich weiß, ich weiß, obwohl du mir damit sehr schön aus der Patsche geholfen hättest! Ich brauche nämlich ganz schnell fünf Pornohefte«, lacht er.

»Wenn Sie sich für heute mit nur einem begnügen könnten, dann würde ich versuchen, eins von Mehmets Pornoheften für Sie zu klauen«, schlage ich ihm vor.

»Osman, was denkst du dir denn? Die sind doch nicht für mich!«

»Öhm … Entschuldigung … Ich dachte, weil man Sie aus der Türkei hierhergeschickt hat und Sie in Bremen so ganz ohne Familie leben …«

»Die Pornohefte sind für die Jungs im Gefängnis. Ich statte denen heute einen Besuch ab, und sie haben sich bei mir diese Hefte bestellt.«

»Bei Allah, bei einem altehrwürdigen Hodca bestellen Knackis Pornohefte? So weit ist es schon gekommen?«, frage ich total schockiert.

»Ja, dieser Schund wird leider bei jedem meiner Besuche im Gefängnis immer am meisten gewünscht, was ich aber schon irgendwie nachvollziehen kann.«

»Wie Sie wollen, Metin Hodca, dort drüben können Sie bestimmt welche kaufen«, sage ich und halte vor einem der vielen Sexschops im Bahnhofsviertel an.

»Osman, bist du wahnsinnig geworden? Schau doch, wie viele Türken hier rumlaufen, die kennen mich doch alle!«, ruft Metin Hodca empört.

»Aber Metin Hodca, mich kennen die doch genauso! Zudem habe ich eine Ehefrau, die mich sofort schlachten wird, wenn sie davon erfährt«, rufe ich zurück.

»Ich habe eine Idee, lass uns doch zu einer Tankstelle fahren«, schlägt er vor.

»Wie Sie meinen«, sage ich und halte kurze Zeit später an einer Tankstelle.

»Osman, du musst reingehen und die Dinger kaufen! Ich bin schließlich der Imam der größten Moschee in Bremen!«

»Aber Metin Hodca, ich tanke hier ständig, die kennen mich doch auch!«

»Dann such dir doch eine Tankstelle aus, wo sie dich nicht kennen.«

»Aber in Bremen könnte ich doch in jeder x-beliebigen Tankstelle beim Pornoheft-Kauf in flagranti erwischt werden.«

»Dann lass uns doch aus Bremen rausfahren. An irgendeiner Dorf-Tankstelle kaufen wir endlich die verdammten Dinger. Ich habe auch nicht mehr so viel Zeit!«

Bei strömendem Regen fahren wir aus Bremen raus, und kurz hinter Worpswede werden wir doch noch fündig.

Der Metin Hodca freut sich wie ein Kind über die Pornohefte. Oder besser gesagt, wie ein pubertierender Jugendlicher.

Nach kurzem kritischem Begutachten gibt er sein Okäy, deponiert sie im Handschuhfach, und wir fahren wieder zurück nach Bremen.

In dem Moment ruft meine Frau auf dem Händy an:

»Osman, wo bleibst du denn, mein Gott?«, schimpft sie.

»Ich suche seit Stunden ein Geschenk für deine Mutter, was soll ich denn sonst machen?«, lüge ich.

»Und, hast du was Schönes gefunden?«

»Nur den Metin Hodca ...«

»Meine Mutter findet Metin Hodca bestimmt zu alt. Sie möchte schon etwas Jüngeres haben – und wenn's geht, nicht ganz so religiös!«

»Sehr witzig!«, rufe ich.

»Osman, komm, hol mich ab, wir kaufen zusammen ein Geschenk für meine Mutter.«

Auf dem Weg zur Moschee holen wir meine Frau ab.

»Wir müssen aber zuerst Metin Hodca absetzen«, sage ich.

»Guten Tag, hochverehrter Hodca, wie geht es Ihnen?«, wird er von Eminanim respektvoll begrüßt.

»Guten Tag, Frau Engin.«

»Es regnet ja schon den ganzen Tag fürchterlich«, meint meine Frau, »Osman, gib mir mal ein Taschentuch aus dem Handschuhfach.«

Zuvorkommend, wie er nun mal ist, reißt Metin Hodca sofort das Handschuhfach auf, und die fünf dicken Hochglanz-Pornohefte fallen ihm auf den Schoß.

Oh nein!!

Metin Hodca wird knallrot wie eine reife Wassermelone!

Eminanim wird knallrot wie eine saftige Tomate!

Und ich bin mit Sicherheit röter als diese knallrote Ampel vor mir!

Wieso sich die Erde nicht auf der Stelle auftut, damit ich da drin verschwinden kann, weiß ich auch nicht!

»Mein Gott, Osman!«, kreischt Eminanim und starrt mich total wütend an.

»Ehmm ... öhnn«, stottere ich meinerseits völlig geschockt und schaue Hilfe suchend Metin Hodca an.

Der wiederum schaut sehr streng aus dem Seitenfenster nach draußen.

»Mehmet hat sicherlich die perversen Hefte im Auto vergessen«, lüge ich in meiner Not.

»Und warum steht dann das heutige Datum da oben drauf«, keift Eminanim völlig empört.

»Metin Hodca, sagen Sie doch was!«, flehe ich ihn an.

»Dieser Regen ist doch ein Geschenk Allahs«, sagt er.

»Ja, genau! Geschenk! Eminanim, diese Hefte habe ich aus Versehen als Geschenk für deine Mutter gekauft«, rufe ich. »Ich dachte, die wären Kochbücher! Ist das denn nicht ein Herd, worauf sich die Frau da mit dem Kerl ausstreckt?«

»Osman, hör bitte auf, du machst alles nur noch viel schlimmer! Du wirst zu Hause aber was erleben. Du hast verdammt Glück, dass jetzt Metin Hodca dabei ist«, zischt sie böse zurück.

»Eminanim, die Pornohefte gehören aber ihm!«

»Waaasss?«

»Ja, die Pornohefte gehören Metin Hodca«, rücke ich notgedrungen mit der Wahrheit heraus.

»Osman, du bist unmöglich, pfui!«, brüllt Eminanim. »Schämst du dich denn überhaupt nicht, einen so unschuldigen und ehrenvollen Gottesmann zu verleumden?«

»Frau Engin, das stimmt, ich habe diese Pornohefte gekauft«, murmelt Metin Hodca verschämt.

»Lieber Hodca, Sie brauchen nicht Osmans Schuld auf sich zu nehmen. Ich kenne diesen Schuft schon lange genug«, ruft meine Frau immer noch total beleidigt.

»Ich möchte gerne aussteigen«, meint Metin Hodca mit hochrotem Kopf.

»Lieber Hodca, nehmen Sie bitte diese dreckigen Hefte mit und werfen Sie sie in den nächsten Mülleimer«, sagt Eminanim.

»Gut, mach ich, hoffentlich sehen wir uns in zwei Wochen beim Opferfest«, stammelt Metin Hodca, schnappt sich die fünf Pornohefte und springt erleichtert aus dem Transit.

»Osman, bei diesem Opferfest wird bei uns auch etwas geschlachtet«, brüllt meine Frau und zieht von hinten brutal an meinen Ohren. »Aber das wird weder ein armes Schaf noch ein unschuldiges Lamm sein, sondern jemand, der nichts Besseres verdient hat! Das schwöre ich dir!«

»Aber ich bin doch in dieser Sache unschuldig wie ein Lämmchen!«

»Ich habe keine Lust mehr, mit dir zusammen einzukaufen. Los, lass mich hier raus, geh zum Finanzamt und erkundige dich nach dem Schicksal deiner Steuererklärung. Vielleicht bekommst du ja noch ein paar Euro zurück, wo du doch als Arbeitsloser bald unter der Brücke schlafen wirst«, schimpft sie und springt raus.

Nach stundenlangem Warten im Finanzamt komme ich endlich nach Hause und plumpse völlig erschöpft aufs Sofa, als hätte ich es seit heute Morgen auf den Schultern getragen – das Sofa, meine ich. Aber in Wirklichkeit bin ich so unglaublich müde, dass ich nicht mal das hässliche gelbe Sofakissen mit den zwei dicken Hirschen tragen könnte. Ich könnte es selbst dann nicht, wenn stattdessen zwei magersüchtige Ameisen auf dem Kissen abgebildet wären.

Es ist ein Segen, dass irgendein Japaner damals die TV-Fernbedienung erfunden hat. Auf meine Bio-Fernbedienung Hatice kann ich mich nicht immer verlassen. Abgesehen davon, dass sie nicht ständig zur Verfügung steht, zäppt sie andauernd durch alle Programme, wogegen ich mich vergeblich mit Händen und Füßen wehre. Von ihrer Mutter wird sie bei dieser unverschämten Rebellion natürlich kräftig unterstützt. Eminanim sabotiert meinen Fernsehgenuss, wo sie nur kann. Ich habe den Eindruck, sie möchte unbedingt mit mir ausgehen. Der Satz »Lass uns doch mal unter Menschen gehen, von mir aus kannst du sogar dein Sofa und die dämliche Glotze mitnehmen« lässt jedenfalls bei mir seit Jahren dieses Gefühl aufkommen. Oder will sie mich samt Sofa und Fernseher im Wald aussetzen?!

Während ich am Rumdösen und am Rumzäppen bin, höre ich meine Frau im Flur irgendetwas von »zwei Polizisten« schwafeln.

»Ja, genau, diese Geschichte mit den beiden Polizisten habe ich heute meinem Meister erzählt«, rufe ich ihr zu, »wie sie mich mitten in der Nacht brutal abgeholt und zum Verhör verschleppt haben. Wenn ich ehrlich sein soll, war es eigentlich nicht wirklich so brutal, wie sie mich abgeholt haben. Eigentlich haben sie mich ja nicht mal abgeholt, sondern nur angerufen, dass ich zum Revier kommen soll wegen diesem Verhör. Eigentlich war es ja auch kein Verhör, sondern nur eine alberne Gegenüberstellung! Aber ich wollte halt das Ganze für meinen Meister so dramatisch wie möglich machen.«

»Osman, ich möchte es für dich nicht unnötig dramatisch machen, aber es stehen leider tatsächlich zwei Polizisten vor der Tür, die uns zum Verhör mitnehmen wollen«, versucht Eminanim mich auf den Arm zu nehmen. Die Frau hat einfach kein Talent, Witze gut rüberzubringen. Jedenfalls kann sie mir mit so einer billigen Polizei-Nummer nicht mal ein müdes Lächeln aufs Gesicht zaubern.

Die beiden Polizisten, die in diesem Moment ins Wohnzimmer stürmen, zaubern mir aber auf der Stelle einen schmerzverzerrten Ausdruck ins Gesicht, indem sie sofort meinen rechten Arm packen und wie wild nach hinten drehen.

»Was? Was wollen Sie von mir?«, stammele ich zu Tode erschrocken.

»Machen Sie keine Zicken, Sie kommen mit, aber sofort, zack, zack«, brüllt der jüngere Bulle mir ins Ohr.

»Warum denn? Ich bin doch nicht Johannes«, plappere ich völlig ahnungslos. Auf die Schnelle fällt mir eben nichts Besseres ein.

»Kommissar Lück weiß schon ganz genau, wer Sie sind«, ruft er und startet einen erneuten Versuch, meinen Arm zu brechen, um seinem Kollegen zu imponieren. Der andere ist nicht weniger eifrig, und schon höre ich Handschellen einschnappen.

»Was soll das, denkt Kommissar Lück etwa, ich bin der Mörder? Das ist doch albern«, flenne ich mit piepsiger Stimme und hoffe, dass mein Herz sich aus der Hose irgendwann wieder zu seinem ursprünglich vorgesehenen Platz zurückbewegt.

Als Antwort schenken sie Eminanim auch ein Paar Armreifen.

»Denkt Kommissar Lück etwa, meine Frau ist die Mörderin?«, frage ich entsetzt, wobei meine Stimme einen Tick piepsiger wird. Noch einen Tick piepsiger, und ich kann mit Hatices Meerschweinchen in seiner Muttersprache kommunizieren. Was ich in diesem Moment auch viel lieber täte …

Warum die Bullen einem immer mit der Hand auf den Kopf drücken müssen, wenn sie einen auf den Rücksitz eines Polizeiautos befördern, weiß ich auch nicht. Denken die, man ist zu blöd, um in ein Auto einzusteigen? Oder befürchten sie, dass ich meinen Kopf zu Hause lassen könnte, wenn sie mich mit aufs Revier schleppen?

»Eminanim, siehst du, was passiert ist? Ich hatte dir doch gesagt, dass du die Tatwaffe nicht anfassen darfst. Die haben mittlerweile sicherlich deine Fingerabdrücke auf der Metallvase entdeckt«, knurre ich vorwurfsvoll. »Eben hatte ich nicht mal genügend Kraft, den Fernseher einzuschalten, jetzt muss ich was weiß ich noch alles durchmachen.«

»Ich denke eher, dass die deine Fingerabdrücke auf dem Hintern der Toten entdeckt haben«, bekomme ich postwendend als Antwort. »Ich habe nämlich Kommissar Lück damals gleich erzählt, dass ich die Vase aufgehoben habe! Aber du hast von deinem Beischlaf nichts erwähnt.«

»Wenn das so ist, dann befürchte ich sogar, dass mich mein Meister Viehtreiber bei der Polizei verpfiffen hat. Ich habe ihm nämlich von der Sache erzählt!«

»Was hast du ihm denn erzählt, dass du mit der Toten gepennt hast?«

»Ja. Aber dass ich wirklich nur geschlafen habe – neben ihr! Warum man auf Deutsch ›schlafen‹ sagt, wenn man ›Geschlechtsverkehr‹ meint, ist mir ein ewiges Rätsel, das alles noch mehr durcheinanderbringt. Darf ich denn nicht mal einfach nur so schlafen, wenn ich todmüde bin?«

»Hoffentlich haben die nicht noch andere Spuren von dir gefunden. Du weißt, dass du manchmal im Schlaf ...«

»Eminanim, hör jetzt endlich auf damit! Mal doch nicht den Teufel an die Wand!«

»Das soll dir eine Lehre sein! Ich hoffe, du wirst in Zukunft freiwillig direkt in ein Hotel fahren und nicht zu irgendwelchen perversen Freunden von dir!«

»Es vergeht kein Tag, an dem ich diese unglückliche Idee von mir nicht verfluche, das kannst du mir glauben.«

»Unglückliche Idee? Selten bescheuerte Idee, würde ich sagen!«

»Deinen genauso bescheuerten Einfall, unbedingt zu deiner Cousine nach Frankfurt fahren zu wollen, verfluche ich aber nicht weniger!«

»Ich habe dir tausend Mal gesagt, kauf dir endlich einen anständigen Mercedes, wie alle anderen Türken auch!«

»Das kann ich nicht! Es ist mir zu peinlich! Mercedes hat doch so ein schlechtes Imidsch!«

»Wie bitte? Mercedes hat so ein schlechtes Imidsch – Ford-Transit etwa nicht?«

»Mercedes nennt man Arbeitslosen-Auto!«

»Umso besser, dann passt es doch demnächst perfekt zu dir. Außerdem, mit einem halbwegs neuen Mercedes hätten wir damals nicht den ganzen Tag auf der Autobahn verbracht.«

»Wir hätten damals lieber gleich die ganze Nacht auf der Autobahn verbringen sollen!«

»Nicht mit mir! In Zukunft kannst du deine Nächte alleine auf der Autobahn verbringen.«

»So wie es aussieht, werden wir unsere Zukunft wohl

eher im Oolinklusiv-Knast verbringen. Wenn sie nicht bald den wahren Täter schnappen, werden wir wohl leider daran glauben müssen.«

»Ich dachte, wir sollen den Teufel nicht an die Wand malen.«

»Eminanim, bist du dir denn wirklich sicher, dass die beiden hier echte Polizisten sind?«

»Polizeiauto, Polizeiklamotten, Polizeifunk – Dachdecker sind die auf jeden Fall nicht ...«

»Ich meine, haben sie dir die Dienstmarken gezeigt? Wir sind nämlich gerade am Polizeirevier vorbeigefahren. Ich will dir keine Angst einjagen, aber wir werden offensichtlich entführt«, flüstere ich aufgeregt, bemüht, mir das Zittern meiner Knie nicht anmerken zu lassen.

»In Bremen werden wir ja wohl mehr als ein Polizeirevier haben, oder?«

»So, Herrschaften, da wären wir«, ruft einer der beiden Entführer plötzlich zu uns nach hinten.

»Bei Allah, ich wusste es! Hier in der Ecke gibt es jede Menge finstere Kneipen, aber garantiert kein Polizeirevier!«

»Hallooo, Herr Engin«, höre ich in dem Moment Kommissar Lück vom Straßencafé gegenüber rufen, »hier bin ich!«

Die beiden Polizisten nehmen uns die Handschellen ab und verabschieden sich betont höflich.

»Ach, Osman, ich hab vergessen, dir zu sagen, dass Kommissar Lück heute bei uns zu Hause war und mir einige Fragen gestellt hat ...«

»Und das sagst du mir jetzt erst?«

»Ich wollte es dir ja früher sagen, aber du warst so intensiv mit deinem heißgeliebten Fernseher beschäftigt, da wollte ich dich nicht stören!«

»Ist gut, ist gut, was wollte der Kerl denn von dir?«

»Na, hör mal, ich bin doch schließlich die wichtigste Zeugin im Mordfall Inge Peters! Los, geh schon!«

Wir setzen uns zu Kommissar Lück an den Tisch, während er genüsslich seinen Kaffee schlürft.

»Herr Lück, wir hätten uns auch ohne eine Polizeieskorte mit Ihnen hier im Café getroffen«, rufe ich halb erleichtert, halb vorwurfsvoll, halb neugierig.

»Herr Engin, als ich heute bei Ihnen war, hat mir Ihre Frau verraten, dass Sie viel zu selten mit ihr ausgehen würden. Da habe ich mir gedacht, ich lade Sie beide mal zu einer Tasse Kaffee ein, sozusagen als Wiedergutmachung für die ganzen Unannehmlichkeiten, die ich Ihnen zwangsweise bereitet habe.«

»Es kann doch nicht wahr sein! Dieser ganze Affenzirkus nur für eine einzige Tasse Kaffee, oder was?«

»Sie können auch zwei Tassen trinken, Herr Engin. Ich lade Sie ein!«

Bei Allah, werde ich denn nie einen normalen Menschen kennenlernen? Selbst die Kommissare vom Morddezernat, mit denen ich es zu tun bekomme, stellen sich im Nachhinein als komplett Verrückte heraus ...

Donnerstag, 24. Juni

Am nächsten Tag beschleicht mich ein ganz eigenartiges und höchst hinterhältiges Gefühl, als ich mit ansehen muss, wie sich mein Meister wieder wie ein ausgehungerter Schiffbrüchiger hemmungslos über Eminanims Essen hermacht. Vermutlich sind es in Wirklichkeit gar nicht meine Geschichten, die Viehtreiber davon abhalten, mir die Kündigung in die Hand zu drücken, sondern mein Meister lässt mich hier nur deshalb wochenlang rumlabern, damit er sich in aller Ruhe und völlig umsonst jeden Tag mit einem grandiosen Festessen den Magen vollschlagen kann.

»Erzähl schon, Osman, erzähl«, sagt er hastig und kramt aus dem großen Picknickkoffer auch die letzte Tupperschüssel hervor. Die Arbeitskollegen tuscheln schon über mich und lästern, dass Kündigungen bei mir wohl sehr appetitanregend wirken, weil sie mich jeden Tag mit so viel Essen sehen.

Während Viehtreiber sich ein ganzes Şişkebap ungekaut in den Schlund schiebt, röchelt er:

»Nun erzähl doch schon!«

Şişkebap, das sind mehrere am Spieß gebratene Fleischstücke mit einigen Tomaten, Paprika und Zwiebeln dazwischen. In allerletzter Sekunde schaffe ich es noch, ihm den Metallspieß aus dem Hals rauszureißen, damit er ihn in seiner Gier nicht mit runterschluckt. Ich hoffe, dass sich diese gute Tat nicht noch rächt. Wenn er mich demnächst doch noch vor die Tür setzt, wird es mir vielleicht leidtun, dass ich dem Kerl soeben das Leben gerettet habe.

»Herr Viehtreiber, wie weit bin ich gestern gekommen? Hatte ich Ihnen noch erzählt, dass der Kommissar Abramczik mir befahl, die Hosen runterzulassen?«

»Hmmmhh … schümohhh … mampf …«, antwortet mein Dienstvorgesetzter etwas unpräzise.

»Also der Kommissar Abramczik sagte barsch:

›Wir müssen jeder Spur nachgehen, lassen Sie sofort die Hosen runter!‹

›Vor der fremden Dame hier?‹, stotterte ich schüchtern.

›Stellen Sie sich nicht so an! Das machen Sie ja doch nicht zum ersten Mal‹, keifte er böse. Wohl oder übel musste ich die Hosen runterlassen.

Die Frau kontrollierte alles so gründlich und genau, dass der Kommissar außer sich war vor Wut:

›Mein Gott, wie lange dauert das denn noch? Wollen Sie Zoologin werden? Wir wollen alle noch nach Hause!‹, brüllte er ganz schön sauer« – eigentlich kann ich jetzt auch nach Hause, der hört mir ja sowieso nicht zu.

»›Also, ich weiß nicht. Das Ganze kommt mir doch nicht so bekannt vor‹, sagte die Frau schließlich.

›Das sage ich doch die ganze Zeit‹, atmete ich erleichtert auf. ›Ich bin es bestimmt nicht gewesen. Alle anderen sechsundachtzig Osmans kommen infrage. Alle diese

Osmans draußen sehen so gemein und triebhaft aus. Ich bin die einzige Ausnahme.‹

›Vielleicht sollten Sie in Zukunft den Männern beim Sex wenigstens einmal kurz ins Gesicht schauen‹, meckerte der uncharmante Kommissar.

›Aber wieso? Die Nase des Mannes ist doch eh wie sein Johannes‹, kicherte die Frau.

›Johannes? Die Dame sagte eben Johannes. Also habe ich doch nichts damit zu tun. Ich heiße doch Osman‹, jubelte ich und machte mich sofort auf die Socken und war sehr froh, dass ich nicht Johannes heiße!«

»Lecker, lecker, lustiger Name, der Kommissar Johannes«, schluckt er, während er Eminanims Essen weiterhin wie ein Scheunendrescher vernichtet.

»Wie bitte, sagten Sie eben Kommissar Johannes?«

»Hmhömh ... Ja, ja, köstlich, wie ging's dann weiter?«

Bei Allah, er hat nicht mal gemerkt, dass die Geschichte schon längst zu Ende und der Johannes kein Kommissar ist, jedenfalls kein ganzer! Wie ich schon vermutet habe: Das Gesagte interessiert ihn überhaupt nicht, nur das Gekochte. Das kann ich sehr leicht beweisen, probieren kostet ja nichts:

»Herr Viehtreiber, und dann nahm mich der Kommissar Johannes zur Seite ...«, rufe ich und mache eine künstlerische Pause, um seine Reaktion abzuwarten.

»Hmmmh, lecker, mhöhm«, kommt als Antwort, begleitet von mehreren Schmatzern.

»Und er sagte zu mir, hiermit erkläre ich dich auch zum Kommissar, mein Sohn, mögest du alle Mörder dieser Welt zur Strecke bringen. Aber eins darfst du als Urologe

niemals vergessen und musst immer danach handeln …«
Ich reiße ein Kalenderblatt von der Wand und lese mit großer Geste:

»›Der Wolke Zickzackzunge spricht:
Ich bringe dir, mein Hammel, Licht.

Der Hammel, der im Stalle stand,
ward links und hinten schwarz gebrannt.

Sein Leben grübelt er seitdem:
warum ihm dies geschah von wem?‹«

»Toll! Köstlich!«

»Da haben Sie recht, der Christian Morgenstern konnte tolle Gedichte schreiben!«

»Ihre Frau ist wirklich ein Ass am Herd!«

»Das stimmt auch, sie kann vielleicht nicht so herrlich blöde Gedichte schreiben wie Christian Morgenstern, aber kochen kann sie wie ein Weltmeister.«

Ist diese Welt nicht total ungerecht?

Diese Fressmaschine schlägt sich auf meine Kosten den Bauch voll und will mich im selben Moment entlassen!

Er beißt gewissermaßen die Hand, die ihn ernährt, ab. Oder wie die Türken so trefflich sagen: »Füttere die Krähe, und sie sticht dir die Augen aus!«

Dabei lieben wir uns doch heiß und innig! Meine Halle 4 und ich, meine ich. Unsere Liebe ist größer als die von Romeo und Julia, Tristan und Isolde oder Fred Feuerstein und Wilma.

Gut, ich gebe zu, ganz am Anfang hatte ich ein paar Wochen etwas mit Halle 3 am Laufen. Aber das war nichts Richtiges. Das war nicht die große Liebe, das war nur zum Geldverdienen. Ich habe in Wirklichkeit Halle 3 nur benutzt, um irgendwie in Halle 4 zu landen. So was ist doch ganz legitim. Jeder tut doch in der Jugend so, als würde er sich mit seinem neuen Kumpel ganz toll verstehen, obwohl er in Wirklichkeit nur was von dessen hübscher Schwester will. Aber seitdem ich mit ihr zusammen bin, habe ich sie niemals betrogen. Allen Verlockungen habe ich tapfer widerstanden und bin nie fremdgegangen. Zweimal hat mir der Chef nämlich einen Job in Halle 5 angeboten. Da hätte ich zwar mehr Geld verdient, aber ich wäre nie glücklich geworden.

»Für 15 Cent mehr in der Stunde bin ich nicht käuflich«, habe ich denen von der Personalabteilung gesagt. Und die 30 Cent, die ich verlangt habe, die wollten sie mir nicht geben. Aber das war nur ein Test und nicht ernst gemeint. Ich hätte niemals meine Halle 4 verlassen. Sie konnte sich meiner Liebe all die Jahre immer sicher sein. Ich bin zu unseren Verabredungen nie zu spät gekommen oder habe niemals Kopfschmerzen vorgetäuscht. Öfters war ich sogar zwei Schichten hintereinander bei ihr, und in der dritten Schicht haben sie mich regelrecht raustragen müssen.

Dass außer mir noch über hundert andere Männer was von ihr wollten, hat mich früher schon etwas gestört. Aber in meinem Innersten war ich mir absolut sicher, dass die Halle 4 in Wirklichkeit nur mich von ganzem Herzen lieb hat. Niemand sonst durfte so viele Überstunden und Doppelschichten schieben wie ich.

Nur ein einziges Mal hat uns das Schicksal in der Tat brutal getrennt!

Ich weiß es, als wenn es gestern gewesen wäre: der 23. Januar 1997!

Es war das wichtigste Ereignis der Weltgeschichte seit dem Aussterben der Dinosaurier, dem Fall der Berliner Mauer und der Geburt des zweiten Sohnes meiner Mutter – das bin ich.

»Halt! Heute darfst du hier nicht rein«, hat man mich damals angebrüllt, als ich mir was Bequemes anziehen und sofort zu meiner Halle 4 eilen wollte.

»Liebende darf man nicht trennen«, habe ich zurückgeschrien. »Lasst mich durch, ich will zu meiner Halle 4, Ihr gelben Säcke!«

»Lass sofort die Finger von unseren schicken Plastikanzügen, du zerreißt sie ja in Stücke! Dieser Betrieb wird bestreikt, hau ab, du Spinner!«, bauten sich sechs wütende gelbe Säcke vor mir auf.

»Kollegen, ich will mich nicht mit euch streiten, ich will nur zu ihr!«, flehte ich sie an, und mit einem blitzschnellen Sprung versuchte ich über die Außenmauer zu klettern, um doch noch klammheimlich zu ihr zu kommen.

»Alle hierher! Alle hierher! Ein Streikbrecher!«, brüllten die Männer mit den Megafonen am Eingangstor. Zu dritt haben sie mich an den Hosenbeinen gefasst und wieder nach unten gezerrt.

Als man mich dann mit blutender Nase nach Hause schickte, schaute ich noch lange zurück, ob mir meine geliebte Halle 4 hinterherweint. Sie war von diesen gewalttätigen Gewerkschaftlern völlig geschockt und blieb versteinert stehen. Der Einzige, der mir hinterherlief, war mein Arbeitskollege Hans.

»Osman, mach doch keinen Quatsch! Sei doch froh, dass du heute nicht arbeiten brauchst! Geh nach Hause zu deiner Frau«, versuchte er mich zu trösten.

»Meine Frau akzeptiert meine Beziehung zu Halle 4«, schluchzte ich! »Aber was hat bloß diese dämliche IG Metall gegen mich?«

Wir blieben genau siebenunddreißig Tage getrennt! Jeden Tag habe ich mir Halle 4 von der Straße aus acht Stunden lang mit feuchten Augen schmachtend angeschaut. Sie ließ sich von außen nichts anmerken, aber wie es ihr innerlich ging, konnte ich mir leicht ausmalen. Liebende brauchen nicht viele Worte …

Als wir uns nach siebenunddreißig Tagen wieder in den Armen lagen, war es das romantischste Häppy End aller Zeiten! Wochenlang habe ich sie nicht mal in den Pausen verlassen! Damals war Herr Viehtreiber damit auch völlig einverstanden und hatte großes Verständnis für unsere Situation.

Aber mittlerweile hat er sein Herz gegen einen gefühllosen Felsbrocken eingetauscht und will uns für immer trennen!

Völlig geknickt und mit Tränen in den Augen schleiche ich mich auf leisen Sohlen nach draußen …

Auf dem überfüllten Parkdeck des Arbeitsamtes suche ich verzweifelt nach einem Parkplatz, und mit viel Mühe finde ich auch einen, aber erst nach einer Viertelstunde. Es ist zwar die Feuerwehreinfahrt, aber was sollen Feuerwehrleute um diese Zeit überhaupt beim Arbeitsamt? Die haben doch alle einen sicheren Job – im Gegensatz zu mir.

Danach versuche ich eine ausländerfreie Zone im Arbeitsamt zu finden – aber keine Chance! Das klappt nicht mal nach stundenlangem Suchen.

Wohl nur in der tiefsten Provinz irgendwo in Ostdeutschland wird man diese seltene Oase der Ruhe noch finden können.

Vermutlich haben meine Namensvetter, die Ossis, deshalb viele Gebiete der ehemaligen DDR zu ausländerfreien Zonen erklärt, weil sie ständig von irgendwelchen frechen Türken bedrängt wurden, massenweise Formulare für sie zu übersetzen.

Möglich ist alles, außer dass man im Bremer Arbeitsamt einen ausländerfreien Flur findet.

Egal, wo ich auftauche, ich werde sofort von Menschenmassen belagert, die mir wie ausgeflippte Autogrammjäger erwartungsvoll Stifte und Zettel entgegenstrecken. Nur dass meine Gruupies leider keine hübschen Tiinis mit bauchfreien Tii-Schörts sind, sondern meine ehemaligen Landsleute: alte, hässliche Männer mit dicken Bäuchen. Aber wer weiß, vielleicht sind es ja auch gar keine Landsleute von mir, man sollte nie aufgrund von Farbe oder Länge des Schnurrbartes voreilige Schlüsse ziehen. Aber all das wäre auch nicht so schlimm, wenn ich für diese hässlichen Kerle wenigstens nur Autogramme schreiben müsste und nicht seitenlange Papiere übersetzen oder ellenlange Formulare ausfüllen! Eigentlich müsste das doch verboten werden!

Wobei, Rauchen ist hier auch verboten, aber der Abdulrahman Üstünköylüoğlu qualmt heute wieder schlimmer als die alten Schornsteine von Halle 4 und Halle 3 zusammen!

Ich glaube, in Kürze sieht es hier genauso gemütlich aus wie in einem türkischen Männercafé. Es ist ein weitverbreitetes Vorurteil, dass Türken zum Picknicken einen öffentlichen Park oder eine Wiese bräuchten. Das stimmt nicht, ein Arbeitsamt-Warteraum reicht völlig aus. Nur der obligatorische Tee, die Wasserpfeife und das Bäckgämmen-Spiel fehlen.

Aber das ist doch die Idee! Ich werde Kaffeehaus-Betreiber. Ich werde hier im Flur vom Arbeitsamt ein türkisches Männercafé aufmachen. Die Kundschaft ist schon da, ich brauche nur einen anständigen Existenzgründer-Kredit. Und wenn Eminanim im Bauchtanzkostüm das Tee-Servieren übernimmt, würden die Deutschen sich wie im Türkei-Urlaub fühlen.

Nachdem ich genauso wie gestern alle Formulare ausgefüllt und sämtliche Briefe übersetzt habe, ist auch meine Arbeitsamt-Schicht endlich zu Ende. Leider hat inzwischen mein eigener Sachbearbeiter Meisegeier schon längst Feierabend gemacht und sitzt bei seinen fünf Töchtern zu Hause. Das mit dem Sitzen habe ich natürlich nur so dahergesagt. Bei fünf Säuglingen des weiblichen Geschlechts wird der arme Mann in den nächsten Jahren wohl kaum die Gelegenheit dazu haben und wird seine erholsame Bürotätigkeit hier im Zimmer 143 richtig zu schätzen wissen.

Kaum bin ich zu Hause, streckt mir meine Frau auch einen Brief entgegen.

»Nein, Eminanim, nein, nein und nochmals nein! Ich lese heute keine Briefe mehr! Und übersetzen tue ich auch nicht«, wehre ich mich energisch dagegen.

»Ossi, ich weiß, du bist ganz schön kaputt. Aber du musst nichts übersetzen – nur lesen ...«

»Ich hab doch eben gesagt, ich weigere mich, heute auch nur noch eine Zeile zu lesen!«

»Also gut, dann lese ich es dir eben vor:

Liebe Frau Engin und lieber Herr Engin, wir bitten Sie höflichst, übermorgen, am Samstag, den 26. Juni, um 19:30 Uhr an unserer Hausversammlung bezüglich des Hundekots im Hausflur teilzunehmen. Das Treffen findet im Wohnzimmer von Frau Fischkopf statt. Im Auftrag der Hausverwaltung, Hausmeister Krummsack.«

»Zum Glück findet diese Versammlung auf neutralem Boden statt«, rufe ich und betrete wieder den Flur, um den aktuellen Stand der Hundekacke eingehend zu betrachten.

Und es gibt tatsächlich eindeutige Fortschritte, die ich eben beim hastigen Reinkommen nicht sofort wahrgenommen habe.

In der heutigen Ausgabe der Tageszeitung, die auf dem Haufen ausgebreitet liegt, sind zwei Löcher, der Schuhgröße 40 entsprechend, ausgeschnitten worden, damit man kein gedopter Weitspringer mehr sein muss, um problemlos auf die andere Seite zu gelangen.

»Die Menschen sind aber so was von egoistisch! Die denken nur an sich«, schimpfe ich enttäuscht.

»Was ist denn nun wieder passiert?«, höre ich aus der Küche.

»Der Ignorant hat die Löcher in der Schuhgröße 40 ausgeschnitten! Was ist mit Leuten wie mir, die 42 tragen? Und er hat auch nicht den Sportteil, sondern die politischen Seiten auf die Kacke draufgelegt!«

»Er ist wohl der Meinung, dass Politik und Kacke viel besser harmonieren«, ruft Mehmet dazwischen. »Zudem fängt das Wort Politik auch mit Po an, und die Politiker labern nichts als Scheiße!«

»Du hast irgendwie recht, die politischen Seiten passen schon besser auf den stinkenden Haufen. Aber es wäre für mich wesentlich attraktiver gewesen, im Vorbeigehen die neuesten Bundesliga-Nachrichten zu lesen!«

»Ihr könnt euch schon die Hände waschen, die Suppe ist fast fertig«, ruft meine Frau aus der Küche.

Während mein Meister jeden Tag wie ein Sultan verwöhnt wird, bekomme ich nur eine lausige Suppe aufgetischt.

Aber ich will mich gar nicht beschweren – ich liebe Suppen! Nicht nur deshalb, weil das die einzige Speise ist, bei der meine Frau mich nicht zwingen kann, mit Messer und Gabel zu essen.

Ich habe das Gefühl, dass in Deutschland der Suppe großes Unrecht getan wird. Hier wird sie nur als Vorspeise abgewertet. In der Türkei gibt es Restaurants, in denen ausschließlich verschiedene Suppensorten angeboten werden. Bei einigen gibt es sogar nur Kuttelsuppe zu essen. Über Geschmäcker darf man bekanntlich nicht streiten.

Mein Lieblingssuppenladen befindet sich in der Kreisstadt, in der mein Onkel Ibrahim wohnt. Im Urlaub bin ich dort Stammkunde. Der Laden heißt 10-Finger-Suppenterrine. Der Besitzer bringt jeden Teller einzeln von der Küche zum Gast. Und dabei fasst er den Suppenteller grundsätzlich mit beiden Händen an. Bis er die Teller bei uns auf den Tisch stellt, bleibt bei ihm kein Finger und bei uns kein Auge trocken. Wir lachen uns jedes Mal kaputt darüber, dass er alle seine zehn Finger in unserer Suppe badet. Onkel Ibrahim ist sogar fest davon überzeugt, dass das sein geheimes Erfolgsrezept sei. Nur deshalb würden seine Suppen so viel besser schmecken als bei der Konkurrenz. Letzte Woche hatte ich Onkel Ibrahim am Telefon, und er hat fürchterlich geweint, weil die Stadtverwaltung unsere 10-Finger-Suppenterrine im Zuge der EU-Angleichung dichtmachen will. In keinem EU-Land seien im Suppenteller zehn Finger gleichzeitig erlaubt. Unser Suppen-Gourmet kämpft zurzeit gerichtlich darum, wenigstens die beiden Daumen in der Suppe baden zu dürfen. Wenn er seinen Laden schließen muss, dann wird in der Kreisstadt demnächst die Stimmung radikal gegen die EU umschlagen. Es ist dann sehr gut möglich, dass eine Volksabstimmung gegen den EU-Beitritt der Türkei dort viel früher stattfindet als in Frankreich, Österreich oder Deutschland. Onkel Ibrahim sagte am Telefon mit bebender Stimme:

»Es tut mir leid, aber die offenen Grenzen können mir dann gestohlen bleiben, Osman. Dich habe ich in Alamanya noch nie besucht, aber zu meinem Suppenladen gehe ich mindestens zweimal die Woche.«

Dann geht endlich die Küchentür auf, und begleitet von

wohlriechenden und appetitlichen Düften ruft Eminanim den schönsten Satz des heutigen Tages:

»Hallo, ihr Nimmersatts, die Suppe ist fertig! Ich hoffe, sie wird euch schmecken!«

Und in der gleichen Sekunde sitze ich am Esstisch. Wenn Zum-Essen-Laufen irgendwann mal zur olympischen Disziplin erklärt wird, dann wäre ich mit Sicherheit nur Silbermedaillengewinner. Denn mein Sohn Mehmet ist leider schon wieder schneller als ich.

»Mehmet, mach dir keine Sorgen, niemand klaut dir deine Suppe«, sage ich spöttisch.

»Wer weiß, wer weiß, so gierig, wie du guckst«, schmatzt er, weil er den ersten Löffel Suppe bereits im Bruchteil einer Sekunde in seinen Mund geschaukelt hat. Und im selben Moment schießen ihm Tränen in die Augen. Jetzt tut es ihm wohl leid, dass er über seinen liebevollen Vater einen so gehässigen Spruch abgelassen hat.

»Was ist denn mit dir, mein Sohn?«, frage ich, um es endlich mal auch aus seinem Munde zu hören.

»Ach, nichts«, murmelt er, »mir ist gerade eingefallen, wie sehr mein Opa diese Linsensuppe mochte. Schade, dass er schon tot ist.«

Ich lehne mich zurück und kippe genüsslich den ersten großen Löffel der dampfenden Linsensuppe in meinen Mund. Und verbrenne mir derart fürchterlich das Maul, dass auf meiner Zunge mit Sicherheit riesige Brandlöcher entstanden sind.

Mir schießen sofort auch Tränen in die Augen

»Vater, was hast du denn, du weinst ja auch. Denkst du auch an Opa?«, ruft Mehmet schadenfroh.

»Ich beklage das grausame Schicksal, dass dein Opa den Löffel abgeben musste und nicht du!«, brülle ich und halte meinen Mund sofort unter den Wasserhahn.

So, jetzt hat er es sich auch noch mit mir verdorben. Mit seiner Mutter steht er nämlich auch schon auf Kriegsfuß.

Mehmet wirft seiner Mutter nämlich vor, alle seine letzten dreizehn Freundinnen systematisch vergrault zu haben, und Eminanim hält dagegen, dass sie alle seine weiblichen Bekanntschaften regelrecht wie Prinzessinnen behandelt hätte, aber es bei seiner ungehobelten Art und Dusseligkeit ja kein Wunder sei, dass ihm die Mädchen scharenweise davonlaufen.

Die Zweitgrößte Nervensäge des Mittleren Orients lässt aber nicht locker – so wie jetzt:

»Mehmet, lade doch deine neue Freundin Ingrid mal ein. Du wirst sehen, es wird sehr schön. Als deine Mutter will ich selbstverständlich deine Freundin kennenlernen.«

»Nur über meine Leiche«, zischt Mehmet.

Ich als Familienoberhaupt und Herr im Haus bin der Meinung …

»Osman, dich fragt keiner … Halt dich da raus, du warst ja noch nie Mutter!«, zischt meine Frau gekränkt, bevor ich den Mund aufgemacht habe.

»Vater, misch dich nicht ein. Das kapierst du ja eh nicht! Dir haben doch noch nie dreizehn Freundinnen hintereinander den Laufpass gegeben«, ruft mein Sohn beleidigt.

»Klar, ihr habt wie immer recht, als ich damals noch Mutter war, habe ich von meinen dreizehn Freundinnen niemals einen Tritt in den Hintern bekommen!«, versuche ich ganz schön verkrampft lustig zu sein, um den Streit zu schlichten.

»Papa, du musstest auch nie jeden Abend schon um 6 Uhr zu Hause sein und mit nur läppischen 3 Euro in der Woche irgendwie über die Runden kommen«, wirft mir auch noch meine kleine Tochter Hatice vor. Sie denkt wahrscheinlich, dass das grade eine günstige Gelegenheit ist, wo doch eh alle auf mir rumhacken.

»Osman, das ist doch alles nur deine Schuld«, schiebt Eminanim wie immer in solchen Situationen die ganzen Peters zu mir rüber – insbesondere die pechschwarzen!

»Nein, Eminanim, ich kann nichts dafür! Dass türkische Jungs allesamt zu kleinen größenwahnsinnigen Machos werden, daran sind ausschließlich deren Mütter schuld, die ihre Söhne ganz anders erziehen als ihre Töchter. Das habe ich erst gestern wieder im deutschen Fernsehen gesehen. Zum Beispiel, Mehmet, hast du in deinem Leben jemals das Geschirr abgewaschen? Weißt du überhaupt, wie das geht?«

»Warum sollte ich? Seit meiner Geburt steht da drüben doch eine Spülmaschine, die ist dafür zuständig.«

»Hast du schon mal gestaubsaugt?«

»Warum sollte ich? Seit meiner Geburt haben wir doch einen Staubsauger, der ist dafür zuständig.«

»Siehst du, du weißt nicht mal, dass jemand das Geschirr ein- und ausräumen und den Staubsauger durch die Gegend schieben muss! Du Pascha!«

»Osman, hör doch auf, als wenn du jemals staubsaugen würdest«, steht meine Frau ihrem Sohn zur Seite.

»Siehst du, Eminanim, wie ich eben gesagt habe, die

Mütter sind schuld an den vielen kleinen verzogenen türkischen Machos! Du machst Mehmet genauso wie mich!«

»Bin ich etwa auch schuld daran, dass du so bist?«

»Du solltest jedenfalls nicht versuchen, mich zu ändern. Das habe ich nämlich auch erst gestern im Fernsehen gesehen. Dass es ein riesiger Fehler ist, wenn Ehefrauen versuchen, ihre Männer zu ändern!«

»Leute, hört doch endlich auf! Mir reicht völlig, dass ich mit den Frauen schon so viel Stress habe«, brüllt Mehmet.

»Klar, natürlich willst du nicht, dass ich mich mit deiner Mutter verkrache«, brülle ich zurück. »Dreizehn neue Freundinnen sind dir selbstverständlich viel lieber als eine neue Stiefmutter!«

»Also gut, Mutter, lass es uns noch einmal versuchen! Ich lade meine neue Freundin ein«, gibt er nach, da er kapiert hat, dass der Schuh ganz schön teuer ist.

Ach ja … das ist eine türkische Redewendung: merken, dass der Schuh teuer ist. Es heißt, man merkt, dass der Gegner stärker ist und man deshalb einen Rückzieher machen muss. Vielleicht auch, weil einen der Schuh drückt.

»Aber ich warne dich, Mutter! Wenn du dich wieder danebenbenimmst – wirst du die Ingrid niemals wieder sehen!«

Und diese große Prüfung wird für drei Tage später angesetzt. Das heißt, nicht mal am Sonntag werde ich mich zu Hause ein bisschen erholen können! Aber dafür sehr, sehr gut essen!

Freitag, 25. Juni

Mein Meister Viehtreiber kann das jeden Tag: sehr, sehr gut essen, meine ich.

»Also, gibt es bei euch Fortschritte mit der Polizei?«, fragt er, während er sich Vor-, Haupt- und Nachspeise gleichzeitig auf seinen Teller türmt.

»Gestern hat die Polizei brutal meine Wohnung gestürmt. Aber ich weiß nicht, ob ich das Fortschritt nennen darf«, grinse ich frech, als hätte ich *das* Insaiderwissen über den Mordfall Inge Peters.

»Endlich passiert mal wieder was«, knabbert er genüsslich an der stark gewürzten Hammelkeule und lehnt sich erwartungsvoll zurück.

»Als ich gestern nach Hause kam und mich gerade gemütlich auf dem Sofa ausgestreckt hatte, scheuchte mich meine Frau wieder auf und sagte:

›Osman, geh und hol etwas Geld von der Bank, ich will morgen auf dem Wochenmarkt einkaufen!‹

›Wieso hast du mir das nicht etwas früher gesagt? Du siehst doch, es schüttet wie aus Eimern. Ich hab keine Lust, bei dem Regen wieder rauszugehen!‹, protestierte ich energisch, wohl wissend, dass es nichts bringen würde.

›Los, los, nun geh schon, auf dem Gemüsemarkt kann

man nicht mit Bankkarte bezahlen‹, sagte sie und versuchte mich energisch nach draußen zu befördern.

›Bei diesem Sauwetter jagt man doch nicht mal einen Hund auf die Straße‹, brüllte ich und versuchte mich verzweifelt an der Kommode festzukrallen. Meistens schaffe ich es, durch diesen Spruch auf meinem Stammplatz vor dem Fernseher liegen zu bleiben, weshalb ich dem ekelhaften norddeutschen Wetter eigentlich zu Dank verpflichtet bin. Mehr noch, ich bin total begeistert, wenn es regnet, donnert und hagelt, als würde rings um Bremen die Welt untergehen. Dann kann ich auch guten Gewissens im Wohnzimmer liegen und es mir vor dem Fernseher gemütlich machen.

›Du Spinner, der Regen hat schon vor fünf Minuten wieder aufgehört‹, sagte meine Frau und schubste mich unsanft hinaus. ›Und hol von der Bank kleine Scheine, hörst du, auf dem Markt hat doch kein Mensch Wechselgeld!‹

Dann schnappte sie mir blitzschnell die Autoschlüssel weg und drückte mir stattdessen die Fahrradschlüssel in die Hand.

›Du Faulpelz, die paar hundert Meter willst du ja wohl nicht mit dem Wagen fahren, oder? Wozu haben wir denn vor drei Jahren dieses tolle Fahrrad für dich dem Nachbarn abgekauft?!‹, schimpfte sie.

Und prompt stellte sich mir unten vor der Haustür dieser besagte Nachbar Heribert vom Nebenblock in den Weg:

›Hi Osman, altes Haus, gondelst du immer noch mit diesem antiken Schrotthaufen durch die Gegend?‹, machte er sich über mein Fahrrad lustig.

›Danke, dass du mir diesen Schrott vor drei Jahren angedreht hast. Damals hast du behauptet, es wäre nagelneu!‹, sagte ich genervt.

›Damals war es ja auch nagelneu!‹

›Aber ich sitze nun mal heute zum ersten Mal auf dem Ding!‹

›Osman, ich hätte aber ein schönes, nigelnagelneues Fahrrad im Lager, ein echtes Spitzenrad‹, rief er mir hinterher, während ich krampfhaft versuchte, in die Pedale zu treten.

›Kein Bedarf! Das rentiert sich überhaupt nicht, wenn ich einmal in drei Jahren mit so einem Ding fahre‹, brüllte ich zurück und versuchte, trotz der abgesprungenen Kette irgendwie bis zur Sparkasse zu kommen.

Und es hat tatsächlich geklappt!

Dafür brauchte ich nur abzusteigen und kräftig zu schieben.

Aber es hätte sicherlich mehr Spaß gemacht, wenn es nicht prompt wieder angefangen hätte, wie aus Kübeln zu gießen. Wie gesagt, ich mag Regen nur, wenn ich gerade drinnen auf dem Sofa liege. Andererseits wird mein armes Fahrrad so wenigstens einmal gewaschen.

Wie ein nasser Köter betrat ich dann die Bank und holte von meinem Konto 300 Euro ab. In 5-Euro-Scheinen. Genau sechzig Stück.

Danach habe ich meine Fahrradkette wieder in Ordnung gebracht und trat sofort hastig in die Pedale.

Nach zwanzig Metern nahmen die Pedale diese Treterei aber sehr persönlich und kündigten erneut die Zusammenarbeit mit der Kette.

Kurz nachdem die Kette abgesprungen war, sprang ich vom Rad und schob das verfluchte Ding bis nach Hause. Bei dem fürchterlichen Regen wurde ich natürlich klitschnass bis auf die Unterhose.

Ehrlich gesagt, mir machte das ja nicht so viel aus, ich bin schließlich Kummer gewöhnt, ich habe in meinem Leben schon mehrmals gebadet. Aber für die druckfrischen 5-Euro-Scheine war es sicherlich eine ganz neue Erfahrung in ihrem jungen Leben. Deshalb legte ich sie im Wohnzimmer aus, damit sie schnell trocknen würden. Die Gemüseverkäufer auf dem Wochenmarkt möchten zwar gerne kleine Scheine haben – aber nicht ganz so nass!

In dem Moment klingelte es an der Tür, und der Heribert platzte ins Wohnzimmer.

›Osman, hab ich's dir nicht gesagt? Du brauchst ein richtiges Fahrrad? Na, hab ich's gesagt oder nicht? Wenn du auf mich gehört hättest, dann müsstest du bei diesem Mistwetter nicht so eine Schrottgurke durch die Gegend schieben. Aber wie sagt man so schön: Wer nicht hören will – muss schieben!‹

Dann sah er plötzlich die vielen nagelneuen Geldscheine überall im Zimmer liegen und bekam große Augen.

›Waau, was geht denn hier ab?‹, fragte er völlig verwirrt.

›Was soll schon sein? Ich muss Geld drucken, damit ich mir so ein teures neues Fahrrad von dir leisten kann‹, antwortete ich ruhig.

›Völlig irre!‹, stotterte er wie vor den Kopf geschlagen.

Kurz nachdem sich Heribert verabschiedet hatte, klingelte es erneut an der Tür.

Es war mir klar, dass mein Nachbar, nachdem er das viele frisch gewaschene Geld bei mir gesehen hat, sofort mit einem neuen Fahrrad unter dem Arm bei mir antanzen würde!

Falsch gedacht!

Heribert hat kein hübsches neues Fahrrad antanzen lassen, sondern einen hässlichen alten Bullen.

›Herr Engin, wir haben einen anonymen Hinweis erhalten, dass Sie hier gesetzwidrig Geld drucken‹, sagte der Polizist.

›Herr Kommissar, wenn Sie mir verraten, wie man gesetzkonform Geld drucken kann, dann werde ich nie wieder was Gesetzwidriges tun‹, rief ich.

›Nur die Regierung darf Geld drucken, ohne dafür Prügel zu bekommen‹, meinte er.

›Und ich habe mich schon die ganze Zeit gefragt, wie sich Angela Merkel ständig so viele neue Hosenanzüge leisten kann‹, meinte ich.

›Fahrräder klauen ist in Deutschland genauso verboten! Ich beschlagnahme dieses Diebesgut hier im Flur!‹, sagte er schroff.

Und da kam endlich meine Frau Eminanim mir zu Hilfe, die ja gewissermaßen der Grund für das ganze Übel war, weil sie mich aus dem Haus gejagt hatte.

Während der Wachtmeister seinen Tee schlürfte, hatte ich genügend Zeit, ihn zu überzeugen, dass die nassen 5-Euro-Blüten von der Sparkasse und das nasse geklaute Rad von meinem Nachbarn Heribert stammten.

Wenig später schien wieder herrlich die Sonne, als Heribert zusammen mit zwölf weiteren geklauten Fahrrädern aus seiner Wohnung in Handschellen abgeführt wurde. Herr Viehtreiber, wie sagt man so schön: Wer andern eine Grube gräbt … sollte keine Leichen und geklauten Fahrräder im Keller haben!«

»Oh Gott, was hat denn diese langweilige Geschichte jetzt mit dem Mord in Schwerte zu tun?«, meckert er plötzlich.

»Mord? Wieso Mord? Sie haben mich doch gefragt, ob es Fortschritte mit der Polizei gebe, und ich sagte Ja! Habe ich etwa gelogen?«

»Quatsch! Ich meinte doch nicht so einen Schwachsinn wie geklaute Fahrräder! Und wo ist hier überhaupt eine Pointe gewesen?«, sagt er total gelangweilt.

Mist! Er hat völlig recht. Wo bitte schön ist bei dieser Geschichte irgendeine Pointe, die ich für morgen, besser gesagt, für Montag aufheben könnte?

Ich kann ihm wirklich keinen Vorwurf machen. An seiner Stelle würde ich mich bei so einer lahmarschigen Geschichte auch hochkant rausschmeißen – selbst wenn es noch genug Arbeit geben würde!

Ich sollte mit meiner Frau Eminanim doch wieder ein paar Nachtschichten einlegen, um spannende Geschichten zu erfinden. Wenn ich das alleine mache, kommt nur lauwarmes Gelaber heraus, demgegenüber sich sogar ›Das Wort zum Sonntag‹ wie ein packender Thriller anhört.

Sogar die kleine Hatice ist heute Morgen laut schreiend aus der Wohnung geflüchtet, als ich wie jeden Tag die Geschichte für meinen Meister zuerst bei ihr testen wollte, um die Wirkung zu erproben.

Ich entdecke, dass mich inzwischen sogar mein Kündigungsschreiben recht hoffnungslos und sehr mitleidig anschaut. Genauso hoffnungslos und verzweifelt blicke ich zurück.

Obwohl es diesem blöden Blatt Papier eigentlich egal sein müsste, ob es hier in Viehtreibers Schublade oder bei mir im Karnickelweg 7b in der Kommode liegt.

»Ausländischer Ehemann entführt das gemeinsame Kind in seine Heimat«, steht in der Zeitung in der Blindenschrift, ich meine, in riesigen schwarzen Lettern.

Warum sich so viele Autoren wie verrückt immer wieder neue Krimis ausdenken, ist mir auch schleierhaft! Die Zeitungen sind doch täglich voll mit diesem Zeug.

»Klaus hat das gemeinsame Kind in die Türkei entführt«, stammele ich notgedrungen, als würde ich unter größter Folter endlich mit der Wahrheit rausrücken.

»Was faselst du da? Gemeinsames Kind? Mit wem?«

»Mit Inge …«

»Ich denke, sie ist erst vor ein paar Tagen bei ihm in Schwerte eingezogen? Und das, weil er ja in Urlaub ist«, kratzt er sich am Kopf.

»Der Klaus war aber doch fast vier Monate hier bei uns in Bremen. Auf jeden Fall lange genug, um ein Kind zu zeugen, das er jetzt wohl entführt hat!«

»Warum entführt er das Kind denn in die Türkei?«

Gute Frage! Ich merke, dass mein neuer Krimi noch nicht ganz ausgereift ist.

»Warum entführt er das Kind denn in die Türkei, fragen Sie?«, frage ich und bin jetzt mit dem Kopfkratzen an der Reihe.

»Ja. Warum gerade in die Türkei?«, wiederholt er.

»Weil alle Türken das aus Prinzip immer so machen, meint Kommissar Lück.«

Ich denke, wenn ich Kommissar Lück irgendetwas sagen lasse, bekommt es viel mehr Gewicht.

»Ist Klaus denn Türke?«

»Öhm ... Türke ... nicht wirklich ... aber Stolker!«

»Hammer! Der war also der geheimnisvolle Stolker?«

»Ja, leider! Er hätte selbstverständlich dabei auch Türke sein können. Türke sein schließt nämlich nicht grundsätzlich aus, auch Stolker zu sein ... Also, es ist jedenfalls keine dringende Voraussetzung ... Aber nicht alle Stolker sind automatisch auch Türken ... Das ist ziemlich kompliziert, meint Kommissar Lück.«

Bei Allah, wie komme ich aus diesem Schlamassel wieder raus? Eins ist auf jeden Fall sicher, aus der Zeitung mit den vier Buchstaben werde ich nie wieder Geschichten klauen. Die sind so leicht zu durchschauen.

»Aus welchem Grund hat die Inge Peters denn bei dem Stolker übernachtet, verdammt? Ist die Frau verrückt gewesen? War die lebensmüde?«

»Damit Klaus ihr Kind nicht in die Türkei entführt, meint Kommissar Lück!«

»Die beiden hatten also was laufen? Der Klaus war also der Ex von der Inge, jetzt hab ich es!«

»Ja, Stolker sind meistens die verschmähten Ex-Partner! Man hat es als Frau heutzutage nicht leicht, sage ich Ihnen. Wenn die Frau ›hau ab‹ sagt, drehen die Kerle in den meisten Fällen durch ... sagt Kommissar Lück ... Herr Viehtreiber, meine Frau wird auch durchdrehen, wenn ich meinen Bus verpasse! Schauen Sie doch, wie spät es schon geworden ist! Bis Montag bekomme ich von Kommissar Lück sicherlich viel mehr neue Informationen über diesen Mordfall. Also Ihnen ein schönes Wochenende, bis Montaaaaag … baaaayyy!«

Heute verliere ich vor dem Arbeitsamt überhaupt keine Zeit mit der nervigen Parkplatzsuche. Mein Platz vor der Feuerwehreinfahrt ist immer noch für mich reserviert. Als Bestätigung steht an der Schranke jetzt zusätzlich »Notausfahrt«, was man gerade nicht sehen kann, weil mein Ford-Transit den ganzen Schriftzug verdeckt. Also wenn meine Lage – mit beiden Beinen so gut wie in Hartz IV – keine Notsituation darstellt, dann weiß ich auch nicht.

Einen genauso exklusiven und einsamen Parkplatz suche ich im Arbeitsamt für mich selbst, um den lästigen türkischen Belagerern im Erdgeschoss zu entgehen. Und da habe ich eine glänzende Spitzenidee!

An dem Automaten vor dem Zimmer 143 von Meisegeier ziehe ich eine Nummer und gehe dann schnurstracks zwei Etagen höher in den Warteraum der Akademiker, um mich zu erholen.

Dort muss ich aber völlig konsterniert feststellen, dass meine Spitzenidee doch nicht so glänzend war. Jedenfalls kamen vor mir schon knapp tausend Türken auf die gleiche schlaue Idee!

Aber im Gegensatz zu deren Kollegen zwei Etagen tiefer werde ich von diesen komischen Türken hier überhaupt nicht bedrängt, irgendwelche Formulare für sie auszufüllen oder zu übersetzen. Stattdessen stecken sie alle ihre Köpfe völlig abgeschottet von der Welt in dicke Bücher und schauen einen nicht mal von der Seite an. Kein Mensch sagt ein einziges Wort!

Ehrlich gesagt, so viel Distanz finde ich auch etwas krank! Aber so sind nun mal die jungen Burschen – von einem Extrem ins andere!

»Na, Bruder, suchst du auch einen Job als Schlosser?«, frage ich meinen Nebenmann.

Aber er reagiert nicht. Entweder ist er taub, oder er kann kein Wort Türkisch – was beides völlig normal wäre. Diese armen Schlucker bekommen heute so brutale Jobs, dass sie blind oder taub werden, und zudem kann die jüngere Generation überhaupt kein Türkisch mehr. Dann schlage ich ihm auf die Schulter und spreche sehr laut und ganz, ganz langsam:

»Du nix hören?«

»Mann, was wollen Sie denn von mir?«, zischt er ganz schön unhöflich.

»Suchst du auch Arbeit, Bruder?«, wiederhole ich meine Frage von vorhin.

»Nein, ich warte auf den Bus!«

»Hier in der fünften Etage?«

»Ja, wegen der vielen Baustellen auf der Straße wurde die Haltestelle nach hier oben verlegt.«

»Wirklich?«

»Quatsch, war doch nur Spaß. Was wollen Sie von mir?«

»Ich habe dich gefragt, ob du auch einen Job als Schlosser suchst?«

»Einen Job hab ich, ich arbeite seit Jahren als Taxifahrer.«

»Und was suchst du dann hier?«

»Ich strebe endlich eine reguläre Position als Wirtschaftswissenschaftler an.«

»Wie bitte? Einen Wirtschaftswissenschaftler-Job auf 400-Euro-Basis?«, frage ich völlig überrascht und füge dann ironisch hinzu: »Frag doch mal nach einem Job als Größenwahnsinniger. Auf dem Gebiet bist du echt talentiert und hast mehr Chancen!«

Völlig eingebildet ignoriert er meinen nett gemeinten Rat und steckt seine hochnäsige Nase wieder in sein Buch.

Daraufhin führe ich blitzschnell eine Kurzumfrage durch und stelle völlig verblüfft fest, dass diese eingebildeten Türken hier in der fünften Etage vor Arroganz alle nur so triefen. Die frechen Burschen wollen nur hoch dotierte Jobs wie Arzt, Ingenieur, Rechtsanwalt oder Umwelttechniker haben, aber im wirklichen Leben können sie sich gerade mal so eben als einfacher Taxifahrer, Gemüseverkäufer oder Kellner über Wasser halten. Viele von den schnurrbartlosen Jünglingen drohen sogar damit, in die Türkei auszuwandern, falls der Berater sie heute wieder nur mit dem Hintern anguckt und die hundertfünfzigste Bewerbung erneut ungelesen zurückgeschickt wird.

Eigentlich haben die doch recht! Das ist eine tolle Idee! In der heutigen Zeit kommt man im Leben eigentlich nur noch mit Arroganz, Drohen, Lügen oder Erpressung weiter!

Kurz vor Feierabend bekomme ich endlich meinen persönlichen Sachbearbeiter zu sehen und sage ihm klipp und klar:

»So, Herr Meisegeier, entweder Sie geben mir heute

eine leichte, gut bezahlte Arbeitsstelle, oder ich haue wieder ab in die Türkei!«

»Gut, dass Sie selbst damit anfangen, Herr Engin, da bin ich aber erleichtert«, ruft er. »Ich wollte es Ihnen auch schon vorschlagen. In Deutschland wird doch ein fünfzigjähriger arbeitsloser Türke wie Sie eher an einem wolkenlosen, sonnigen Tag dreimal hintereinander vom Blitz getroffen, als dass er einen neuen Job bekommt. Gute Entscheidung, gehen Sie wieder in die Türkei!«

»Aber ... ich ... ich meine«, stottere ich.

»Unterschreiben Sie bitte hier, dann können Sie sofort gehen, wohin Sie wollen!«

»Man wird doch mal einen Spaß machen dürfen, hihihi«, kichere ich etwas krampfhaft, »so leicht werden Sie mich nicht los!«

Samstag, 26. Juni

Am Samstag sind alle Bewohner des Hauses Karnickelweg 7b pünktlich um 19:30 Uhr bei Oma Fischkopf eingetroffen.

Herr Krummsack schlägt vor, einen Diskussionsleiter und einen Protokollführer zu wählen. Seine Frau schlägt ihn als Diskussionsleiter vor, aber er wird von mir als parteiisch abgelehnt. Anschließend wird der alte Opa Prizibilsky zum Diskussionsleiter gewählt, und Frau Kuckuck darf das Protokoll schreiben.

Opa Prizibilsky war früher beim Einwohnermeldeamt stellvertretender Hauptabteilungsleiter und kennt sich mit so was aus.

Er lässt das Geschehene gewissenhaft, ganz korrekt kurz Revue passieren:

»Sehr geehrte Damen und Herren, ich werde mich bemühen, die Sachlage kurz zu umreißen. Hundescheiße liegt im Hausflur und stinkt seit mehreren Tagen fürchterlich! Nun weigert sich aber die Familie Engin, den Flur zu reinigen, obwohl der Schmutz an ihrem Reinigungstag festgestellt wurde. Als Grund geben sie an, unser Hausmeister, Herr Krummsack, habe den Haufen absichtlich hochgeschleppt und seine eingekoteten Schuhe sogar an ihrer Fußmatte gesäubert. Mit Rücksicht auf die angespannte Lage zwischen den Parteien im Haus hat der Sohn von Frau Kuckuck in Eigeninitiative eine Zeitung über die betreffende Stelle ausgebreitet, um sie wenigstens optisch etwas aufzuwerten. Ich möchte hiermit Kuckuck junior im Namen der gesamten Hausgemeinschaft für seinen uneigennützigen und selbstlosen Einsatz danken!«

Alle applaudieren oder klopfen auf den Couchtisch. Mit einer gönnerhaften Geste gibt Opa Prizibilsky das Wort an mich.

»Herr Engin, bitte schwören Sie, dass Sie die Wahrheit und nichts als die Wahrheit sagen werden!«

»Ich schwör's, Herr Prizibilsky! Vielen Dank für Ihre sachliche Einführung! Frau Kuckuck, ich danke Ihrem Herrn Sohn«, rufe ich und fahre fort: »Meine Damen und Herren, vor genau zehn Tagen, am Mittwoch, den 16. Juni, saß ich vor dem Fernseher, es war 18 Uhr. Nein, ich glaube, es war schon 18:30 Uhr. Da klingelte es plötzlich an der Tür. Ich ahnte nichts Schlimmes. Wozu ist schließlich eine Klingel da, frage ich Sie. Zum Klingeln, nicht wahr? Also, wie gesagt, ich öffne die Tür, und da steht Herr Krummsack vor mir. Besser gesagt, er putzte gerade eifrig seine Schuhe an meiner Fußmatte ab. Er sagte auch noch, ich solle die Hundescheiße, die er reingeschleppt hat, wegmachen. Jetzt frage ich Sie, meine verehrten Damen und Herren, wie kann ein Mann so einen großen Haufen Hundekot an den Schuhen haben und angeblich nichts davon bemerken? Möglicherweise war er ja wirklich bis zum Flur ahnungslos, aber war er es auch noch, als er seine Schuhe an meiner Fußmatte abwischte? Ganz nebenbei möchte ich die Frage aufwerfen, wer eigentlich im Haus einen Hund hat, der solch einen riesigen Haufen produzieren kann? Doch nicht der liebe, süße Dackel Tina von Frau Fischkopf. Nein, da kommt eigentlich nur der Schäferhund von Herrn Krummsack infrage. Wenn wir nun die Hundescheiße im Labor auf seine DNS untersuchen lassen würden, bin ich mir ganz sicher, dass wir feststellen würden, dass nur der unverschämte, riesige Köter Rambo von Krummsacks der Verursacher sein kann!«

Opa Prizibilsky klopft mit seinem Bierglas empört auf dem Couchtisch rum, so wie der Richter im Gerichtssaal mit dem Hammer:

»Bitte keine Unterstellungen, noch ist nichts bewiesen, Herr Engin!«

»Jawohl, Euer Ehren, ich meine natürlich, Herr Prizibilsky.«

»Liebe Nachbarn, wir alle haben die Ausführungen von Herrn Engin ja gehört. Deshalb möchte ich hiermit das Wort an Herrn Krummsack weitergeben. Herr Krummsack, berichten Sie uns Anwesenden bitte, wie Sie den ganzen tragischen Vorfall am besagten Mittwoch erlebt haben.«

»Guten Abend, meine Damen und Herren, und guten Abend, Herr Prizibilsky, erstens, es war nicht um 18 Uhr oder 18:30 Uhr, sondern genau um 18:50 Uhr! Das weiß ich deshalb so genau, weil ich meine Frau kurz vorher beim Frisör abgesetzt hatte, wo sie um 18:45 Uhr einen Termin hatte ...«

»Das sagt doch gar nichts aus! Wie wir alle wissen, gehen alle Frauen immer ein paar Stunden früher zum Frisör, damit sie mehr Zeit zum Lästern haben«, unterbreche ich ihn.

»Ich erhebe Einspruch! Das ist eine unverschämte Unterstellung von Ihnen, Herr Engin«, schreit Frau Krummsack auf und wird sogar von meiner eigenen Frau unterstützt.

»Aber liebe, gute Frau Krummsack, ich habe Sie doch nicht persönlich gemeint. Ich sagte: alle Frauen! Ich meine ja nur, dass man das als Beweis für die genaue Uhrzeit nicht gelten lassen kann.«

»Einspruch stattgegeben!«, ruft Opa Prizibilsky. »Herr Krummsack, bitte fahren Sie fort!«

»Also, wie gesagt, es war genau um 18:50 Uhr. Ich kam durch die Haustür zum Flur herein. Im zweiten Stock kurz vor der Wohnungstür von Herrn Engin bemerkte ich etwas unter meinem Schuh. Es war weich, klebrig und gelb. Um einwandfrei feststellen zu können, was es war, putzte ich meinen Schuh an einem alten Fetzen ab, der sich später als Herrn Engins Fußmatte herausstellte. Und es war eindeutig Hundescheiße! Mit anderen Worten: Als ich das Haus betrat, befand sich die Hundescheiße bereits am Tatort! Ich habe sie auf gar keinen Fall mit reingebracht! Ich klingelte bei Herrn Engin, weil es ja ein Mittwoch war, damit er den Flur sauber macht, bevor das Zeug im ganzen Haus verteilt wird. Nun aber weigert sich Herr Engin seit über einer Woche, den Flur sauber zu machen, und behauptet sogar völlig ungerechter- und haltloserweise, dass der Täter mein Hund gewesen sei. Ich will hiermit ganz klar zum Ausdruck bringen, dass Herr Engin lange genug in Deutschland ist, um zu wissen, dass auch andere Hunde scheißen und nicht nur meiner! Außerdem ist mein Rambo vom Naturell gar nicht in der Lage, in unseren Hausflur zu kacken. Ein gut erzogener, reinrassiger deutscher Schäferhund würde so was niemals wagen!«

»Herr Engin ist auch lange genug hier in Deutschland, um zu wissen, dass nicht alle Hunde ausgerechnet in unserem Hausflur direkt vor unsere Tür im zweiten Stock scheißen«, zischt meine Frau wütend und kippt dabei vor lauter Aufregung ihr Teeglas um. »Entschuldigung, Frau Fischkopf, ich mache es schnell wieder sauber!«

Da meldet sich Frau Kuckuck zu Wort:

»Liebe Nachbarn, ich möchte den Vorschlag machen, die Zeitungen über der betreffenden Stelle etwas zur Seite zu schieben, damit die Frauen und Kinder dort noch vorbeikommen können. Selbst mit den beiden Löchern, die mein Sohn reingeschnitten hat, ist es für mich immer noch nicht einfach, drüber hinwegzukommen. Eine andere Möglichkeit wäre dagegen …«

Stundenlang erzählt diese praktisch veranlagte Dame, was für Möglichkeiten es gibt, um am Tatort leichter vorbeizukommen. Aber auf die Idee, den Haufen einfach wegzumachen, kommt sie nicht!

Zwischendurch serviert Oma Fischkopf, unterstützt von meiner Frau Eminanim, zum dritten Mal Brötchen mit Käse und Schinken. Die Biervorräte gehen auch langsam zur Neige.

Da es schon nach Mitternacht ist, vertagen wir die Sitzung und beschließen, uns in einer Woche, dann bei Opa Prizibilsky, erneut wegen der Hundescheiße zu treffen. Bevor wir endgültig in unsere Wohnungen gehen, einigen wir uns darauf, dass in die Zeitungen über dem Haufen noch ein zusätzliches Loch der Schuhgröße 43 reingeschnitten wird. Mit dieser wichtigen Aufgabe wird der tapfere Sohn von Frau Kuckuck beauftragt.

Sonntag, 27. Juni

Es war ja vorauszusehen, dass der heutige Sonntag nicht gerade erholsam sein würde, wenn Eminanim und Ingrid, also Mehmets aktuelle Freundin, im Beisein von diesem Kommunisten aufeinandertreffen. Aber dass der Ärger bereits so früh am Morgen oder besser gesagt schon im Morgengrauen losgehen würde, habe ich mir nicht träumen lassen. Wie denn auch? Ich hatte ja auch überhaupt noch keine Gelegenheit zu träumen. Wie ich bereits angedeutet habe, werde ich mitten in der Nacht im schönsten Schlummer von meiner Frau brutal aufgeweckt, indem sie das ganze Bett samt mir unglaublich wild schüttelt – so, als gäbe es ein Erdbeben der Stärke 9,3 auf der nach oben offenen Eminanim-Skala. Es war die stärkste Erschütterung der letzten drei Monate in unserem Schlafzimmer, deren physische und psychische Auswirkungen man jetzt noch nicht abschätzen kann.

»Was? Kommissar Lück? Wo bin ich?«, stottere ich völlig geschockt und total durcheinander.

»Los, Osman, schnell, steh schon auf«, höre ich meine Frau für ein Wochenende ungewöhnlich laut und vor allem ungewöhnlich früh an meinem linken Ohr rumkreischen.

»Eminanim, was ist denn los? Zum Glück muss ich wenigstens sonntags meinem Meister keine Geschichten erzählen, also reg dich ab. Schau auf den Wecker! Es ist erst 4 Uhr morgens!«

»Du sagst es, um diese Zeit ist deine kleine Tochter Hatice soeben aus dem Haus gegangen!«

»Wieso? Ist sie Schlafwandlerin?«

»Das Kind will doch ab heute Zeitungen austragen. Das habe ich dir doch bereits vorgestern erzählt. Du willst unsere Kleine doch nicht bei dieser Dunkelheit alleine durch diese finstere Gegend laufen lassen!«

Hastig ziehe ich mich an und hefte mich an Hatices Fersen. Und hole sie bereits einen Häuserblock weiter ein. Sie zieht eine Karre hinter sich her, die voll mit Zeitungen beladen ist.

»Hatice, was soll denn das Theater um diese Uhrzeit? Bist du verrückt geworden?«, schimpfe ich mit ihr.

»Ich trage Zeitungen aus, wie du siehst«, sagt sie ruhig.

»Warum, bitte schön? Ist unser Fernseher kaputt?« Ich bemühe mich dabei, so gut ich kann, die Ruhe zu bewahren.

»Papa, wo du doch jetzt rausgeschmissen wirst, muss ich schließlich selber Geld verdienen, um alle meine Nachmittagskurse bezahlen zu können«, stöhnt sie, hält den Wagen an und schnappt sich fünf Zeitungen vom ersten Stapel.

»Oh, meine arme kleine Tochter, darüber machst du dir Sorgen?«, bringe ich mühsam zu Tränen gerührt hervor.

»Nein, nicht wirklich. Sorgen mache mir eher darüber, dass du mich dann um Geld anpumpen wirst, weil du selber pleite bist«, sagt sie, geht zu dem Haus und wirft die Zeitungen durch den Türschlitz rein.

»Keine Angst, ich werde dich schon nicht um Geld

anpumpen. Aber beim nächsten Mal könntest du deine Kinokarte selbst bezahlen«, rufe ich vergnügt und bereite für das nächste Haus vier Zeitungen vor, so wie es auf ihrer Liste ausgedruckt ist.

Zusammen schaffen wir es, in dreißig Minuten zwei Straßenzüge abzuklappern. Noch eine Straße, und wir stehen vor dem Eingang des alten, finsteren Westfriedhofs, wobei mir sofort gruselig wird.

»Kind, was willst du denn hier«, flüstere ich voller Gänsehaut.

Eigentlich muss man ja auf Friedhöfen laut singen, um keine Angst aufkommen zu lassen.

»Hatiiiceeee, lass uns hier sofort verschwindeeen! Friedhöfe sind nichts für kleine Kiindeeeer«, singe ich laut zur Melodie von ›Dörti Dayäna‹ von Maykl Jäksn. Die Melodie von ›Triller‹ wäre selbstverständlich passender gewesen, aber ich will meiner kleinen Tochter nicht noch mehr Angst einjagen.

»Papa, wir gehen ja sofort wieder! Mach dir doch nicht gleich in die Hose«, lacht sie.

»Aaaber was willst duuu denn hiiieer?«

»Ich muss hier eine Zeitung abgeben.«

»Auf deeem Friehiiedhof?«, kreische ich wie ein Opernsänger.

»Ja, auf das Grab rechts am Eingang. Für Frau Herta Brinkmayer.«

»Das soll doch wohl ein Witz sein!«, brause ich auf.

»Nein, kein Witz. Hier, steht auf meiner Liste, lies doch«, meint sie seelenruhig, schnappt sich eine Zeitung und läuft zum Grab.

»Hatice, mein Kind, ich weiß, dass es ein Fehler war, dass ich dich bis jetzt über den Tod und das Jenseits noch nicht richtig aufgeklärt habe«, singe ich laut hinter ihr her.

»Papa, du hast mich noch nie über irgendetwas aufgeklärt«, singt sie zurück.

»Na ja, kann sein. Aber sei jetzt tapfer. Ich muss dir was verraten: Tote Menschen können keine Sonntagszeitungen lesen. Besser gesagt, sie können überhaupt keine Zeitungen mehr lesen, nicht mal die ›Bravo‹!«

»Bei der Dunkelheit geht das auch schlecht«, lacht sie vergnügt.

Meine Tochter wird sicher mal Satanistin, wenn sie an Friedhöfen solchen Spaß hat!

In dem Moment sehe ich mit vor Schreck weit aufgerissenen Augen, wie ein Zombie auf uns zu torkelt.

»Bei Allah, Hatice, lass uns sofort abhauen! Hier spukt es gewaltig!«, brülle ich mit pochendem Herzen.

»Papa, was schreist du denn hier so rum? Du weckst ja noch die Toten auf! Der Mann will doch nur seine Zeitung holen.«

»Guten Tag, ihr seid wohl die Neuen, nicht wahr?«, begrüßt uns der Zombie, der für einen dicken toten Mann zu dieser unmöglichen Zeit ganz schön quicklebendig ist. »Ich lasse die Zeitung immer auf dem Grab direkt am Eingang ablegen, damit die Zusteller nicht mitten in der Nacht bis zu meinem Häuschen da hinten laufen müssen. Darf ich euch einen Kaffee anbieten?«

Man lernt nie aus – es gibt also auch nette Zombies! Mit dieser völlig neuen Erkenntnis machen wir uns auf den Heimweg.

Als ich todmüde die Wohnungstür aufsperre, duftet es herrlich nach leckerem Essen, und das schon zur Frühstückszeit. Für Eminanim war die Ankündigung vor drei Tagen, dass Mehmets Freundin Ingrid zu uns zum Essen kommt, der Startschuss für einen langen, anstrengenden Marathon! Einen sagenhaften 3-Tage-Kochmarathon, um ihre gegenwärtige Lebensabschnittsschwiegertochter Ingrid so richtig zu verwöhnen und Mehmet hoffentlich zu versöhnen.

Ich bin mir nicht sicher, ob sie in diesen drei Tagen überhaupt geschlafen hat. Auf jeden Fall zischten und blubberten in unserer Küche unaufhörlich mehrere Kochtöpfe tagelang um die Wette, während ich meine Frau im Schlafzimmer nie habe schnarchen hören. Ich habe sie die ganze Zeit in unserem Schlafzimmer nicht mal gesehen. Sie gibt sich unglaubliche Mühe, damit diesmal nichts schiefläuft.

Ich kam natürlich auch nicht ungeschoren davon und wurde ständig in irgendwelche Läden geschickt, um dieses oder jenes einzukaufen. Mir bürdete meine Frau also fast genauso viel auf, wie sie jetzt unserem armen alten Esstisch aufbürdet. Sie packt den Tisch so voll, dass ich ihn mit mehreren dicken Brettern verstärken muss, damit er unter dieser herrlich duftenden Last nicht sofort zusammenbricht.

Und Mehmet muss die leicht konsternierte Ingrid stützen, damit sie bei diesem königlich leckeren Anblick nicht auf der Stelle zusammenklappt. Dabei glaube ich gar nicht, dass die königlichen Mahlzeiten früher so prachtvoll waren. Höchstens, wenn der Kaiser von China zu

Besuch war, aber ich glaube kaum, dass der jemals hier in Bremen war.

Aber dafür gibt uns Ihre Hoheit Prinzessin Ingrid die Ehre und starrt mit offenem Mund das viele, im gesamten Wohnzimmer aufgetürmte Essen genauso schockiert an wie ein kleines Karnickel eine riesige chinesische Schlange.

Eigentlich völlig unnötig, da Ingrid nicht für die Rolle der Beute vorgesehen ist, sie soll doch gar nicht gefressen werden. Sie soll doch nur essen, essen und essen! Und das hat das arme Kind bitter nötig, so ausgemergelt und spindeldürr wie es ist!

»Mein Kind, du siehst ja aus wie ein Klappergestell! Das ist ja grauenhaft! Geben dir deine Eltern denn gar nichts zu essen?«, moniert meine Frau völlig zu Recht.

Ich sprach eben bewusst vom gesamten Wohnzimmer, weil unser großer Esstisch für die vielen Köstlichkeiten doch nicht groß genug ist und deshalb alle Fensterbänke, Kommoden und Beistelltischchen mit Töpfen, Pfannen und Schüsseln vollgepackt sind.

»So! Ich wünsche dir nun einen guten Appetit, Ingrid«, gibt Eminanim endlich den von mir lang ersehnten Startschuss.

»Haut rein, Leute!«, bestätige ich sofort mit einem dicken Stück Fleisch im Mund.

»Mutter, bist du verrückt geworden? Mit diesem ganzen Zeug hier kann man ja mehr als hundert ausgehungerte Holzfäller satt bekommen«, ruft Mehmet fassungslos.

»Ach, Mehmet, du übertreibst ja mal wieder so«, lächelt Eminanim wegen des großen Lobes verlegen. Sie empfindet das zumindest als Lob.

»Deine Mutter hat recht! Mehmet, du übertreibst! Mit diesem Essen kann man doch bestenfalls zwei Dutzend ausgehungerte Holzfäller satt kriegen«, schlage ich mich auf die Seite meiner Frau. Ich würde mich mit jedem schlagen, der was Negatives über das heutige Essen zu sagen wagt.

Seit Tagen schaue ich meinem Meister zu, wie er all das leckere Zeug in sich reinschlingt – heute bin ich dran!

»Die Hauptsache ist doch, dass unser Gast Ingrid endlich mal satt wird«, ruft Eminanim und packt zu der einen gefüllten Paprika auf dem Teller von Ingrid noch zwei weitaus größere gefüllte Paprikas, eine gefüllte Zucchini und drei zum Bersten gefüllte Auberginen dazu. »Ingrid, bitte iss kein Brot dazu, damit du nicht schnell satt wirst«, sagt sie weiter. »Nimm lieber was von diesem wattebauschweichen Börek. Diese mit Hackfleisch gefüllten Teigtaschen schmecken prima! Und die mit türkischem Käse gefüllten sind besonders lecker, aber auch die mit Spinat gefüllten sind nicht zu verachten«, schnalzt sie genüsslich mit der Zunge und stellt einen weiteren vollen Teller vor Ingrids Nase.

»Mutter, das reicht, damit ist Ingrid für den ganzen nächsten Monat versorgt«, versucht Mehmet mit vollem Mund zu sprechen, aber es geht wegen der allgemeinen Klappergeräusche der Teller, der Gabeln, der Löffel und der Zähne unter. Aber trotzdem wird er vorsichtshalber von Eminanim zurechtgewiesen:

»Mehmet, halt du dich da raus! Ingrid, hör bitte nicht

auf meinen Jungen. Auf jeden Fall musst du unbedingt auch noch die Salate kosten – der vielen Vitamine wegen. Das hier ist Kartoffelsalat mit Biokartoffeln und Biozwiebeln, frischer Petersilie aus unserem Kleingarten und freilaufenden Eiern. Das hier ist Nudelsalat mit Hackfleisch, Käse und Joghurt. Und das hier ist Hirtensalat ...«

»Mit reichlich klein gewürfelten Hirten drin«, rufe ich, gut gelaunt wie ich nun mal bin, dazwischen.

»Ach, Quatsch, hör nicht auf meinen Mann, Ingrid. Das nennt man auch gemischten Salat! Der wird mit viel Tomaten und Gurken zubereitet«, erzählt Eminanim und schiebt die Salatschüssel demonstrativ zu Ingrid hin.

»Vielen Dank, Frau Engin«, röchelt Ingrid und versucht verzweifelt, der Massen Herr zu werden.

»Bitte, Ingrid, iss doch«, ruft Eminanim wieder. »Bak, yemezsen ölümü gör«, sagt sie. »Osman, übersetz das bitte der Ingrid.«

»Ingrid, meine Frau meint, wenn du nicht isst, dann sollst du ihre Leiche zu sehen bekommen«, übersetze ich wortwörtlich.

»Mutter, wenn du Ingrid weiter so vollstopfst, wirst du gleich *ihre* Leiche zu sehen bekommen! Das arme Mädchen platzt doch gleich! Sie hat früher niemals mehr als zwei Salatblätter am Tag gegessen, um so schlank zu werden, wie Mädchen heute sein müssen«, meckert Mehmet völlig undankbar, obwohl sich seine Freundin inzwischen total glücklich wie ein Kind im Spielzeugladen benimmt.

Ingrid hat mittlerweile alle Hemmungen abgelegt und versorgt sich mit beiden Händen aus zehn Töpfen gleichzeitig. Nach der dritten Portion Şişkebap war das Eis endgültig gebrochen. Dann legte Ingrid los, als wäre sie seit zwei Monaten als Schiffbrüchige im offenen Meer getrieben.

Eminanims Augen strahlen nicht weniger, als die der geretteten Schiffbrüchigen, da sie offensichtlich einem völlig ausgehungerten Menschen soeben das Leben gerettet hat.

Erst mal in Fahrt gekommen, haut sich Ingrid solche Mengen rein, dass es locker für alle Titanic-Überlebenden zusammen gereicht hätte.

Natürlich wird sie dabei von meiner Frau voller Begeisterung tatkräftig und lautstark unterstützt – wie eine 5:0 führende Heimmannschaft von ihren zugedröhnten und ausgeflippten Fans. Nur die La-Ola-Welle fehlt noch in unserem Wohnzimmer.

»Weiter, Ingrid, weiter, mach weiter so! Mehr über links, mehr über links, dort sind die Kichererbsen! Jaaaa, gut sooo, Attackeeee!«

»Mutter, ich bitte dich! Dränge Ingrid nicht so!«

»Jetzt mehr über halb rechts, mehr halb rechts – dort sind die gebratenen Hähnchen – vorwärts, Ingrid!«

»Jaaa, reiß den Hühnern die Hinterbeine ab, dann kommst du an die leckeren Sachen«, brülle ich.

Ingrid ist so in Angriffslaune, dass sie unsere Anfeuerungen überhaupt nicht nötig hat. Womöglich nimmt sie sie nicht mal mehr wahr. Sie futtert wie in Trance!

»Mehmet, sag deiner Freundin, sie soll essen. Sie darf sich bei uns auf gar keinen Fall wie eine Fremde fühlen und sich genieren«, bemüht sich meine Frau ständig, auch ihren Sohn in diese tolle Orgie mit einzubeziehen. »Mehmet, sie soll auch mehr Börek essen, hörst du, mehr Börek! Börek ist sehr nahrhaft, sag ihr das bitte!«

»Ingrid, Börek ist sehr nahrhaft«, wiederhole ich, weil Mehmet überhaupt keine Anstalten macht, seiner Freundin überhaupt noch irgendwas zu sagen.

»Ingrid, iss, meine Tochter, iss! Du sollst später nicht erzählen, Mehmets Eltern haben mir nichts zu essen gegeben und haben mich mit leerem Magen wieder aus dem Haus geschickt«, fleht Eminanim besorgt.

Aber zumindest darüber, dass viel Essen übrig bleiben könnte, braucht meine Frau sich keine Sorgen zu machen. Die dünne junge Frau hat inzwischen mindestens schon das Doppelte ihres Lebendgewichts in sich reingestopft.

Seit einigen Minuten frage ich mich, wie sie das geschafft hat?! Die gute Ingrid hat sich binnen kürzester Zeit von einer Magersüchtigen in eine Fresssüchtige verwandelt. Aber so ist die heutige orientierungslose Jugend nun mal – von einem Extrem ins andere!

In dem Moment kommt meine Frau Eminanim mit einem riesigen Tablett Baklava herein.

»Jetzt darfst du so viel Wasser trinken, wie du willst, Ingrid«, gibt Eminanim weiterhin kluge Tipps, wie ihre Köstlichkeiten zu genießen sind. »Du musst zu Baklava sogar unbedingt Wasser trinken, damit die extreme Süße kein Sättigungsgefühl verursacht und du mit dem Essen nicht frühzeitig aufhören musst!«

»Frühzeitig ist gut«, mosert Mehmet wieder, aber ganz leise. Er hat eingesehen, dass er mit seiner Meckerei nichts bewirken kann. Im Gegenteil, die beiden Frauen werden durch seine ständige Nörgelei in ihrem Tun noch mehr angestachelt und geraten regelrecht in eine Jetzt-erst-recht-Stimmung: Eminanim preist ihr Essen noch viel lauter und enthusiastischer an, und Ingrid schaufelt mit beiden Händen gleichzeitig im Akkord.

Nach Baklava kommen andere tolle Süßigkeiten auf den Tisch, deren Aufzählung einem Autor den Vorwurf der Zeilenschinderei einbringen würde.

Meine Frau macht sich auch nicht mehr die Mühe, sie miteinander bekannt zu machen – Ingrid mit den Süßigkeiten.

Sie ist auch voll damit ausgelastet, die neuen Tabletts und Schüsseln kunstvoll über anderen Töpfen und Schüsseln zu drapieren. Wegen des extremen Platzmangels wird das Essen mittlerweile mehrstöckig aufgebaut. Unser Esstisch sieht aus wie Klein-Mänhätten – lauter Wolkenkratzer! Von daher wird mir bei jedem Flugzeuggeräusch draußen ein wenig mulmig.

»Genier dich nicht, Ingrid, iss, iss, Mehmet, sag ihr, dass sie mehr essen soll«, schmatzt Eminanim. »Auf keinen Fall darf deine Freundin unsere Wohnung mit einem leeren Magen verlassen! Was würden dann die Leute über uns denken, vor allen Dingen, was werden deine zukünftigen Schwiegereltern über uns denken?!«

»Keine Müdigkeit vorschützen, hau rein, Ingrid«, rufe ich.

Dass sie drei Stunden später aus ihrer Wohnung von zwei Sanitätern in einem Notarztwagen abgeholt wird, kann nicht unsere Schuld gewesen sein. Wer weiß, was das Mädchen zu Hause noch alles Verdorbenes gegessen hat?

»An meinem Essen kann es nicht gelegen haben, ich habe alles taufrisch zubereitet«, ruft meine Frau zu Recht als fürsorgliche Gastgeberin reinen Gewissens.

Bei unseren deutschen Gästen passiert uns das leider sehr oft, dass sie die reichlich gewürzten türkischen Gerichte nicht gewöhnt sind und leichte Magenverstimmung bekommen. Aber wenn sie erst mal die Reißverschlüsse ihrer Hosen aufmachen und später eine Hose von mir anziehen, fühlen sich unsere Gäste wieder pudelwohl und genießen Eminanims Essen in vollen Zügen.

Montag, 28. Juni

So wie mein Meister Viehtreiber. Ich verstehe nicht, wieso *der* nicht für einige Wochen auf der Intensivstation landet, obwohl er seit Tagen unglaubliche Mengen Eminanim'schen Essens in sich reinstopft.

So wie jetzt! Er kann kaum noch atmen, geschweige denn reden.

»Hat Kommissar Lück angerufen?«, kriegt er doch noch heraus.

»Ja, hat er«, lüge ich wie aus der Pistole geschossen. Meinen eigenen Kindern habe ich seit Jahren eingebläut, dass sie nicht lügen dürfen und ehrliche Menschen sein sollen. Das werde ich ab jetzt sein lassen. Dieses Talent kann denen später vielleicht auch den Job retten. »Kommissar Lück sagte, die weiteren Ermittlungen hätten ergeben, dass Klaus das gemeinsame Kind doch nicht in die Türkei entführt hat.«

»Nicht in die Türkei entführt? Wohin dann?«

»Nirgendwohin!«

»Wo ist das Kind jetzt?«

»Das ist es ja. Inge und Klaus haben kein gemeinsames Kind! Klaus hat sich nämlich vor zwanzig Jahren erfolgreich sterilisieren lassen. Was ich vielleicht auch hätte tun müssen!«

»Dieser ganze Entführungsquatsch war also umsonst, oder wie?«

»Kommissar Lück ist halt sehr gründlich, er ermittelt in alle Richtungen. Es geht ja immerhin um einen brutalen Frauenmord, da darf man nicht zimperlich sein! Stellen Sie sich vor, am Sonntag wurden wir mit der gesamten Familie mitten auf der Straße von der Polizei gestoppt.«

Nur noch drei Tage!

Ich bin bereits auf der Zielgeraden. In drei Tagen ist dieser Horrormonat endlich zu Ende. So macht Erzählen natürlich Spaß!

»Lieber Herr Viehtreiber, Sie kennen ja Ihre Pappenheimer, bei uns Türken wird unaufhörlich gefeiert, weil ständig geheiratet wird.

Letztens hatten wir in einer einzigen Woche zweiunddreißig Einladungen bekommen. Dreizehn Einladungen zu Beschneidungsfesten und neunzehn Einladungen zu Hochzeiten. Ist ja auch normal: Beschnitten wird der Mann nur einmal im Leben, aber heiraten kann er, so oft wie er will, wenn er es sich leisten kann!

Weil ich ja überall gezwungen werde, was zu trinken, nehme ich deshalb als Fahrer auch immer meinen Sohn Mehmet mit.

Letzten Samstag hatten wir wieder ein richtig volles Programm: eine Beschneidung, zwei Hochzeiten und ein Scheidungsfall. Kein Witz, die Leute feiern mittlerweile auch feuchtfröhlich ihre Scheidungen, um allen Menschen zu zeigen, dass sie im Guten auseinandergehen.

Ich muss zugeben, das Scheidungsfest war richtig gut. Im Gegensatz zu den anderen Partys war es völlig unverkrampft und von ganzem Herzen. Und teure Geschenke brauchten wir denen auch nicht zu bringen, die waren auch so schon häppy genug, dass sie endlich wieder frei sind.

Die waren häppy, und ich war sturzbesoffen!

›Eminanim, wann feiern wir denn endlich unsere Scheidung?‹, fragte ich scherzhaft.

Meister, wenn ich richtig getankt habe, kann ich mir solche Albernheiten schon mal erlauben.

›Osman, wie es aussieht, werde ich das wohl alleine feiern, weil du vorher an einer Alkoholvergiftung krepieren wirst‹, schimpfte sie, zerrte mich auf den Rücksitz unseres Ford-Transits und nahm neben mir Platz.

›Mehmet, fahr vorsichtig, mein Sohn, damit dein besoffener Vater nicht den ganzen Wagen vollkotzt!‹, ermahnte sie auch noch unseren Sohn.

Nach nur fünf Minuten landeten wir prompt in einer Polizeikontrolle. Die hatten die ganze Straße abgesperrt. Dadurch war eine elend lange Autoschlange entstanden.

In dem Moment sah ich völlig überrascht, wie Mehmet einfach ausstieg und sich seelenruhig zu uns nach hinten setzte.

›Halloooo, was soll das denn werden, wenn's fertig ist?‹, lallte ich böse.

›Vater, ich hab doch mindestens genauso viel getrunken wie du. Denkst du, ich lass mir meinen Lappen wegnehmen?‹, sagte Mehmet unglaublich frech.

›Ich fass es nicht! Bist du heute den ganzen Abend besoffen Auto gefahren, oder was?‹, brüllte ich fassungslos.

›Du hast doch gesehen, Mutter hat mich gezwungen zu fahren. Da bleibt mir ja wohl nichts anderes übrig.‹

›Bei Allah, als Fahrzeughalter werde ich jetzt bestimmt verknackt‹, rief ich total aufgeregt.

›Ach, mach dir keine Sorgen, es passiert schon nichts. Lass mich nur machen‹, sagte der Kommunist locker.

›Osman, ich sag dir immer, dass du bei diesen Hochzeiten nicht so viel trinken sollst. Dann könntest du nämlich selber fahren‹, schimpfte auch noch Eminanim mit mir.

›Wieso hast du das nicht deinem Sohn erzählt, er ist doch immer unser Fahrer!‹

›Mein Junge hat das Recht, sich mit seinen Kumpels richtig zu amüsieren, er ist noch jung.‹

›Eminanim, die Polizisten sind gleich da, wir müssen uns was einfallen lassen! Komm, setz du dich ans Steuer. Ich bin mir sicher, Fahren ohne Führerschein ist nicht so schlimm wie sturzbesoffen am Steuer erwischt zu werden.‹

In dem Moment stand auch schon der Kommissar am Fenster:

›Guten Abend, Führerschein und Fahrzeugpapiere bitte!‹

Wir blieben mucksmäuschenstill.

›Führerschein und Fahrzeugpapiere bitte, aber schnell!‹

Wir stellten auch das Atmen ein.

Dann erst merkte der Kommissar verblüfft, dass kein Mensch am Steuer sitzt.

›Mensch, wo ist denn der Fahrer?‹, brüllte er verärgert.

›Herr Kommissar, als der Kerl gesehen hat, dass es eine Verkehrskontrolle gibt, ist er ausgestiegen und einfach abgehauen‹, log Mehmet wie gedruckt.

›Wieso das denn?‹

›Keine Ahnung, vielleicht war er ja betrunken, ich weiß es nicht!‹

›Der Wagen muss aber weg, Sie blockieren hier die ganze Straße‹, schimpfte der Polizist.

›Meine Mutter und ich haben keinen Führerschein, wir können nicht fahren‹, sagte Mehmet.

›Und was ist mit dem da?‹, brüllte der Polizist und zeigte auf mich.

›Mein Vater ist sturzbesoffen, mit dem können Sie nicht rechnen. Hier haben Sie erst mal die Fahrzeugpapiere.‹

›Aber Sie können doch hier nicht den ganzen Verkehr blockieren! Jetzt fahren Sie doch den Wagen endlich weg‹, sagte der Polizist diesmal zu mir.

›Aber ich bin doch leicht beschwipst, wie Sie eben gehört haben. Meine Frau würde mich doch killen, wenn ich es wagen würde, in diesem Zustand Auto zu fahren‹, gab ich schüchtern zu bedenken.

Bei Allah, Herr Viehtreiber, meine Frau würde mich auch killen, wenn ich nicht rechtzeitig zu Hause bin! Sie hat gesagt, dass ich einkaufen muss!«, rufe ich mit einem gestressten Blick auf die Uhr und renne überstürzt raus.

Das ist gar nicht mal gelogen. Ich muss doch jeden Tag einkaufen, um ihn zu ernähren. Aber erst mal fahre ich nach Hause.

»Ossi, heute musst du nur drei Kilo Rinderhack kaufen, sonst habe ich alles«, ruft meine Frau aus der Küche.

»Das ist ja schön, das kann auch Hatice holen«, freue ich mich.

»Papa, Papa, Papa«, kommt meine kleine Tochter Hatice in dem Moment panisch reingerannt und klammert sich am Wohnzimmertisch fest. »Papa, Papa, Mehmet hat gesagt, unsere Erde ist rund wie ein Ball und dreht sich andauernd wie ein Brummkreisel, stimmt denn das?«

»Das stimmt, Hatice, aber für Mehmet dreht sich die Erde mit Sicherheit wesentlich schneller, weil er ständig besoffen ist!«

»Wann geht's denn los, Papa?«, ruft Hatice und klammert sich immer noch am Tisch fest.

»Womit denn, Hatice?«

»Wann dreht sich die Erde? Halt mich doch fest, Papa!«, kreischt Hatice richtig ängstlich mit riesengroßen Augen.

»Aber Hatice, die Erde dreht sich doch schon.«

»Wann?«

»Jetzt!«

»Jetzt?«

»Ja! Aber du kannst den Tisch ruhig loslassen.«

»Hilfeee, Papa! Im Karussell muss ich mich auch ganz doll festhalten! Sonst falle ich von der Erde runter!«

»Keine Angst, Hatice, du fällst nicht runter. Die Erde zieht dich doch an.«

»Waaas? Wie bei den Hobbits? Mamaaa!«

»Hatice, hör doch auf! Gleich schimpft deine Mutter wieder mit mir, ich würde dir Angst machen.«

»Mamaaa, die Erde dreht sich fürchterlich – ich will aussteigeeen!!«

»Hatice, sei endlich leise, die Erde dreht sich doch schon seit deiner Geburt!«

»Seit meiner Geburt? Du meinst, ich bin daran schuld, Papa?«

»Nein, nein, es ist ganz bestimmt nicht deine Schuld, dass die Erde sich dreht! Es liegt an der Sonne. Eigentlich dreht sich die Erde auch schon ein bisschen länger! Aber dass die Erde sich dreht, das merken wir gar nicht. Also entspann dich ...«

»Gut, wenn das so ist, dann lege ich mich ein bisschen hin, Papa!«

»Nix da, Hatice, du musst jetzt einkaufen gehen. Ich wusste, dass das alles ein Trick von dir ist, um nicht einzukaufen.«

»Wieso Trick von mir, Papa? Du hast doch gesagt, die Sonne ist daran schuld!«

»Hatice, deine Lehrerin kann dir das alles morgen noch mal in Ruhe erklären.«

»Meinst du, sie weiß das, Papa?«

»Klar, wenn sogar Mehmet das weiß.«

»Ich bin aber froh, dass das alles nicht wegen mir ist, Papa«, atmet Hatice erleichtert auf und setzt sich ans Fenster.

»Mein Kind, bitte, du musst nur drei Kilo Rinderhack bei Onkel Ali kaufen. Oder wartest du am Fenster auf deine Freundin Selma?«

»Nein, Papa, ich warte auf den Laden von Onkel Ali! Wenn die Erde rund ist und sich wirklich dreht, wie du sagst, dann muss doch dieser Laden gleich hier vorbeikommen! Dann brauche ich diese drei Kilo Fleisch nicht mit mir rumzuschleppen.«

In dem Moment kommt Mehmet mit einem sehr betrübten Gesichtsausdruck nach Hause und verkündet ziemlich böse:

»Herzlichen Glückwunsch, liebe Eltern, ihr habt es wieder geschafft – Ingrid hat mich auch verlassen! Und Durchfall habe ich auch!«

»Was ist denn schon wieder passiert, Mehmet? Was hast du diesem armen Mädchen denn angetan? Sie hatte sich doch so schnell bei uns integriert – wenigstens, was das Essen anging?«, fragte ich neugierig.

»Ich habe ihr überhaupt nichts getan. Ich habe nur den Notarztwagen gerufen und die ganze Nacht neben ihrem Bett im Krankenhaus gesessen. Sie sagte zum Abschied genau das Gleiche wie alle meine Ex-Freundinnen vor ihr: ›Mehmet, was hat eigentlich deine Mutter gegen mich? Sie hat mich wie eine polnische Weihnachtsgans gemästet und dafür gesorgt, dass ich an einem einzigen Abend mehr als zehn Kilo zugenommen habe. Dabei weiß sie doch mit Sicherheit, dass du nur auf schlanke Frauen abfährst! Das hat keinen Sinn mit uns! Es ist doch ganz offensichtlich – deine Mutter mag mich nicht! Adiöö!‹«

»Mehmet, spinn doch nicht rum! Mein Essen hat bisher jedem Gast geschmeckt! Wer weiß, was du diesem armen Mädchen wieder angetan hast!«, lässt Eminanim so eine unverschämte Verleumdung natürlich nicht auf sich sitzen.

»Deine Mutter hat völlig recht, unser Essen hat noch nie jemandem geschadet«, stehe ich meiner Frau sofort bei und füge hinzu, »wer weiß, wie oft du sie betrogen hast, du Macho!«

Dienstag, 29. Juni

Das beste Beispiel dafür, dass unser Essen noch niemandem geschadet hat, ist doch mein Chef! Der Mann stopft Eminanims Essen vor meinen Augen seit Wochen dermaßen in sich rein, dass ich schon immer überglücklich bin, wenn ich zumindest das Geschirr retten kann! Und diese ganze Fresserei zeigte bisher keine einzige Nebenwirkung! Wenn man natürlich von seinem Bauch absieht, der jeden Tag dicker und dicker wird.

»Und?«, sagt er.

»Sie können ruhig schon essen, ich erzähle sofort weiter«, beruhige ich ihn.

»Ich wollte nur wissen, was es heute zum Nachtisch gibt.«

Ist doch klar, dass ihn das Essen mehr interessiert als meine Geschichten – aber nur noch zwei Tage!!

»Aber du kannst, während ich esse, ruhig weitererzählen«, schmatzt er gönnerhaft.

»Herr Viehtreiber, gestern sagte ich ja, dass der Polizist ziemlich böse gebrüllt hat:

›Sie können doch hier nicht den ganzen Verkehr blockieren! Jetzt fahren Sie den Wagen endlich weg!‹, und ich ihm ganz kuul antwortete:

›Aber ich bin doch leicht betrunken, wie Sie eben von

meinem Sohn gehört haben. Meine Frau würde mich killen, wenn ich in diesem Zustand Auto fahren würde.‹

›Nun fahren Sie schon endlich, ich werde ausnahmsweise beide Augen zudrücken‹, meinte der Polizist.

Daraufhin stieg ich aus, setzte mich torkelnd auf den Fahrersitz und gab Gas.

›Mehmet, du kaltblütiger Gauner, so was Gerissenes hab ich ja lange nicht gesehen‹, rief ich nach hinten, und mir fielen regelrecht riesige Pyramiden vom Herzen.

›Vater, das ist doch nichts Neues. Wenn man angehalten wird, braucht man sich nur blitzschnell nach hinten zu setzen. So machen das doch alle‹, lachte Mehmet vergnügt.

›Und die armen Verkehrspolizisten kennen diesen Betrug immer noch nicht?‹, fragte ich überrascht.

›Schon, aber wenn man in die Fahrzeugpapiere auch noch einen 50-Euro-Schein reinlegt, dann funktioniert dieser Trick immer wieder perfekt!‹, meinte der Schlaumeier.«

»So korrupt ist Deutschland schon? Das ist doch scheiße«, schimpft Viehtreiber.

»Man kann es auch positiv sehen. Zum Beispiel als Beweis gelungener gegenseitiger Integration«, rufe ich, verschweige aber, dass mir diese Geschichte vor zwei Jahren in der Türkei passiert ist und nicht in Bremen.

»Aber was hat das alles mit dem Mord zu tun?«, fällt ihm plötzlich ein.

»Die Polizei suchte an dem Abend nach einem Mörder«, kontere ich sofort.

»Ich meine doch mit der Mordstory, wo du auch verdächtigt wirst!«

»Ach so, diese Story, wo ich auch verdächtigt werde, meinen Sie«, tue ich wieder völlig ahnungslos. »Herr Viehtreiber, Sie brauchen es ja nur zu sagen, und ich erzähle sofort. Hier, nehmen Sie, da ist eine saubere Serviette.

Also dieses Jahr musste ich im Januar ganz alleine in die Türkei fliegen, um einen ehemaligen Kollegen zu besuchen. Unseren alten Kumpel Galatasaray-Tuncay müssten Sie doch auch noch kennen? Der hat bis vor drei Jahren drüben in Halle 2 in der Montagestraße D gearbeitet, dann hat er dieses fürchterliche Rheuma und was mit der Lunge bekommen und ist zurück in sein Dorf. Wissen Sie noch, jemand hatte vor sieben Jahren in einer Nacht-und-Nebel-Aktion heimlich die ganze Halle 2 gelb-rot lackiert. Sie sind damals vor lauter Wut im Dreieck gesprungen. Jetzt kann ich es Ihnen ja verraten, das war mein Freund Tuncay. Dem geht's leider nicht gut. Ich wollte ihn unbedingt noch einmal sehen, bevor er abkratzt. Wenn die Kumpels mit Berufskrankheiten in die Heimat zurückgehen, machen sie es nicht mehr lange. Deshalb habe ich ja im Januar Urlaub genommen und bin nach Kayseri geflogen. Hier, nehmen Sie noch etwas von den Auberginen …« Ich kann ihm doch unmöglich sagen, dass ich mitten im tiefsten Winter wegen eines total verrückten alten Kumpels in die Türkei geflogen bin, der nach einem gescheiterten Selbstmordversuch im Krankenhaus liegt, nur weil seine Fußballmannschaft ein albernes Pokalspiel verloren hat! Das würde kein gutes Licht auf mich werfen. Das mit der gelb-rot lackierten Halle hätte ich vielleicht auch nicht verraten sollen. Wer weiß, ob er es nicht noch gegen mich verwendet und die Unkosten erstattet haben will. »Wieder einmal war meine Frau Eminanim schlauer als ich und war mit den Kindern in Bremen geblieben. Sie hatte völlig recht, wer zu dieser grauenhaften Jahreszeit mitten im Winter freiwillig nach Anatolien fährt, darf hinterher auch nicht meckern. Nur so viel: Ich musste jeden Tag mehrere Male meine Schuhe putzen und meine Hosen waschen. Die Schlammspritzer bedeckten meinen Körper bis zum Hals. Selbst die vielen Schuhputzer, die im Sommer den armen Passanten die sauberen Plastiksandalen von den Füßen reißen, um sie noch sauberer zu machen, ließen sich nicht blicken. Auf richtig dreckige Schuhe hatten die auch keine Lust.

Deshalb war ich heilfroh, dass ich zwei Wochen später, um 6:15 Uhr morgens, am Flughafen von Kayseri wieder in meinem Flieger nach Bremen saß.

Herr Viehtreiber, ich für meinen Teil hatte alles dafür getan, damit es ein perfekter Flug wird – aber nicht dieses Flugzeug! Ich hatte sogar vor der Reise erfolgreich ein Seminar gegen Flugangst absolviert, das erheblich teurer war als die Reise samt Hotel. Und zusätzlich hatte ich zum achten Mal beim Erste-Hilfe-Kurs bei uns in Halle 4 mitgemacht. Dazu hatte ich mir eine dreimonatige Karate-Ausbildung gegönnt wegen dieser ständigen Flugzeugentführungen. Wie sagt man so schön: Binde deinen Esel fest an, und vertraue erst dann Allah!

Im Gegensatz zu mir hatte sich das Flugzeug aber überhaupt keine Mühe gegeben, dass es ein perfekter Flug wird. Erst hieß es, die Maschine aus Deutschland hätte sich verspätet, dann hieß es, mehrere Passagiere hätten sich verspätet, und zu guter Letzt hätte sich auch noch der

Pilot verspätet. Und danach fing auch noch Frau Holle an, ihr Bettzeug auszuschütten!«

»Was für'n Ding?«

»Danach hat es angefangen, fürchterlich zu schneien. Eigentlich hätte ich um 9:45 Uhr schon in Bremen gelandet sein müssen, aber um 10:45 Uhr machte das Flugzeug immer noch keine Anstalten zu starten. Wie ja allgemein bekannt ist, nehmen es die Türken mit der Pünktlichkeit nicht ganz so genau.

›Die Startbahn muss erst enteist werden‹, informierte uns der Pilot über die Lautsprecher.

Das Gleiche wurde auch die ganze Zeit mit unserem Flugzeug versucht. Aus mehreren Wassertanks spritzten vier Männer heißes Wasser über uns, um die Flügel freizubekommen, was aber wenig half. Es schneite nämlich seit Stunden ziemlich kräftig bei minus 21 Grad.

Stunden später meldete sich der Pilot wieder und sagte, dass wir startklar wären.

Als ich gerade am Einschlafen war, wurde ich durch lautes Getrampel und hektisches Gebrüll geweckt.

›Was ist denn los? Werden wir entführt oder stürzen wir ab?‹, fragte ich völlig durcheinander.

›Dahinten braucht jemand dringend Erste Hilfe!‹, rief die Stuardess im Vorbeilaufen.

›Erste Hilfe? Wo? Der hat ja verdammtes Glück, dass er mit mir zusammen im selben Flugzeug gelandet ist! Ich habe nämlich erst vor einem Monat meinen achten Erste-Hilfe-Kursus in Halle 4 absolviert. Ich helfe sofort‹, brüllte ich und sprang sofort auf.

Die ganzen Gaffer, die mir in dem engen Durchgang

den Weg versperrten, schubste ich einen nach dem anderen einfach weg, es ging doch um Leben und Tod.

Schließlich konnte ich auch den letzten Gaffer vom Patienten wegzerren und gegen die Toilettentür klatschen. Danach konnte ich mich endlich um das arme verletzte Opfer kümmern.

›Mann, was fällt Ihnen denn ein? Sind Sie wahnsinnig geworden?‹, brüllte mich die Stuardess frontal von der Seite an.

›Ich bin Ersthelfer! Ich will den armen Mann retten! Los, geben Sie mir sofort den Erste-Hilfe-Kasten rüber. Hat er sich den Fuß verstaucht, in den Finger geschnitten, oder ist er in den Hochofen gefallen?‹

›Nichts davon! Der Opa hat einen Herzinfarkt! Das sieht man doch!‹, schrie sie verzweifelt.

›Herzinfarkt?‹, stotterte ich geschockt. ›Das haben die uns aber nicht beigebracht. Ich kenne mich nur mit Verstauchungen und kleinen Schnittwunden aus.‹

›Sie Blödian! Der Mann, den Sie soeben k. o. geschlagen und so brutal gegen die Toilettentür geschleudert haben, war der einzige Arzt an Bord und hätte den Herrn vielleicht retten können! Aber jetzt liegt er selbst ohnmächtig vor dem Klo‹, schimpfte die Stuardess mit mir.

Es war so was von eindeutig, dass die blöde Ziege krampfhaft versuchte, mir Opas Tod anzuhängen!

Oh, Herr Viehtreiber, es ist schon wieder so was von spät! Wenn ich jetzt nicht sofort nach Hause düse, werde ich auch gegen die Toilettentür geklatscht. Meine Frau Eminanim kennt da kein Erbarmen. Also denn, bis morgeeeeennnn …«

Mit total mieser Laune springe ich in meinen Ford-Transit und werde dabei völlig unvorbereitet kalt erwischt. Nein, nein, nicht von einer hinterhältigen Radarfalle, sondern von dieser schrecklichen Mitleif-Kreisis!

Bis vor ein paar Tagen wusste ich noch nicht mal, dass so was überhaupt existiert, jetzt muss ich es am eigenen Leib erleben. Ich habe keinen Schimmer, wo ich es mir eingefangen habe oder wer mich damit angesteckt hat; aber mich hat's voll erwischt!

»Ach, Mitleif-Kreisis, wie banal! Das hat doch heutzutage jeder Hans und Franz. Selbst unsere achtjährige Hatice zeigt bereits deutliche Symptome«, versuchte Eminanim mich letztens zu trösten. Sie meinte, die Gründe hierfür seien höchstwahrscheinlich die steigende Kündigungsgefahr und der fallende Hormonspiegel.

So ist sie, die Zweitgrößte Nervensäge des Mittleren Orients. Alles, was ich habe, wird kleingemacht, für dämlich und banal erklärt. Nicht mal eine echte, wohlverdiente Mitleif-Kreisis gönnt sie mir.

Auf jeden Fall fühle ich mich total mies, und alles tut mir weh. Und alles macht mich zurzeit fertig, selbst Dinge, über die ich früher milde gelächelt habe.

Zum Beispiel sehe ich gestern Abend im Fernsehen, dass ein siebzehnjähriger türkischer Junge ein großer Fußballspieler geworden ist und dass sein Vater dadurch Millionen bekommt. Was macht dagegen mein Sohn Mehmet? Mit hundert Jahren studiert er immer noch irgendwas, von dem ich immer noch nicht weiß, was es ist, und pumpt mich ständig um Geld an!

Und wie gesagt, immer wenn ich in meinem Ford-Transit sitze und durch die Straßen fahre, dann erwischt es mich am allerschlimmsten. Alle zwei Meter muss ich mir gut gebaute, tadellose, prächtig geformte nackte Männerkörper mit Waschbrettbauch anschauen, die mir von den riesigen Plakatwänden gut gelaunt, selbstbewusst und angeblich freundlich entgegenlächeln. Aber ich kann an ihrem fiesen Grinsen und ihren hinterhältigen Blicken ihre wahre Meinung sofort herauslesen:

»Du nicht, Osman! Du kannst machen, was du willst, du wirst nie so toll aussehen wie wir! Aus dir wird nichts mehr, mein Junge!«

Einige von denen sitzen sogar auf der Motorhaube eines teuren, funkelnagelneuen roten italienischen Sportautos, während sie spöttisch auf mich herabblicken. Und ich schaue aus meinem alten, klapprigen, grasgrünen 68er Ford-Transit verschämt und erniedrigt zurück. Zu allem Überfluss haben diese tollen Muskelmänner auch eine wahnsinnig hübsche Frau mit schicken und teuren Klamotten neben sich sitzen. Und was habe ich neben mir sitzen? Eine alte, verbeulte Thermoskanne mit lauwarmem Hagebuttentee!

»Ossi, geh doch schoppen«, sagt meine Frau. »Kauf dir bunte, schrille Kleider, lass dir einen richtig feschen Haarschnitt und eine völlig abgedrehte Haarfarbe verpassen. Danach geht's jedem besser!«

»Eminanim, um wie diese Angeber auf den Plakaten auszusehen, brauche ich gravierende Einschnitte in meinem Leben und vor allen Dingen an meinem Körper. Ich muss zentnerweise Fett absaugen lassen und dafür sofort massenweise Muskeln bekommen. Ich muss Hunderte von Falten im Gesicht wegbügeln und dafür Tausende von Haaren auf dem Kopf kriegen. Ich muss ein tolles weißes Gebiss bekommen und das dämliche Hörgerät loswerden. Ich muss ...«

»Ossi, gibt's auf! An dir würden sich die hundert besten Schönheitschirurgen die Zähne ausbeißen und heulend den Beruf aufgeben. Dich kann eigentlich nur eine Wiedergeburt retten; zum Beispiel als niedliches Gorilla-Bäby«, lacht sie vergnügt.

Wie immer, wenn mich die Welt nicht lieb hat, haue ich mich auf meinem Lieblingssofa aufs Ohr und verschließe fest die Augen, damit ich das Elend nicht sehen muss!

Mittwoch, 30. Juni

Endlich ist es so weit! »Heute wird dem Kalb der Schwanz abgerissen!«

Ich weiß nicht, warum mein Onkel Ömer immer diesen grässlichen Spruch ablässt, wenn an einem Tag eine ganz wichtige Entscheidung ansteht. Ich habe auch keine Ahnung, ob in Wahrheit ich mit diesem Kalb gemeint bin, das sich gleich von seinem geliebten Schwanz für immer verabschieden muss!

Auf jeden Fall werden heute die 1001 Nachtschichten ein endgültiges Ende finden – so oder so!

1002 wird es nicht geben, nicht mal 1001,5.

Ich bin so was von aufgeregt!

Jetzt kann ich die nervliche Belastung von Fußballern, die gleich ins Stadion müssen, um ein WM-Endspiel zu bestreiten, sehr gut am eigenen Leib nachvollziehen.

Wie alle Vergleiche hinkt dieser natürlich auch ein wenig. Bei einer Niederlage werden die Fußballer immerhin Vizemeister. Aber ich werde zum Meister aller Versager erklärt!

»Sein oder Arbeitslossein, das ist hier die Frage, wie unser guter, alter Willjäm immer zu sagen pflegte. Viel Glück, Vater«, ruft mir mein Sohn Mehmet hinterher, der gerade völlig übermüdet von seinen nächtlichen Abenteuern nach Hause kommt. Das Weichei! Was immer er auch heute Nacht getrieben hat, es war mit Sicherheit nicht so anstrengend wie eine einzige Schicht in Halle 4.

Ein anderes Sprichwort, das Onkel Ömer gerne gebraucht, lautet: »Ein toter Esel braucht keine Angst mehr vor den Wölfen zu haben«. Deshalb gehe ich heute erst mal in aller Ruhe zum Arbeitsamt und erst später in Halle 4.

Ob ich jetzt ein oder zwei Stunden zu spät zur Schicht komme, macht den Braten auch nicht mehr fett. Die Hauptsache ist doch, dass der Braten für meinen verfressenen Meister fett genug ist.

Wer weiß, vielleicht habe ich ja morgens mehr Glück mit einem Job. Ist eigentlich logisch, dass bis spätnachmittags die wenigen Arbeitsstellen, die es noch gibt, alle schon vergeben wurden.

Morgenstund hat Job im Mund!

Jobs sind doch heutzutage Gold wert.

Am frühen Morgen sieht die Welt viel fröhlicher und optimistischer aus.

Bei Allah, sogar der Pförtner grüßt mich heute ausgesprochen freundlich.

Ich grüße zurück, ohne ihn anzublicken:

»Guten Morgen.«

Schließlich kann ich mich nicht mit dem Personal auf eine Stufe stellen.

Bereits im Erdgeschoss kommt mir im linken Seitenflügel der Bürobote Schröder mit einigen Akten unter dem Arm entgegen.

»Guten Morgen«, ruft auch er.

Mit einem Lächeln antworte ich etwas freundlicher:

»Guten Morgen, Herr Schröder.«

Auf dem Weg zu meinem Stammplatz muss ich viele Treppen steigen, fast so viele wie der Muezzin im Minarett. Auf halbem Wege kommt mir Sachbearbeiter Hubert Meyer entgegen. Titel und Namen der Angestellten weiß ich, weil ich alle Namensschilder an den Türen im Arbeitsamt in den letzten Wochen auswendig gelernt habe. Wie immer ist der Meyer mit Akten bis zur Nasenspitze voll bepackt. Um die Treppenstufen vor sich zu erkennen, muss er den Hals fürchterlich strecken. Wenn er so weitermacht, sieht er bestimmt bald wie eine Giraffe aus.

»Guten Morgen.«

Welch Wunder, er hat mich sogar gesehen!

»Guten Morgen«, murmle ich aus den Mundwinkeln heraus. Dass er keinerlei höhere Stellung innehat, kann man daran ablesen, dass er ständig arbeitet.

Weil ich jeden Tag hier auftauche und türkischen Arbeitssuchenden zwangsläufig mit den Formularen helfe, denken einige Beamte bereits, ich sei hier angestellt. Sollen sie ruhig, ich habe nichts dagegen.

Im Vorbeigehen ruft mir Hubert Meyer zu:

»Der Hauptabteilungsleiter möchte Sie in seinem Büro im zweiten Stock sprechen.«

»Mich?«

Ich bin verwirrt. Was könnte der Hauptabteilungsleiter denn von mir wollen?

Wahrscheinlich ärgern sich die Beamten, dass ich jeden Tag hierherkomme. Die haben aber auch durchaus Grund dazu. Wenn alle Arbeitslosen der Stadt jeden Tag das Arbeitsamt betreten würden, gäbe es eine mittlere Katastrophe. Kein Gebäude der Stadt wäre diesem Ansturm gewachsen, außer vielleicht das Fußballstadion. Für die Bewältigung dieser Massen würde man jede Menge Beamte benötigen. Die wenigsten Beamten wären bereit, ihren Schreibtisch unter freiem Himmel, auf grünem Rasen, aufzubauen. Besonders wenn es regnet.

Man kann es sehen, wie man will, die Leute vom Arbeitsamt haben ihre berechtigten Gründe, mich rauszuschmeißen.

Schade, auch meine tolle rosa Blazerjacke mit den zwei Silberknöpfen, die grüne Bundfaltenhose mit Nadelstreifen und die herrliche blaue Krawatte mit den gelben Blümchen haben scheinbar nichts genützt.

Ich klopfe an die Tür des Hauptabteilungsleiters und gehe hinein.

»Ah, da sind Sie ja endlich«, ruft er und drückt mir einen Zettel in die Hand. »In spätestens zwei Stunden benötige ich eine Übersetzung dieses Schreibens.«

Bei Allah, für wen hält der Mann mich? Ich bin doch kein Angestellter des Arbeitsamtes, ich sehe nur so aus!

»Sie brauchen auch nicht bis in den Aufenthaltsraum im dritten Stock zu laufen, der Kollege Hoffmann ist heute krank, deshalb können Sie sein Büro drüben benutzen«, ruft er weiter.

Mit der Akte in der Hand gehe ich verdattert ins Nebenzimmer.

Um nicht noch mehr Zeit zu verlieren, mache ich gleich die Übersetzungen und liefere sie ab. Aber sofort reicht er mir ein neues Papier herüber:

»Das bitte auch sofort übersetzen, Herr, öh ... eh ..., wie war doch noch gleich Ihr Name?«

»Engin, Osman Engin. Aber ich habe keine Zeit, ich muss nach oben. Außerdem bin ich kein vereidigter Dolmetscher.«

»Ach, Herr Engin, den Eid abzulegen ist doch reine Formsache, oder glauben Sie etwa, dass sich die Bundeskanzlerin noch an ihren Eid erinnert?«

»Recht haben Sie, Herr Hauptabteilungsleiter.«

»Herr Engin, der Kollege Hoffmann fällt vermutlich für längere Zeit aus. Ich schlage Ihnen vor, sich derweil dort einzuquartieren. Ich finde Ihren Arbeitsplatz im dritten Stock ohnehin etwas zu zugig. Und jetzt ein bisschen Beeilung, bitte. Ich brauche die Papiere für die Abteilungsleiter-Konferenz um 10:30 Uhr!«

Mit dem Papier in der Hand gehe ich raus. Ist das ein neuer Trick der Behörden, um sich die ausländischen Arbeitslosen vom Hals zu schaffen? Möglich ist alles. Schließlich bin ich kein vereidigter Dolmetscher und soll hier übersetzen. Sicher kommen sie gleich, um mich zu verhaften. Bei Ausländern wird doch jeder Ausweisungsgrund wahrgenommen.

Mit viel Mühe schiebe ich den Schreibtisch vor die Tür. Und alles, was ich finden kann, stelle ich auf den Tisch. Auf diesen Berg setze ich mich obendrauf und fange an zu übersetzen. So kann mich wenigstens keiner auf frischer Tat ertappen.

Ich bin ganz versunken in meine Übersetzungen, als plötzlich irgendjemand versucht, die Tür aufzudrücken.

Bei Allah, ich bin erwischt worden! Verzweifelt rufe ich:

»Was ist denn los?«

»Wieso lässt sich die Tür nicht öffnen?«, höre ich den Hauptabteilungsleiter rufen.

»Ich habe es noch nicht fertig übersetzt.«

»Hier ist noch etwas, könnten Sie das bitte auch gleich mit bearbeiten?«

»Schieben Sie es doch unter der Tür durch!«

Zwei Stunden später bin ich so weit und rücke den Schreibtisch wieder von der Tür weg. Der Hauptabteilungsleiter nimmt die Akten an sich und sagt zu mir:

»Lassen Sie uns in die Kantine gehen.«

»Meine Kinder warten auf mich, ich kann nicht mitkommen«, lüge ich.

»Seit wann haben Sie denn Kinder? Soviel ich weiß, sind Sie Steuerklasse I.«

»Bei dem Gehalt, das ich bekomme, ist es völlig egal, in welcher Steuerklasse ich bin.«

»Machen Sie sich keine Sorgen, Herr Engin. Ich werde das mit dem Gehalt schon irgendwie regeln. Es ist heutzutage fast unmöglich, auf Dauer gute Fachkräfte beim Arbeitsamt zu beschäftigen. Wenn ich so einen Mann wie Sie heute brauche, hätte ich die Planstelle dafür schon vor sechs Jahren beantragen müssen. Aber zum Glück sind Sie ja bei uns im Hause im dritten Stock bereits längere Zeit tätig, und somit benötige ich lediglich einen hausinternen Versetzungsantrag. Herr Engin, würden Sie bitte diese Briefe schon mal mitnehmen zum Übersetzen?«

Angstschlotternd renne ich mit den siebzehn Briefen unter dem Arm raus. Was mache ich jetzt mit diesen Akten?! Spätestens in einer Stunde weiß der Hauptabteilungsleiter, dass ich überhaupt nicht im Arbeitsamt beschäftigt bin, und ruft die Polizei.

Bei Allah, an allem sind nur diese verdammte rosa Blazerjacke mit den zwei Silberknöpfen, die grüne Bundfaltenhose mit Nadelstreifen und die blaue Krawatte mit den gelben Blümchen schuld. In meiner Alltagskleidung hätte mich niemand für einen Beamten gehalten.

Ich reiße mir diese Unglücksklamotten vom Leib und übergebe das Bündel zusammen mit den siebzehn Briefen dem Pförtner.

»Hier, ich bringen Dolmetscher und ich bringen Brief! Ich Ausländer, ich nix verstehen!«

Und renne erleichtert, unter den verblüfften Blicken des Pförtners, in Unterhosen hinaus auf die Straße.

Als ich fünfundzwanzig Minuten später, nachdem ich meinen Blaumann angezogen habe, den Pausenraum von Halle 4 betrete, erfreue ich mich erneut an diesem sensationellen, ja phänomenalen technischen Fortschritt, der seit einigen Tagen endlich auch bei uns Einzug gehalten hat.

Und besonders stolz macht mich dabei die Tatsache, dass mein bester Kumpel Hans der geniale Initiator dieser Veränderung ist. Mein lieber Arbeitskollege Hans, der beste Staplerfahrer, den die Halle 4 je gesehen hat, hat sich einen neuen, supertollen Läptop gekauft und vollführt mit diesem Teufelsding in den Mittagspausen vor den Augen der gesamten Belegschaft wahre Wunderdinge!

Früher wurden bei uns in den Pausen unter Kollegen immer Fotos rumgereicht, um anzugeben, was für einen tollen und teuren Urlaub man doch gemacht hat.

Und was hat der schlaue Hans, der schnellste Staplerfahrer der Welt, daraus gemacht?

Er zaubert die ganzen Fotos von den jeweiligen Händys der Kollegen direkt in seinen Läptop und startet damit eine geniale, megakuule Diaschow! Er schmeißt die Bilder der Kollegen mit einem kleinen Biimer an die Wand des Aufenthaltsraumes. Wie im Kino!

Nach drei Tagen sind leider alle Kumpels damit schon durch, aber Hans möchte mit seiner tollen Entdeckung immer noch weiter angeben. Ich weiß nicht, ob diese technische Errungenschaft wirklich so neu ist und ob Hans tatsächlich der Erfinder ist, wie er ständig behauptet, auf jeden Fall nervt er inzwischen sogar die Kollegen von Halle 1, 2 und 3, ob sie denn keine Urlaubsfotos auf ihrem Händy hätten.

»Komm, Helmut, jetzt zeig uns schon deine tollen Bilder«, drängt er den armen Mann, der in der Pause immer ganz alleine in der Ecke unter der eingestaubten Plastikpalme sitzt.

»Ja gut, hier, ein, zwei Fotos habe ich noch, aber dann lässt du mich in Ruhe«, murmelt der Bedrängte und schiebt Hans sein Händy rüber.

Mein Kumpel werkelt sehr professionell ein bisschen rum und …

Bei Allah, das kann doch nicht wahr sein!

Ich werde verrückt!

Dieser Helmut hat genau dieses eine lustig-schöne Foto gemacht, das ich auch gemacht habe!

Dieses Bild, das man nur von Inges bzw. Klaus' Wohnzimmer in Schwerte aus machen kann!

Ich versuche meinen Schock halbwegs zu verbergen und tue voll begeistert:

»Mensch, Helmut, das ist aber ein tolles Bild. Der Kirchturm scheint ja vom Baum direkt auf die Kinder runterzustürzen!«

»Ja, schön, nicht wahr?«

»Wo hast du dieses Superfoto denn geschossen?«

»Ehm ... öhm ... in Österreich ... glaube ich ... oder war's im Allgäu ... keine Ahnung, ich weiß es nicht mehr ...«, stammelt er verlegen.

Ich weiß es aber!!!

In dem Moment werde ich wie jeden Tag über den Lautsprecher zum Meister gerufen. Zum allerletzten Mal!

Bei Allah, ein Schock jagt den nächsten! Ich habe Eminanims beziehungsweise Viehtreibers Essen im Arbeitsamt liegen lassen! Wie soll ich denn diesen Mann ausschließlich mit meinen albernen Geschichten zufriedenstellen und mich über den Tag retten? Verdammt, ausgerechnet heute, am Schicksalstag, wo der Schwanz ...!

Was soll's, wie sagt man so schön: Lieber ein Ende mit Kündigung als ein Schrecken im Knast!

Als ich sein Büro betrete, befindet er sich gerade mit einem jungen Mann im Einstellungsgespräch.

Mist! Der Schwanz ist schon ab! Meine Stelle wird besetzt, noch ehe ich draußen bin. Wie ich Viehtreiber kenne, wird er den jungen Mann jetzt erst einmal richtig zur Sau machen und ihm dann einen fiesen Sklavenvertrag anbieten.

Aber was ist denn heute los? Während ich fassungslos in der Tür stehe, bietet Viehtreiber diesem bartlosen Knirps sage und schreibe, höre und staune das Doppelte von dem, was ich nach fünfundzwanzig Jahren Firmenzugehörigkeit bekomme! Und so desinteressiert und blöd, wie der Junge aussieht, wird er mit Sicherheit zehnmal langsamer arbeiten als ich, wenn überhaupt.

Also ist es doch die Ausländerfeindlichkeit gewesen, die meine Kumpels und als Nächstes mich auf die Straße gesetzt hat.

Nach so einer brillanten Vertragsunterzeichnung verabschiedet sich der junge Mann auch noch ganz schön schlecht gelaunt! Das verstehe ich ja überhaupt nicht, bei so einem Wahnsinns-Monatslohn würde ich vor Freude dreimal hintereinander an die Decke springen!

Als er an mir vorbeigeht, ruft ihm Viehtreiber hinterher:

»Tim, sag deinem Vater, dass ich diesen Samstag erst um 13 Uhr kommen kann. Die sollen mit der Skatrunde auf keinen Fall ohne mich anfangen!«

»Okäy, Onkel Alfred, sag ich ihm«, antwortet der völlig gelangweilt.

»Ach, da liegt der Hase also begraben«, grinse ich etwas ironisch. »Halle 4 wird endgültig zu einem echten Familienbetrieb umgewandelt. Unsereiner wäre schon froh, wenn er zu denselben schlechten Bedingungen wie bisher weitermalochen dürfte.«

»Osman, sag so was doch nicht. Ich will doch nur, dass du dich verbesserst. Hier bei uns in Halle 4 wärst du doch dein Leben lang nur ein armer Schlosser geblieben!«, grinst er süßsauer zurück.

»Machen Sie sich mal darüber keine Sorgen«, sage ich.

»Wir haben ein größeres Problem! Ich habe nämlich Ihr heutiges Mittagessen unterwegs verloren!«

»Ist auch besser so! Ich hab in den letzten drei Wochen fast zehn Kilo zugenommen!«

Oh-oh, das hört sich aber überhaupt nicht gut an!

»Erzähl mir lieber, ob du den Arzt gekillt hast?«, ruft er weiter.

»Was für'n Arzt denn? Wieso soll ich denn einen Arzt killen – wegen der Praxisgebühr?«, frage ich völlig durcheinander.

»Mensch, du hast doch gestern erzählt, dass du im Flugzeug den Arzt gegen die Toilettentür geschleudert hast, wo er liegen blieb – ist er daran krepiert oder nicht?«

»Ach so, das meine Sie! Nein, nein, er ist nicht gestorben – Sie Blödian ...«

»Waaas?! Wie redest du denn mit deinem Dienstvorgesetzten?«

»Sie Blödian, sagte die Stuardess zu mir!

›Sie Blödian, Sie haben den Arzt k. o. geschlagen, der den Opa vielleicht hätte retten können! Jetzt liegt er aber selber regungslos vor dem Klo!‹, brüllte sie mich an und kontrollierte dann seinen Puls und rief danach etwas erleichtert: ›Gott sei Dank, er ist nur ohnmächtig.‹

Als ich das hörte, freute ich mich riesig:

›Was, der ist ohnmächtig? Toll! Das habe ich im Erste-Hilfe-Kursus gelernt! Wir müssen ihn sofort in eine stabile Seitenlage bringen. Los, das muss schneller gehen!‹, erteilte ich meine Anweisungen in alle Richtungen und hatte das Geschehen im Flugzeug völlig unter Kontrolle.

Wie ich schon gestern sagte: Der Opa hatte verdammtes Glück gehabt, dass er zusammen mit mir im selben Flugzeug gelandet war. Dank der vielen Erste-Hilfe-Kurse, die ich hier in Halle 4 mit Ihrer Erlaubnis absolvieren durfte, war es für mich ein Leichtes, den ohnmächtigen Arzt wiederzubeleben. Und der hat dann schließlich den Opa gerettet.«

»Und was hat diese blöde Geschichte nun mit dem Mord zu tun?«

»Was das mit Mord zu tun hat? Wenn der Arzt abgekratzt wäre, hätten die mich doch für mindestens fünfzehn Jahre aus dem Verkehr gezogen! Und damit meine ich ganz sicher nicht den Straßenverkehr.«

»So'n Quatsch! Junge, du hast vermutlich selber gemerkt, dass deine Geschichten immer langweiliger werden, um nicht zu sagen blöder.«

»Öhm ..., so direkt würde ich das nicht formulieren wollen ...«

»Du hast recht, die waren immer schon blöd«, lacht er und greift nach meinem Kündigungsschreiben.

»Gut, dass Sie mich daran erinnern«, stoppe ich ihn, »ich muss mal schnell Kommissar Lück in Schwerte anrufen!«

»Weil ich dich rauswerfe, rufst du Kommissar Lück an? Ruf doch lieber das Arbeitsamt an!«

»Beim Arbeitsamt war ich schon heute Morgen. Sie werden gleich sehen, warum ich anrufe«, sage ich sehr bedeutungsvoll und wähle die Nummer.

»Willst du *mich* etwa verhaften lassen? Wir haben Gott sei Dank noch keinen Kommunismus in diesem Land, ich kann feuern, wen ich will und wie ich will. Heute bist du dran …«

»Sie Möchtegern-Scherlock-Holms, Sie!«, knurrt Kommissar Lück mir sofort leicht verschnupft ins Ohr. »Wegen Ihrer dämlichen Geschichte habe ich mich hier total blamiert! Der Dieb, der die Nachbarin beklaut hat, ist nicht der Mörder von Inge Peters! Sein Alibi ist wasserdicht und bombenfest.«

»Das weiß ich mittlerweile auch«, sage ich voller Selbstbewusstsein, »rufen Sie jetzt bitte Ihre Bremer Kollegen an. Der Mörder von Inge Peters ist hier bei uns in der Fabrik!«

Die Augen Viehtreibers werden größer als die Frauenschenkel, die er tagelang verdrückt hat:

»Versuchst du diesen Mord etwa mir in die Schuhe zu schieben, weil ich dich vor die Tür setze, oder was?«, stammelt er.

»Ach, nein, wo denken Sie denn hin?«, besänftige ich ihn.

»Und wie kommst du dann drauf, dass der Mörder von Inge hier bei uns in der Firma ist? Wieso erzählst du denn der Polizei so einen Schwachsinn?«

»Das stimmt leider! So wahr ich hier stehe!«

»Bist *du* etwa der Mörder?!«, stottert er.

»Sind *Sie* etwa der Mörder?!«, stottert auch der Kommissar Lück ungläubig.

»Nein, ich nicht, der Kollege Helmut aus Halle 3 ist der Mörder. Und der sitzt gerade im Pausenraum, ganz hinten unter der künstlichen Palme«, antworte ich den beiden gleichzeitig.

»Osman, Junge, wie kommst du denn auf so was? Das ist ein schlimmes Verbrechen, wenn man unschuldige Menschen des Mordes bezichtigt«, stottert Viehtreiber immer noch völlig verwirrt.

»Das Foto, das er aus Inges Fenster gemacht hat, hat ihn verraten. Ich habe es eben auf dem Läptop von Hans gesehen, als er mit den Urlaubsfotos der Kollegen im Pausenraum wieder ein großes Kino veranstaltet hat.«

»Na ja, wenn das wirklich stimmen sollte, dann brauche ich mir keine Sorgen zu machen, dass du in der Gosse landest. Als Privatdetektiv findest du locker wieder einen Job«, verzieht er das Gesicht und reicht mir nach so vielen Tagen nun doch meine fette Kündigung, ich meine, meine fettige Kündigung, die etliche Spuren von Eminanims Essen aufweist. »Hier unterschreiben, bitte!«

Wohl oder übel unterschreibe ich mit zittriger Hand meine eigene Hinrichtung.

»Tschüss, Osman, ich werde dich sehr vermissen ...«

»Ich werde Sie auch sehr vermissen, Herr Viehtreiber«, rufe ich, während ich mit dem schmierigen Papier in der Hand wie ein geprügelter Hund zur Tür latsche. »Aber damit meine Sehnsucht sich in Grenzen hält, habe ich mir gerade von Hans eine CD brennen lassen. All Ihre lustigen, schönen und völkerverbindenden Ansprachen sind drauf, die Hans seit Wochen während den Mittagspausen mit seinem Läptop aufgenommen hat, damit diese Glanzleistungen an Humor für die Nachwelt erhalten bleiben!«

»Was, was? Ich kapiere nicht ganz! Was für 'ne CD?«, fragt er total perplex und schaut so ungläubig, als würde ein voll besetztes UFO auf seinem Schreibtisch landen.

»Aber Chef, jetzt seien Sie doch nicht so bescheiden. Sie wissen schon, was ich meine. Sie erzählen doch in den Mittagspausen immer so herrliche Witze, dass ich total stolz auf Sie bin! Ich werde mir diese tolle CD jetzt in meiner vielen Freizeit jeden Tag in Ruhe anhören. Da freue ich mich richtig drauf. Vielleicht rufe ich noch andere Freunde oder einige Reporter von der Zeitung und die Firmenleitung dazu, um damit anzugeben, was für einen tollen Meister ich früher mal in Halle 4 gehabt habe. Leben Sie wohl!«

Während meiner kleinen Abschiedsrede hat das Gesicht von Meister Viehtreiber alle möglichen Farben angenommen. Bis es schließlich knallrot wurde, sodass seine Säufernase nicht mehr wie ein Fremdkörper daraus hervorsticht.

»Das kann doch nicht wahr sein! Weißt du, was das ist? Erpressung nennt man das – ich schmeiße dich auf der Stelle raus, du Mistkerl!«, schreit er.

Auf den Kopf ist er nicht gefallen – der Mann hat's schnell kapiert. Deshalb ist er auch Meister und ich nicht.

»Mein lieber Meister, Sie wiederholen sich, Sie haben mich sowieso schon rausgeschmissen! Zweimal geht nicht.«

»Ich werde dich verklagen, du Parasit! Ich hetze dir alle meine Anwälte auf den Hals«, brüllt er weiter, bebend vor Zorn.

»Aber mein lieber Meister Viehtreiber, das ist doch wirklich keine Erpressung. Höchstens ein harmloser Verstoß gegen das deutsche Urheberrecht, weil ich Ihre Geniestreiche kostenlos kopiert habe und in Yuutjub stellen werde. Aber Ihren Anwälten, den Richtern und der gesamten Internetkomjunity werden Ihre grandiosen Witze bestimmt auch sehr gut gefallen. Und tschüss, Sie wissen ja – mein Bus!«

»Warte, du Idiot! Ich hab's verstanden. Aber mit so einer hinterhältigen Ratte wie dir werde ich nie wieder ein Wort reden.«

»Ich glaube, das kann ich gerade noch verkraften. Ich hab ja hier zum Glück eine private Sammlung mit Ihren gesammelten exklusiven Weisheiten, die ich mir immer wieder anhören kann.«

»Ich will *dich* aber nicht mehr hören! Gib die CD her, und ich zerreiße deine Kündigung! Dann kannst du verschwinden.«

Ich hätte niemals gedacht, dass die ganzen frauen-, schwulen-, tier- und ausländerfeindlichen Witze meines Meisters mir mal nützlich sein könnten.

»Chef, Sie haben mich doch vorhin rausgeschmissen, deshalb brauche ich jetzt wieder einen neuen Arbeitsvertrag!«

»Ich sag dir doch, der alte Vertrag ist wieder gültig!«

»Und ich sage Ihnen, damit bin ich nicht ganz einverstanden. Wenn dieser Grünschnabel Tim das Zweifache bekommt, dann will ich mit meiner großen Erfahrung mindestens das Dreifache haben!«

»Also gut, du verdammte Ratte, du bekommst einen neuen Vertrag! Aber in meiner Schicht will ich dich nicht mehr sehen, ab sofort arbeitest du in der Nachtschicht! Und jetzt gib endlich die CD her!«